꽃 돌

나남
nanam

나남창작선 148

꽃돌

2018년 12월 23일 발행
2020년 1월 5일 2쇄

지은이 윤혜령
발행자 趙相浩
발행처 (주) 나남
주소 10881 경기도 파주시 회동길 193
전화 (031) 955-4601 (代)
FAX (031) 955-4555
등록 제 1-71호 (1979.5.12)
홈페이지 http://www.nanam.net
전자우편 post@nanam.net

ISBN 978-89-300-0648-4
ISBN 978-89-300-0572-2 (세트)

책값은 뒤표지에 있습니다.

윤혜령
창작집
나남창작선 148
꽃 돌
나남
nanam

불가해한 삶의 비밀들

그러고 보니 처음 소설을 쓴 지 어언 십육칠 년이 흘렀다. 그 시간은 소설을 쓴 시간이라기보다 기약 없이 미뤄 온 시간이었다. 미루다 보니 시간은 한없이 늘어져 영영 손잡을 수 없을 만큼 멀어졌다. 미룰 수밖에 없었다고 말하기엔 변명이 너무 구차하다. 생성과 소멸이 시간의 속성이듯, 그 시간 동안 내가 쓸 소설도 생각 속에서 수없이 만들어졌다 사라져 갔다.

소설은 쉽게 던질 수 없는 질문을 던지고 끊임없이 답을 찾아가는 과정이며, 그 답이 중요하다는 것을 납득하고 설득하는 것이란 관점에는 변함이 없다. 그러면서 이야기는 궁금증을 이끌어 내어 흥미로워야 한다는 것. 가까스로 건져 올린 이야기는 흥미롭기는커녕 나의 인식을 통과하면서 아프고 더 고통스러워졌다. 맛깔나는 이야기를 들려주는 이야기꾼도 아니고 세계에 대한 통찰 또한 느리기만 했으니, 걸음은 늘상 더디고 주춤주춤 멈추어 섰다. 매번 어긋나는 연인처럼, 한 번 사랑하고 수십 번 헤어졌다.

삶은 원치 않아도 시시때때로 발목을 잡는다. 잡힌 발목은 제대로 빠지지도 그렇다고 빼지도 못한 채 질질 끌려 다니기 일쑤다. 무엇 하나 제대로 하는 것도 없고, 제대로 되는 일도 없이. 소설도 마찬가지다. 도대체가 잘할 수 없을 바에야 그만두어야 마땅하다. 그러나 그것조차 함부로 어쩌지 못하고 미련을 부린다.

아름다움과는 거리가 먼 누추하고 헐겁고 버거운 삶의 잔해들을 모조리 쌓아 올려야 진실한 문장이 되는 것도 아니고, 누추함과는 거리가 먼 거짓 없고 순수하고 빛나는 것들로 하여 아름다운 문장이 되는 것도 아니다. 삶이 날 것 그대로 소설이 될 수 없듯 소설 또한 생의 비밀을 낱낱이 밝힐 수는 없는 노릇이다. 하지만 왜 아름다워야 하는지 규명하는 일은 소설이든 인생이든 마찬가지일 것이다.

누군가는 나에게 '산천경개山川景槪가 선연鮮姸한 물결에, 그 선연한 풍물을 손 갈퀴로 건져 올리는 순간 빈손이 되고 마는', 그런 글을 쓰지 말라고 한다. 그렇다. 내가 쓰는 소설이 그렇고, 인생이 그런 것 아닌가, 싶다. 그럴 바에야 무엇 하러 소설을 쓰는가. 때때로 우수가 밀려온다. 소설 쓰기를 미루었던 시간들에 대한 심정이다.

아무것도 건져 올릴 수 없지만 그럼에도 불구하고 살아내야 하는 것이 삶이 아닌가. 그 불가해不可解한 삶에 대해 답을 찾으려 할수록 답은 더 멀리 달아나 버린다. 그러나 지탄받아 마땅한 그 무엇도 추측이나 짐작과는 다른 진실을 품고 있다. 어찌할 수 없는, 그 불가피함에 대한 진실을 드러내고 싶었다.

삶을 떠나서 문학이 있을 수 없는 것은 문학은 결국은 살아가는 방식에 근거해 있기 때문이다. 시간과 함께 모든 것은 변한다. 시간을 따라 흘러오는 동안 내 소설의 뮤즈들도 더러는 속절없이 늙어버렸다. 이미 노처녀가 된 작품을 미련하게 너무 오래 껴안고 있었다. 미안한 마음이 든다. 무슨 큰 비원悲願이 있었던 것도 아니었으니 순전히 타고난 게으름 탓이다.

어긋나기만 했던 지난 시간을 툴툴 털고 새롭게, 절실히, 만나고 싶다. 나의 뮤즈들이 당분간 나를 떠나지 않기를 간절히 바랄 뿐이다.

책이 나오기까지 졸작을 심독해 주시고 격려해 주신 나남의 고승철 주필님과 백주영 님께 고개 숙여 인사드린다.

응원을 아끼지 않았던 창민, 소민, 두 아이에게 뜨거운 마음 전한다.

2018년 늦가을 날

윤혜령 창작집

꽃돌

차 례

작가의 말 불가해한 삶의 비밀들 5

줄을 긋다 11

으뜸 사우나 35

꽃돌 63

일기예보 87

복구 작업 113

행복한 원룸 139

오래된 밥솥 163

한참 뒤에야 191

아무 곳에도 없지만 어디에도 있는 217

거짓말 거짓말 거짓말 239

봉자와 아저씨 265

안나와 나 285

편집인 노트 / 고승철 백척간두에 선 삶 312

줄을 긋다

'필립 클레이'에 밑줄을 긋고 '입양아'에 줄을 긋고, '14층'에 다시 밑줄을 그었다. '뛰어내렸다'에 줄을 그으려다 그만 두었다.

오늘도 나는 지난 신문을 펼쳐 놓고 줄을 긋는다. 한 줄 또 한 줄. 이렇게 꼼꼼하게 줄을 긋기 시작한 것이 언제부터였는지 확실하지 않다. 필립, 이미 밑줄을 친 이름에 다시 한 번 더 줄을 그었다. 줄은 언제나 샤프펜슬로 긋는다. 샤프심이 점점 굵고 진해지고 있다. 꼭 샤프펜슬이어야 하는 이유는 없지만, 지우거나 다시 그을 수 있는 용이함 때문이 아닐까 싶기도 하다. 그러나 한 번 그어놓은 밑줄을 지워 버리는 예는 극히 드물다. 그어놓은 줄을 다시 읽는 일 역시 드물긴 마찬가지다.

아무튼 줄을 긋기 위해 글을 읽는 것인지, 글을 읽기 위해 줄을 긋는 것인지 잘 모를 때가 있다. 줄을 긋는 건 습관이기도 하지만 습관적이라 하기에는 다분히 의도적인 뭔가 있는 것도 같다. 습관이라면 어딘지 모르게 강박적인 것이고, 의도적이라면 그것 역시 강박적인 습관에서 비롯된 것이 아닐까.

줄을 긋는 데는 꼭 신문일 필요는 없다. 책이거나 제품설명서이거나 광고지 또는 안내문일 때도 있다. 때론 버스나 지하철 안에 붙어 있는 광고문을 읽다 눈으로 따라 줄을 긋고 있는 나를 발견할 때가 있다. 이럴 때면 습관적이든 강박적이든 심리적 상태를 의심하지 않을 수 없게 된다. 줄은 꼭 활자에 그을 필요 또한 없다. 차창 밖으로 보이는 각양각색의 간판과 펄럭이는 현수막, 심지어는 사람들의 표정과 발걸음, 웃음소리 … , 줄을 그어야 할 것은 도처에 널려 있다. 줄을 그으면서 하는 생각이란, 중요한 게 뭐지 라든가, 왜 중요할까 라는 식의 회의와 의문이다. 그럼에도 불구하고 줄을 긋는 방식은 차츰 진화해 왔다.

처음엔 중요하거나 다른 말과 구별되어야 할 말에 밑줄을 그었을 것이다. 그러다 낯선 생각과 깊이 공감하는 말에 줄을 그었다. 새롭거나 시크한 생각엔 물결무늬 밑줄을 치고, 아름다운 말엔 좀더 진하게 줄을 긋고 네모를 치기도 한다. 더 강력한 표시로 줄 위에 별표를 그려 넣기도 하고, 당구장 표시를 하기도 한다. 그러나 그냥 눈으로 훑고 지나가는 것도 허다하다. 현시적이고 과시적인 것들, 지나친 집착이나 억제 혹은 헛된 욕망 같은 것들은. 당장은 해결되지 않고 이해되지 않는 것들, 우선 미루어 둘 수밖에 없는 것에도 밑줄을 살짝 긋는다. 무심하게 눈으로 훑고 지나가다 도돌이표처럼 다시 되돌아오게 되는 말이 있다. 그런 말에 눈길이 잡히면 꼼짝없이 한참을 멈추게 된다. 밑줄을 긋고 그 위에 다시 형광펜으로 한 번 더 줄을 긋는다. 무심코 지나치게 되는 것들, 무심결에 내뱉게 되는 말, 무심히 쳐다보게 되는 시선, 그러니까 아무 생각 없이 저지르게 되는 잘못을 되짚어보기 위해서라고 할까? 뭔지 모르겠다. 아무튼 긋고 본다. 줄은 차츰 잔가지를 뻗어 끝없이 이어질지도 모른다. 뜬금없는 것, 딱 한마디로 쌈박한 것, 끝없이 늘어지는 것들까지 … .

줄을 긋다 보면 중요하지 않은 것이 없게 된다. 중요하지 않은 말이 없고 중요하지 않은 생각이 없다. 그 말은 곧, 무엇이 중요한지 모른다는 말일 수도 있다. 정작 무엇이 중요한지도 모르면서, 모르기 때문에 모든 게 다 중요해져 버렸다? 그거야말로 웃기는 일이다. 줄은 얼기설기 엉켜서 그야말로 뭐가 중요한지 모를 지경까지, 마침내 온통 긋게 될지도 모르겠다. 동아줄 같기도 하고 거미줄 같기도 한 줄, 날아가 버린 연줄 같은 줄을.

나는 왜 줄을 긋고 있을까? 지금까지 그은 줄을 다 합하면 대체 그 길이는 얼마나 될까? 지구 저편의 세계를 다 돌아도 남을 길이쯤 되지 않을까? 실 꾸러미로 감으면 아마도 눈사람만큼이나 큰 뭉치가 되지 않았을까. 그렇다. 문득 멈추게 되는 글, 뭔지 모르게 마음을 잡는 문장엔 무조건 줄을 그어 댄다. 그러나 한 가지 예외는 있다. 무고하거나 절체절명의 순간, 그같이 끔찍한 것은 줄을 긋지 않는다.

내가 긋는 줄이 세상을 움직일 만큼 중요한 사실이라고 해도 누구나 다 줄을 긋지는 않는다. 줄을 긋는다고 하여 사실이 더 명확해지거나 중요해지지 않는 것처럼. 내가 그토록 꼼꼼히 긋는 줄이 다른 사람에게는 조금도 중요하지 않을 수도 있고, 또 생각 없이 그어 대는 줄이 어느 누군가에게는 끔찍한 일이 될지도 모른다는 사실이다.

줄은 꼭 말이나 글에 국한되지 않는다. 사람이거나 동물이거나 풍경이거나… 마음이거나 행동이거나 분위기이거나…. 요즘은 쭉 뻗어서 어딘가에 가닿는, 말하자면 평면 위가 아닌 더욱 입체적인 줄을 긋기도 한다. 예를 들면, 아버지와—나, 엄마와—나, 나와—자몽이, 자몽이와—비안나. 그리고 그와—나.

질긴 인연줄마저 고무줄 자르듯 싹둑 잘라 버리는 내가, 무얼 연결하다니 웃기는 일이다. 아무것도 중요하지 않았던 내가, 이기심으로 똘똘 뭉친 내가, 매사 빙글빙글 겉돌기만 하는 내가, 줄을 긋는 순간만은 깊숙이 들어가는 느낌. 때론 상상하지도 못한 것들에 줄을 긋고 있는 내가 낯설 때도 있다. 근데 더 이상한 건 중요한 것이 수시로 바뀐다는 사실이다. 한때는 생을 걸 만큼 중요했던 것도 헌신짝처럼 내버려진다는 것. 어쨌든 그게 나일 수도 있고 당신일 수도 있고.

좀더 명확하게 기억하고 명심하고 되짚어보고 참작할 것. 이를테면 밑줄은 미래의 방식이기도 하겠지만 줄을 긋다 보면 문득 시간의 존재를 의식하게 된다. 줄은 지나간 시간을 소환한다. 소환된 시간은 한 장의 스냅 사진이 아닌 영사기로 돌리는 화면처럼 펼쳐진다. 때론 냄새와 소리까지도. 그 시간이 마치 낚싯줄에 걸려든 물고기처럼 퍼덕퍼덕 거리며 올라온다. 이쯤 되면 줄은 긋는 게 아니라 불러들이는 거라고 봐야겠지. 말 한마디, 단어 하나, 한 번의 몸짓이, 한 줄의 문장이 혹은 맥락이 다락방에 방치해 둔 사진첩 속 얼굴을 불러내고, 장롱 밑에 떨어져 있던 오래된 카세트테이프 속 늘어진 목소리를 불러들인다.

오늘 아침 '필립'에 줄을 긋다 문득 나는 그 골목을 떠올렸다. 조금만 걸어 들어가도 맞닥뜨리게 되는 막다른 골목. 되돌아 나오다 꺾어 들어가면 처음 그 자리에 다시 서게 되는 골목. 더 이상 들어가지도 나오지도 못하고 뱅글뱅글 돌게 되는 그 골목길을 떠올렸다. 요즘 그런 골목이 어디 있느냐고? 천만에. 한길을 비껴 조금만 돌아 들어가면 골목은 여전히 거기에 있다. 줄을 긋고 또 그으면서 그 골목에서 끝없이 헤매고 있는 나를 본다. 으슥한 모퉁이로 접어들면 자몽이가 있고 비안나가 있고, 그리고 그가 있을지도 …. 그와 나, 나와 그의 관계가 줄을 그을 만큼 중요한가?

그를 찾아가는 길은 쉽지 않았다. 좁은 골목길로 들어서자 시멘트계단이 앞을 턱 가로막았다. 경사는 제법 가팔랐지만 폭과 높이가 낮은 좁은 계단은 보통의 보폭으로 오르기엔 낮고 두 칸씩 건너뛰기에는 어중간한 오래된 돌계단이었다. 나는 천천히 계단을 올라갔다. 근데 계단이 있다는 말은 없었지 …. 반쯤 오르다 다시 계단을 내려와 꺾어진 골목 쪽으로 접어들었다. 양 옆으로 낮은 처마가 바짝 담벼락을 물고 있는 좁은 골목은 적막했다. 낯선 적막이 알 수 없는 시공간에 놓여 있는 듯한 착각을 불러일으켰다. 때마침 낮은 지붕을 넘어온 바람이 건들, 머리카락을 날렸다. 오래된 지붕과 담장에 켜켜이 내려앉은 시간의 흔적들. 어느 시간에 멈춰 버린 듯한 적막한 골목으로 새로운 시간이 내려앉고 있었다. 담장을 끼고 길게 모로 누워 있는 그늘을 따라 걸어 들어갔다. 굳게 잠겨 있는 철대문에서 길은 금방 끝이 나고 막다른 골목을 돌아 나는 처음 골목으로 다시 돌아 나왔다.

반대편 골목을 따라 올라가자 여기저기 생활 쓰레기가 흩어져 악취를 풍기고 그 속을 살찐 고양이 한 마리가 어슬렁거리며 지나갔다. 오래전에는 방앗간이 있었고 참기름집이 있었음직한 자리에 영락없이 들어선 부동산과 찻집들. 다시 모퉁이를 돌아 샛길을 빠져나오니 제법 넓은 삼거리와 이어졌다. 이제는 사라진 영화 속 세트장 같은 헌책방 앞에 서서 주변을 훑어보았다. 다세대주택에 가려 그늘져 있는 골목에 서서 나는 그가 한 말을 되뇌었다.

분명 아치형 깨진 대문이라고 했다. 근데 파破 벽돌이라고 했나, 붉은 벽돌이라고 했나…. 복개천을 따라 구불구불한 길을 따라 올라간다고 했지….

버스에서 내려 나는 곧장 집으로 가지 않고 근처 공원으로 향했다. 어둠이 내리고 있는 텅 빈 공원. 놀이기구와 의자만 덩그러니 놓여 있었다. 나는 의자 쪽으로 천천히 걸어갔다. 몇 발짝 옮겼을까, 그만 소스라치고 말았다.

화단 난간에 아기를 앉혀 놓은 게 아닌가. 또랑또랑 반짝이는 눈빛. 그보다 더 선명하게 보인 것은 보타이였다. 빨간색 보타이. 어찌된 일인가. 누가 이 텅 빈 공원에 아기를 놓아두었는가. 걸음을 멈추는 순간, 앗! 이게 뭔가! 나는 순간적으로 두어 발짝 뒤로 물러섰다. 머리끝까지 쭈뼛쭈뼛 공포감이 밀려왔다.

고양이였다. 보타이를 맨, 얼룩덜룩 줄무늬를 한 고양이. 놀란 내 눈과 고양이 눈이 마주쳤다. 고양이는 가늘게 아기 울음소리를 한 번 내고는 눈길을 돌렸다. 기이한 느낌이 전해졌다. 보타이며 앉은 자태며 울음소리까지, 싱크로율 100% 인간의 모습이었다.

고양이를 확인하는 순간 온몸이 떨렸다. 인간의 모습과 꼭 같은, 아니, 인간의 살아 있는 넋을 고양이를 통해 보는 것 같은 기괴함이었다. 묘하게 낯설게 느껴지는 익숙함이라고 할까, 그 익숙함이 주는 섬뜩함이라고 할까, 혐오감이라고 할까?

무언지 모르겠지만 동물이라는 종은 무섭도록 서로 닮아 있었다. 나는 고양이 곁으로 한 발짝 더 다가갔다. 고양이는 주변을 경계하지 않았다. 언뜻 보아도 고급스러운 진홍빛 공단과 인견레이스로 장식한 우아한 보타이. 좀더 가까이 다가갔지만 고양이는 꼼짝하지 않았다. 고개를 돌려 하염없이 어딘가를 응시하고 있었다. 간절한 눈빛이었다. 누군가를 애타게 기다리고 있는 게 분명했다. 진홍빛 우아한 보타이에 '비안나' 라는 상표가 선명하게 찍혀있었다. 화장이 짙은 짧은 교복 치마를 입은 여학생 몇이 다가왔다. 아이들은 익숙한 듯 고양이를 어루만졌다. 나는 자몽이 생각을 했다.

미쳐 날뛰는 자몽이의 목줄을 슬쩍 끊어 준 사람이 나, 라는 사실을 아무도 모르는 것처럼, 아버지의 알코올중독이 더 심각해진 것이 정말 자몽이 때문인지 또 다른 이유가 있는지는 아무도 모른다. 알코올중독자가 되어 버린 아버지와 돌처럼 무심한 엄마. 명분상 독립이라고 했지만 일찌감치 내가 고시텔로 들어온 까닭이 알코올중독자인 아버지라기보다 무심한 엄마 쪽이라면 엄마는 펄펄 뛰지 않을까. 밥 대신 술을 먹고, 슬퍼도 괴로워도 무료해도 힘들어도 술 힘으로 사는 아버지는, 찻값을 지불하면서까지 차를 마시는 사람을 이해하지 못했다. 좀 멀리 가긴 했지만, 그 말은 곧 상대의 이야기를 들어 주지 않겠다는 것 아닌가.

아버지는 평소 말이 없고 입가에 모호한 미소를 띠는 것으로 의사를 표시할 만큼 얌전했다. 얌전했지만 느긋하게 누군가를 또 무언가를 기다리는 것은 아버지의 사전에 없었다. 그런 사람이 밤을 새워 술자리를 지키다니, 의아할 뿐이다. 술을 먹으면 말이 많아지고 큰 소리로 웃으며 선심 쓰듯 호언장담을 일삼는다는 것, 그 사실 또한 의아할 뿐이었다.

술에 의지해 선량해지고 관대해지지만 술 때문에 무시당하고 그로 인해 더 외로워진다는 사실을 아버지는 몰랐을까? 모른 척했던 걸까? 왜 술을 먹지 않으면 일상을 견디지 못하는 지경까지 가게 되었는지 아무리 생각해 봐도 모를 일이다. 웃기는 것은, 술에 취하면 아무 근거도 없는 자신의 능력을 최대한 끌어올려 놓고, 술이 깨고 나면 너무나 볼품없는 현실의 자신이 못마땅해 다시 술을 마신다는 거다. 당장 무슨 커다란 좌절이 있어서라기보다 술을 먹지 않으면 안 되는 자신을, 그런 자신을 학대하며 술을 더 마신다는 사실.

천만다행인 것은 알코올중독자가 그렇듯 만취 상태에서 행패를 부리거나 시비를 걸지 않는다는 점이다. 꼭 엎고 때리고 욕을 해야만 행패인가, 밤새 중얼거리며 들락날락 집안 구석구석을 돌아다니며 식구들 잠을 깨우는 것이 패악이 아니고 무엇이겠냐, 고 말한다면 앞서 천만다행이라는 말은 틀렸다. 굳이 말하자면 착한 알코올중독자라고 해야 하나. 착한 치매라면 모를까, 그 착한 단어를 거기에 갖다 붙일 일은 아니라고 엄마가 말했다. 중독이라는 것이 빠져들 때와 마찬가지로 스스로 빠져나오기란 힘든 일. 그런데 그에 대응하는 엄마의 태도가 너무나 예상 밖이었다. 자신을 무감각한 상태로까지 몰고 가서 상대를 응징하는 방법. 어떻게 보면 엄마가 더 병적인 상태가 아닐까 하는 의심이 들 때가 있었다.

토하고 넘어지고 피를 흘리는 아버지를 엄마는 시종일관 투명인간 취급했다. 밤새 안방 문을 굳게 잠그고 코고는 소리까지 새어 나왔으니 그런 엄마를 어떻게 이해해야 하나. 전쟁을 불사하지 않았지만 예방적 전쟁도 일으키지 않는 엄마. 단지 문밖에 새어 나가지 않을 만큼의 평화를 유지하는, 평화를 위장한 그 무심함이 무서웠다. 학대나 싸움보다 훨씬 개선의 여지가 없었으니까. 날이 새고 아무 일도 없었던 것처럼 엷게 화장을 하고 은은하게 향수를 뿌리고 엄마가 집을 나가면, 때론 철없는 옆집 언니 같기도 하고 또 한편 덜컹 겁이 나기도 했다. 뒤도 돌아보지 않는 엄마가, 다시는 돌아오지 않을 집을 나서는 것 같았으니까.

엄마의 냉담함에 질린 아버지가 마음 둘 곳은 오직 자몽이뿐이었다. 족보까지 있는 까만 진돗개를 '까망이'라고 하지 않고 '자몽이'라고 한 것은 유난히 붉은 눈동자 때문이었다. 눈동자가 꼭 자몽의 붉은 속살 같았다. 붉지만 탁하지 않은 맑은 눈동자. 사람보다 개를 더 사랑한 아버지가 자몽이를 끌고 들어온 것 역시 대책 없는 일이었다. 그것도 실내에서 키울 수 있는 애완견이 아닌 진돗개를. 마당이 없는 다세대주택에서 어떻게 진돗개를 키우겠다는 건지.

아버지는 그랬다. 늘 대책이 없었다. 어쨌거나 자몽이는 족보가 말해주듯 품위 있게 세운 두 귀와 쭉 뻗은 콧대, 꽉 다문 입매가 점잖았다. 눈 위 미간 사이에 두 개의 점이 네눈박이처럼 박혀 있어 더 귀해 보였다. 그 잘생긴 얼굴로 주인에게 절대 복종한다는 것이다.

엄마부터 눈길도 주지 않는데, 다세대주택에서 마당 한 귀퉁이를 자몽이에게 내어줄 리 만무하다. 결국 자몽이는 옥상으로 올라가게 되었다. 아버지의 사랑과 정성을 몽땅 받은 자몽이가 불과 일 년도 안 된 사이에 몰라보게 성견이 되어버렸다. 그리고 DNA 속에 잠재해 있던 야성이 함께 자라났다. 종일 뜨겁고 춥고 고독한 옥상에서. 어느 날 갑자기 자몽이가 미쳐 버린 것은 아버지의 사랑이 부족해서가 아니라 어쩌면 전폭적인 사랑으로 인해 비정상적인 상태가 되어버린 건 아닐까 하는 의심도 들었다.

아버지 외에 그 무엇과도 절연된 상태에서 오직 한 남자의 사랑을 독차지한 털이 검고 눈이 붉은 개 한 마리. 한 남자의 기막힌 사랑이 아닌 야생을 갈구하다 미쳐 버린 것이다. 아버지가 술에 취해 깨어나지 못한 사이에 자몽이가 옥상을 탈출해 버렸다. 쇠심줄 같은 목줄을 끊고 달아난 것은 주인에 대한 절대 복종이 아니라 절대 반란이었다. 그런데 아버지는 용케도 자몽이를 찾아냈다. 자몽이를 찾는 동안 아버지는 술을 마시지 않았다.

내가 잠든 방 바로 위 옥상에서 끙끙거리는 자몽이의 소리가 다시 들리기 시작했다. 아버지는 술에 취해 다시 횡설수설. 안방 문은 여전히 굳게 닫혀 있다. 나는 조용히 문을 열고 나와 옥상으로 올라갔다. 미친 듯 짖어 대며 잡히는 대로 물어뜯어 대는 자몽이.

아뿔싸! 저 분노! 내 눈으로 저토록 격렬하게 일어나는 분노를 지켜보다니. 미쳐 날뛰는 자몽이의 광폭한 붉은 눈을 보는 순간 끔찍한 생각이 들었다. 짝짓기를 끝낸 암컷사마귀가 수컷을 잡아먹듯 마침내 자몽이가 아버지를 죽이고 말지도 모른다는 공포감이 들고 동시에 나는 칭칭 감겨 있는 자몽이의 목줄을 사정없이 잘라 버렸다.

아버지는 끝내 자몽이를 다시 찾지 못했다. 그 후로 아버지의 알코올중독 증상은 날로 더 심각해졌다. 이 모든 사태의 발단과 원인은 아버지로부터 비롯된 것인데 가해자는 엄마인 것 같은 느낌은 뭘까? 가족이란 이성보다는 감성에 가까운 관계여서일까? 자몽이가 뛰쳐나가고 얼마 후, 나 역시 집을 나왔다.

종적을 감춘 자몽이처럼 그의 소식이 뚝 끊기고 나서 나는 아버지를 다시 생각했다. 어쩌면 아버지의 알코올중독이 더 심각해진 것이 자몽이 때문일지도 모른다고.

그를 어떻게 말해야 하나. 그에 대해 말하기엔, 무엇이 중요한지 모르고 줄을 긋는 것만큼이나 쓸데없고 난감하고 또 모호한 일이다. 말이 없고 정확한 사람이라고 하기엔 점잖고 빈틈없는 사람과 연결되지 않고, 한눈팔지 않고 실수를 하지 않는 사람이라 해도 믿음직하거나 정직한 사람과 연결되지 않는다. 설령 그가 한 점 허물없는 사람이라고 하더라도 그를 바라보는 내 시선은 또 다른 데 있었을 것이다. 술을 먹기 전의 아버지와 술을 먹은 후의 아버지가 생판 딴사람이 되었던 것처럼.

그런 그에게 내 스스로 발목이 잡히고 만 것을 어떻게 설명해야 하나? 모르겠다. 정말 모르겠다. 흔히 젊은 남자에게서 느끼는 이유 없는 낙관이라든가 허세를 모두 거둔, 어딘지 모르게 힘이 빠져 있는 듯한 남자. 그러나 정면을 향해 서 있는 커다란 귀와 넓은 이마를 타고 곧게 뻗은 콧날만은 기품 있었다. 다시 말해 졸렬하거나 옹색해 보이지 않았다는 말이다. 그렇다, 그건 어쩜 핑계에 불과할지도 모른다. 쭉 곧게 뻗어 내린 콧날을 보고 있으면 자꾸만 자몽이 모습이 떠올랐다.

회식 자리에서 먼저 술잔을 권한 사람은 그가 아닌 나였다. 회식이 으레 그렇듯 모두들 묶여있던 줄에서 풀려난 것처럼 게걸스럽게 먹고 마시고 떠들어 댔다. 그 속에서 외따로 떨어진 섬처럼 그가 앉아 있었다. 적당히 먹고, 조금 마시고, 그리고 말이 없었다. 간혹 양 팔꿈치를 상 위로 올렸다 내렸다, 한쪽 다리를 세웠다 내렸다, 벽으로 등을 밀었다 당겼다, 어색하게 약간 웃었다 말았다, 여러 번 자리를 고쳐 앉았다. 그가 여러 번 자리를 고쳐 앉았다는 것을 아는 사람은 아무도 없었다. 함께 있지만 그 누구와도 연결되지 않는 사람. 고독하게 옥상에 묶여 있는 자몽이가 다시 떠올랐다.

평소 그가 입을 꾹 다물고 있으면 시치미를 뚝 떼고 있는 것처럼 보이기도 했다. 그럴 수도 있다. 나처럼 비밀이 있는 사람이라면. 차라리 털어놓는 것보다 무시하는 게 나으니까. 살갑지도 다정하지도 않은 그를 과하지 않고 치우치지 않는 사람이라고 혼자 짐작하기까지는 아버지의 영향이 컸을 수도 있다. 그가 익숙하지 않았지만 불편하지도 않았다. 술에 만취해 기절하듯 쓰러지지 않는 이상 밤새 중얼거리던 아버지에 비하면 그는 분명 과하지 않은 사람이었다. 시끌벅적 서로 술을 권하는 동안 옆자리에 앉아 있는 그에게 내가 말을 건넸다.

"원래, 적어요?"

"네, 적어요."

나는 실제 말이 없는 건지, 말하는 것을 두려워하는지를 물었을 것이고, 그는 주량이 적다고 말했을 것이다. 술잔이 반도 차지 않았는데 그만, 그만, 잔을 흔들며 강하게 거부했다. 그의 행동이 술을 거부하는 것이 아니라 관심이나 호의를 거부하는 것처럼 느껴졌다. 웃기는 일이지만 호기심을 자극하는 데는 관심보다 거부가 유리할 수도 있다는 것. 모르는 곳, 가보지 않은 곳, 충분히 그에 대해 궁금해졌다. 나는 내가 따른 술잔을 단숨에 비우고 와그작와그작 무김치를 씹어댔다.

같은 사무실에서 근무하다 보면 이런저런 일로 부딪치거나 얽히기 마련일 터인데, 그와는 줄곧 별다른 유대가 없었다. 있는 듯 없는 듯, 도움도 방해도 되지 않는 동료일 뿐인 그와 나. 말수가 적고 먼저 말을 거는 법이 없는 남자. 근거 없이 확신에 차 있거나 그렇다고 아무 이유 없이 미안해하지도 않는, 다만 쓸데없는 짓을 하지 않을 뿐인 그를 향해 나는 내 맘대로 유추하는 버릇이 생겼다. 그가 가만히 앉아 있을 때면 나는 혼자 온갖 생각을 했다.

분명 저건 가시다! 무장을 하고 있는 거다. 가시가 있는 것은 아주 여리거나 겁이 많다는 건지도 모르지. 온통 몸을 딱딱하게 갑옷 같은 것을 둘렀다면 가시는 필요 없는 거거든. 가스처럼 꽉 차 있는 걸 어딘가에 쏟아 내야 한다니깐…. 무슨 상관이라고, 내가 뭘 염려한다는 건가.

꼭 필요한 말만 하고 사는 사람이 몇이나 있겠는가. 살다 보면 하기 싫은 일도 하기 싫은 말도 하게 될 때가 있다. 평소 나는 여기저기 들쑤시며 너스레를 떠는 사람이 꼭 성격이 좋다거나 관계형성이 원만하다는 편견을 가지고 있지 않다. 필요 이상의 말과 행동을 전혀 하지 않는 것 역시 그렇다. 실수를 용납하지 않을 수도 있고 배려가 없는 이기적일 행동일 수도 있다고, 함부로 지레 짐작하지 않는다.

그런데 말이다, 문제는 내가 그를 함부로 알아본 게 아닌가. 터무니없이 정말 터무니없이. 그는 누구로부터 영향을 받고 싶지 않고 이해를 구하고 싶지 않은 사람이다. 그에겐 비밀이 있다. 그거야말로 까닭 없고 근거 없는 추측이긴 하지만, 까닭 없고 근거 없는 추측만큼 구체적이고 완벽하게 연결되는 것도 없지 않는가. 그래서였을까. 겉으로 드러난 친밀한 유대는 없어도 그와는 아주 오래된 인연 같은 느낌마저 들었다. 책상 위 칸막이 너머에 앉아 있는 그와 눈이 마주쳤다. 가만히 머쓱해진 그에게 농담 반 진담 반 내가 물었다.

"집을 뛰쳐나가기 직전의 개의 눈을 본 적 있나요?"

얼토당토 않는 물음에 어리둥절한 표정으로 그가 나를 쳐다보았다. 그의 눈이 아버지의 손에 끌려온 자몽이의 눈과 흡사했다.

"그 눈이 대관절 어떤 눈이라는 겁니까?"

"글쎄, 뭐라고 할까요. 광기 어리다고 할까요, 슬프다고 할까요."

"그래요…."

뭔가 당황한 듯 그의 얼굴에 슬쩍 웃음기가 돌았다 사라졌다. 그런가요, 하고 한참 후 그가 다시 말했다.

"광기 어리다면 뛰쳐나갈 것이고, 슬픈 눈이었다면 쫓겨나게 될 것 아닐까요?"

"근데, 둘 다면요?"

조금 전보다 더 어리둥절한 그의 표정을 나는 빤히 쳐다보았다. 그에게서 광기 어리고 슬픈 눈빛을 찾아내기라도 하듯. 그를 보며 나는 또 내 맘대로 유추하고 있었다. 그가 의자를 앞으로 당겨 앉았다.

"광기 어리지 않고 슬프지 않은 짐승이 어디 있겠습니까? 이미 야생을 빼앗긴 상처를 안고 살아가는데…. 그렇지 않다면 이미 인간이 되어 버린 짐승인 거지요."

아, 그가 이렇게 자신의 말을 했다. 마치 나를 꿰뚫어보듯 한 말투. 인간이나 동물이나 다를 게 없다는 말. 당황한 나 역시 얼른 웃음기를 거두었다. 나와 그 사이에 무언가가 연결되고 있는 듯한 느낌.

내가 집을 나오던 날 엄마는 불같이 화를 냈다가 그만 울어 버렸다. 근근이 붙들고 있던 손을 뿌리치고 끝내 집을 나설 때, 내 눈에서 엄마는 줄을 끊고 달아나던 자몽이의 눈빛을 보았을지도 모른다. 광기와 슬픔의 눈빛을. 그랬을 것이다. 분명히 그랬을 것이다. 검은 머리는 거두는 게 아니라고.

나는 상체를 곧추세워 앉았다. 내 마음대로 유추하던 근거 없는 억측을 거둬들이고 그의 눈을 다시 쳐다보았다.

"뛰쳐나간다는 것은 아마 아직 살 만하다는 건지도 모르죠. 그러니까 내 생각엔, 정말 뛰쳐나가지 않으면 안 될 환경에 놓여 있으면 오히려 무기력하게 그 환경을 견디는 경우도 있다는 말입니다. 그곳에서조차 내쳐질까 봐 두려워하다, 끝내 죽게 될지도 모르죠…."

그가 말끝을 흐렸다. 밀리고 밀리다 보면 달아나는 법도 모르게 된다는 말을 하는 것 같았다. 인간이 되어 버린 짐승의 비애인지, 짐승만도 못한 인간의 비애인지, 아무튼 헷갈렸지만 그 말을 듣는 순간 우리 사이가 전에 없이 가까워지고 있는 느낌만은 틀림없었다. 말수인지 주량인지 모르는 것처럼 모호한 표정으로 나는 이렇게 말했다.

"그럴지도 모르죠."

내가 이곳 사무실로 옮겨온 이후 회사 사정은 날로 심각해졌다. 적자가 누적되면서 인원 감축은 불가피한 현실이 되었다. 누가 보아도 그 대상은 나였다. 나까지도 그렇게 생각했으니까. 근데, 얼마 후 그가 사표를 냈다. 이제 막 돌변한 사람처럼 그가 사무실을 나갔다. 뒤도 돌아보지 않고 몸을 돌려 날렵하게. 그러나 어딘지 모르게 허둥지둥한 걸음걸이. 단호함과는 달리 걸음은 진중함이 없었다. 마치 물에 빠진 사람을 구하고 미처 빠져나오지 못하고 물살에 휘몰리듯 그가 사라졌다. 이럴 때 누가 더 힘들어야 하나? 죄책감으로 시달려야 한다면 그건 단연 구조된 사람이 아닐까? 아닌가? 그를 몰아낸 것은 내가 아니니까. 밀리고 밀리다 끝내 죽게 될지도 모를 그 무엇 때문이니까.

근데 나는 왜 그를 찾아가는 것인가. 그를 찾아낸다고 무엇이 달라지겠는가. 이젠 아무런 상관도 없고, 어떤 영향을 끼칠 이유도 없는 사람인데. 만약 내게 무슨 잘못이 있다 할지라도 그는 불길처럼 번질 화를 누르면서 화를 내는 대신 냉담할 것이 뻔한데. 그 사실이 두렵다. 이렇게 말해 놓고 나니 더 두려워진다. 만약 이 골목에서 그와 대면하게 된다면 나는 본능적으로 그를 피해 달아날지도 모른다. 내 의식과는 상관없이 몸이 먼저 그렇게 반응할지도. 엄마의 무심함이 두려워 아버지는 문밖에서 밤새 떨었을지도 모르고, 엄마 역시 그런 아버지가 두려워 자신도 모르게 더 멀리 달아났는지도 모를 일이다. 근데 그를 만나지 않으면 안 될 것 같은 이 예감은 뭔가.

나는 다시 골목으로 접어들었다. 푸른색 페인트칠이 거의 다 벗겨진 대문 앞에 사냥개처럼 쭉 빠진 주둥이를 꼬리에 만 개 한 마리가 앉아 있었다. 언젠가 그가 말했나. 개들이 유난히 많은 산 아래 동네라고. 산 쪽으로 구불구불한 길을 따라 올라가면 오래된 깨진 아치형 대문이 있다고… .

나는 다시 오르막길로 들어섰지만 도무지 갈피를 잡을 수 없었다. 오르고 내려오고 들어가고 돌아 나오기를 반복하다 다시 방향을 꺾어 반대편 골목으로 접어들었다. 차를 타고 지나칠 때보다 골목은 깊었고 마을은 훨씬 넓었다. 잠행과 은둔의 옛 골목 안으로 상권이 밀려들어 오면서 오래된 골목은 변신 중이었다.

한옥에 덧대어 통유리 벽을 낸 찻집과 2층 난간과 벽을 연결해 푸른색 타일로 꾸며놓은 수제 빵가게, 여기저기 녹슬고 삐걱거리는 옛집이 새롭게 단장되어 누군가를 기다리고 있었다. 나는 갈림길에 서서 산 쪽을 올려다보았다. 언덕배기에 마을과 어울리지 않는 신전 같은 건물이 보이고 그 옆으로 길게 쳐진 차양이 바람에 출렁거렸다. 사람이 떠난 버려진 공간을 이용해 정크아트를 전시해 놓은 건물 앞에 멈추어 섰다. 폐품이나 잡동사니로 만든 것이라고는 믿기지 않을 정도로 아름다운 작품들이 전시되어 있었다. 버려진 것들을 이렇게 예술작품으로 승화시켰다는 게 놀라웠다. 돌아서는 발밑에서 부서진 건축 폐자재들이 서걱거렸다. 파헤쳐 보기 전에는 도무지 어디가 어딘지 모를 골목 어디선가 자몽이가 붉은 눈을 희번덕거리며 곧 뛰쳐나올 것 같았다.

아, 도대체 어디라는 거야. 오르고 내리기를 반복했을 뿐 나는 제자리를 맴돌고 있었다. 아주 오래전부터 나는 이 골목을 헤매고 있었던 건 아닌가 하는 생각이 들었다. '저편으로 건너가는 것도 위험하고, 줄 가운데 있는 것도 위험하며, 되돌아보는 것, 벌벌 떨고 있는 것도 멈춰 서는 것도 위험하다.' 그렇다. 니체의 말은 옳았다. 나는 항상 벌벌 떨며 그 자리에 있었는지도 모른다. 건너가는 것도 뒤돌아보는 것도 서 있는 것도, 늘 위험했으니.

동네 공원에서 다시 만난 비안나는 몰라보게 추레했다. 곧 떨어질 듯 덜렁거리는 해진 보타이를 목에 달고 여전히 그 자리에 서성이고 있었다. 누군가 플라스틱 통에 물과 먹이를 놓아두었지만 비안나의 눈빛은 다른 것으로 간절했다. 발작을 일으키기 직전처럼 불안했다. 간질병자들의 수호성인인 '비비안나'를 떠올린 것도 그 때문이지 않았을까. 끔찍이 사랑을 받고 자랐지만 신앙을 지키기 위해 박해를 받고 죽게 된 성녀. 비안나의 우아한 공단 보타이가 그렇게 말하고 있었다. 비안나는 뒷다리를 들어 목덜미를 긁으며 혓바닥으로 땅을 핥으면서 계속 불안한 시선을 던졌다. 찰나에 나타났다 사라질지도 모를 주인의 눈길을 놓치지 않기 위해 잠시도 방심할 수 없는 듯 보였다. 꼬리 끝부분을 리본처럼 말고 다시 부동자세로 서 있었다. 내가 가까이 다가가도 꿈쩍도 하지 않았다. 무엇으로도 대체될 수 없는 간절한 기다림. 그 침묵이 너무도 강렬해서 섬뜩했다.

비안나는 어떻게 될까? 다시 입양이 되지 않는다면 버려진 상처를 안고 사나운 길고양이나 도둑고양이가 될지도 모르고, 결국은 안락사를 당하거나 길거리에서 죽게 될지도 모른다. 그 시간이 천천히 올 수도 있겠지만, 훨씬 더 빠르게 닥쳐올 수도 있을 것이다. 비안나는 그런 운명을 예감한 듯 뚜벅뚜벅 앞으로 걸어갔다. 비안나의 운명을 걱정하고 불쌍히 여기는 건 내가 착각하고 있는 내 의식일 뿐, 비안나를 안타깝게 여기는 것과는 달리 내 시선은 오히려 반대쪽으로 향해 있었다. 나를 지배하고 있는 충동은 그 눈길을 거두고 어서 뒤돌아서라는 것. 내 본능은 어서 아무도 몰래 그 눈길마저 버리라는 것이었다. 나도 모르게 먼저 반응하는 것들에 이끌려 나는 아무것도 못 본 척 돌아섰다.

요즘 들어 나는 줄을 긋다 때때로 문장부호에 동그라미를 치기도 한다. 적절한 말이 떠오르지 않을 때 혹은 누군가를 부르거나 대답할 때 물음표인지 느낌표인지, 어디에서 쉬어야 하고 어디에서 끝내야 하는지 … . 동그라미를 치면서 알게 된 것은, 쉼표나 마침표가 꼭 쉬어야 하거나 마쳐야 할 때 필요한 것이 아니라는 것이다. 끝은 생략할 수도 열어 놓을 수도 있다는 것. 그러나 남의 말은 존중되어야 한다. 마음속의 말과 이미 뱉어낸 말은 구분해야 한다는 것. 그건 아름다운 문장만큼이나 중요하니까, 그럴 땐 줄보다는 동그라미. 때때로 도저히 넘어가지 못하는 말에 괄호를 치고 페이지 끝을 살짝 접기도 한다. 빈 여백에 무언가를 쓰기 시작한 것을 무어라 설명해야 하나. 글이라기보다 생각에 불과한 잡다한 것들이라고 해야겠지. 몸속에 웅크리고 있는 것들, 정리되지 않은 채 부유하고 있는 것들, 고여 있는 것들, 엉켜 있던 것들, 쓰레기 더미처럼 쌓여 있던 것들.

엄마는 아버지가 죽고 나서야 비로소 아버지를 사랑하기 시작했다. 내게 자주 눈물을 보인 것만 봐도 멀쩡한 옛사랑을 그리워하는 연인의 모습이 분명하다. 죽고 나서야 알게 되는 것, 살아 있을 때는 절대 알 수 없는 것. 이를테면 죽기 전에는 이루어지지 않는 사랑을 엄마는 한 셈이다. 대단한 뭔가가 있을 것 같지만 엄마의 사랑

역시 실은 아무것도 아니라는 것. 그래서 매번 진이 빠지고 마는지도 모르겠다. 인간이란 원래 그런 존재가 아닐까 싶기도 하고.

엄마와—아버지, 이렇게 줄을 긋다 문득 생각났다. 난 왜 아빠라고 부르지 않았는가 말이다. 엄마만 탓할 게 아니다. 나 또한 일찌감치 아버지를 떼어 내고 있었던 게 분명하다. 다감하고 다정한 것조차 허용하지 않았으니.

아버지의 알코올중독이 더 심각해지도록 방치한 것이 엄마 때문이라고 나는 번번이 엄마를 몰아세웠는데, 무심함이 뻔뻔하기까지 하다고. 어디 한번 할 테면 해 보라지 식. 자신을 지키기 위해서는 그것쯤은 무시해도 된다는 식. 그런 엄마에게 약이 오른 아버지는 후려치지도 폭발시키지도 못한 채 더 술에 취했던 것이라고.

어느 날 줄을 긋다가 문득, 엄마의 무심함이 내면의 비정상적인 뻔뻔함이 아니었을까 하는 생각이 들었다. 어떻게 말을 해야 할지, 꼭 맞는 말을 찾아낼 수 없었던 엄마는 그저 견디고 있었을 뿐이었을 수도 있다고. 엄마는 아버지를 배척한 것이 아니었다. 천만 가지 말들을 쏟아내는 대신 방문을 꽉 닫고 말았다. 엄마가 회피한 것이 아버지가 아니라 두려움이었는지도 모른다.

따지고 보면 아버지의 알코올중독이나 엄마의 무심함이 과잉에서 비롯된 건 아닐까? 기대나 실망이 정상을 넘어 버렸던 것. 더 이상 상대를 맞출 수 없는 상태에서 피해자라는 생각에 사로잡혔을 수도 있다. 뭘 그리 잘못했느냐고, 아버지는 술에 취해 점점 자신을 잃어 갔을 것이고, 엄마는 잎차를 마시며 자신을 점점 각성 상태로 몰고 갔을 수도 있다. 수면제에 의지해 기절하듯 코를 골았을지도 모르고…. 딱 한 잔만 더, 라고 했던 마지막 술잔이 독배가 되기 전 아버지는 위험수위를 넘지 말았어야 했고, 엄마는 그 지경까지 견딜 일이 아니었다…. 그런저런 상념에 잠겼다가 나는 여백에 이렇게 끼적였다.

자몽이가 미쳐버린 것은 아버지의 비정상적인 사랑 때문이 아니라 엄마와 나 때문이었을 수도… 무심하고 싸늘한 눈빛 때문이었을 수도…. 가지고 놀다 버린 장난감.

나는 인터넷으로 유기동물보호소를 검색하기 시작했다.

강렬한 빛이 먼저 눈길을 낚아챘다. 온통 붉은 색으로 화면을 꽉 채운 나무 한 그루. 붉은 배경 속에 붉은 나무 한 그루가 서 있는 그림이었다. 나무의 몸통 한가운데 나신의 남자가 서 있었다. 발가벗은 채 화면을 향해 뒤돌아 서 있는 남자. 저물어 가는 붉은색과 마주한 나신의 남자는 충격적이었다. 불같은 열정이 아닌 타들어가는 고통을 마주하고 서 있었다. 그 남자를 보는 순간 직감적으로 나는 그를 떠올렸다. 그리고 오늘 아침 '필립'에 줄을 그으며 또 그 나무를 떠올렸던 것이다.

필립은 서울 근교의 한 아파트 건물 앞에서 숨진 채 발견되었다. 열 살 때 미국으로 입양되었으나 입양된 지 27년 만에 불법체류자가 되어 다시 한국으로 추방되었다. 양부모가 시민권 취득 절차를 밟지 않아 '무국적자'가 되어버린 사람. 그에게 행복한 가정은 그 어디에도 없었다. 그가 다시 돌아왔지만 말도 안 통하고 가족도 아는 사람도 없는 고국에서 무엇을 하고 살 수 있었겠는가. 그를 낳은 부모도 입양가족도 성인이 되어 다시 돌아온 고국도 모두 타국일 뿐.

입양부터 파양에 이르기까지 그의 뜻인 건 아무것도 없었다. 가혹한 운명을 견디다 결국은 스스로 선택할 수밖에 없었다. 그것 외에는 어떤 방법도 찾을 수 없었던 것이다. 모두가 잠든 밤, 필립은 혼자 엘리베이터를 타고 14층으로 올라갔다.

어느 누구와도 연결되지 않았으며 그 무엇도 희망과 연결되지 않았던 사람. 그가 택한 극단적인 선택을 대체할 수 있는 것은, 그보다 나은 형편이 아니라 그 정반대의 것이 아니었을까? 필립은 분명히 뛰어내릴 만큼 지독하게 살고 싶었던 것이다.

그동안 내가 그은 줄은 내가 그 골목에서 헤맨 흔적일 뿐일지도 모른다. 오래전부터 부지런히 걸어왔지만 사실상 나는 그 자리에 그대로 서 있었던 것이다. 줄을 긋는 동안 예측할 수도 통제할 수도 없는 수많은 충동을 끊임없이 불러들이겠지만, 딱히 도리가 없는 그 골목에서 나는 앞으로도 오래 헤맬 것이 뻔하다. 지금까지 그은 줄이 폐전선이나 폐어망처럼 엉켜 있을지도 모르고, 그것이 재활용 자원이 될지도, 아니면 사고 위험을 초래하는 수중 쓰레기가 될지도 모른다. 당장 무얼, 어떻게 알겠는가. 단지, 또 다른 필립이 있다는 사실 외엔. 샤프펜슬을 놓기 전 나는 차마 긋지 못한 줄을 그었다.

서울 강북의 한 아파트 14층에서 필립은 스스로 뛰어내렸다.

으뜸 사우나

밤이 되면 나는 사우나에 간다. 도둑고양이처럼 살금살금 아파트 단지를 빠져나와 새로 단장한 초등학교 낮은 담을 끼고 개천을 따라 가면 작은 다리가 나온다. 다리 아래로는 밤이면 사흘돌이로 부연 폐수를 흘려보내는데, 맞은편 빵집에서는 늦도록 고소한 냄새를 흘린다. 다리를 건너 빵집 앞을 지나칠 때면 나도 모르게 주춤, 걸음을 멈춘다.

빵집 옆으로 열쇠가게와 철물점과 보습학원과 옷가게가 있고 건널목을 건너 약국과 어린이 놀이터를 지나가면 포교원과 철학관이 나온다. 무슨 연유인지 모르나 그 건물의 벽을 타고 흘러내린 녹물이 푸른 이끼인 듯 고색창연해 보인다. 그 옆을 지날 때면 어떤 얄궂은 상념에 사로잡히곤 한다. 포교원과 철학관은 오래전 배다른 형제이거나 씨 다른 남매이지 않았을까? 섣부른 추측만큼 섣부르게 간판을 올린 그 건물의 벽과 어깨를 맞댄 건물 2층에 사우나가 있다. 사우나를 끝으로 길은 꺾어지는데 나는 밤이면 그 길 끝의 사우나에 간다.

그곳은 나에게 레저의 공간도 휴식의 공간도 만남의 공간도 아니다. 유한有閑 부인들이 억지로 땀을 빼며 다이어트나 마사지를 즐기는 그런 유희의 공간은 더더욱 아니다. 그러니까 뭐라고 할까. 육친의 정 같은 끈적끈적한, 떼려야 뗄 수 없는 인연같이 눌어붙은 때를 불리고 미는 공간일 뿐이다.

내게 거기가 친교의 공간이 될 수 없는 것은, 깊고 낡은 금남의 구역이어서도 아니고, 날을 세운 우울로 점점 까칠해진 성정 탓만도 아닐 것이다. 지금 여기가 아닌, 다른 곳에서 지금의 나를 찾기 위함도 결코 아니다. 어쩌면 지금의 나는 어떤 열패감이나 상실감에 사로잡혀 나 자신이나 주위 사람들과 끊임없이 불화하고 있는지도 모른다. 그보다는 끝없이 자신을 들볶아 잠시의 휴식조차도 허락하지 않는 불안감 때문인지도. 설령, 어느 하루 까닭 없이 장엄한 내 운명의 한나절을 거기에서 맞이한다 하더라도 그것은 방금 뱉은 말처럼 일회적이며 우연한 사건일 뿐, 그곳이 내 운명의 또 다른 장소가 되리라곤 한 번도 생각해 본 적이 없다.

한 길 건너 대로변에 있는 '대로 사우나'에는 온탕과 냉탕뿐만 아니라 수정탕, 해수탕, 황토탕, 녹차탕, 와인탕이 있지만, 이곳 사우나에는 열탕과 냉탕이 있다. 마주하되 서로는 무심한 저 열탕과 냉탕. 그 탕 속을 번갈아 오가며 얼었다 녹기를 여러 번, 그동안 마른 때는 순해지고 물러진다. 열탕과 냉탕에 몸을 담글 때마다 사람들은 뜨거워도 차가워도 죽겠다, 죽겠다고 소스라친다. 그러면서 오래 그 속에 머문다. 뜨거운 국물을 마시며 왜 시원하다고 말하는지, 차가운 고배를 마시고 왜 속이 불타는지, 열탕과 냉탕을 오가며 땀을 내어 본 사람은 그 모순의 언어를 안다. 그러나 열탕 속에서도 뼛속 깊은 곳의 한기는 여전히 우리를 떨게 하고, 냉탕 속에서도 치미는 화기는 여전히 펄펄 끓는다는 것 또한 알게 된다. 그래서 '죽겠다'는 말은 '살겠다' 는 말과 다름 아니라는 것을 알게 된다.

몇십 번을 죽었다가 다시 사는 그곳 사우나의 열탕과 냉탕. 나는 그 속으로 들어갈 때마다 와르르 치를 떤다. 무릇 세상의 처음은 모두 떨어야만 하는 것처럼.

떨리는 손으로 마우스를 눌렀다. 오늘도 증시 시황판은 시퍼렇게 질려 있다. 연초 신문과 방송에 특정 주식이 뜬다는 기사가 자주 등장하면서 나는 조급해지기 시작했다. 그동안의 손실을 만회하기 위해서는 좀더 발 빠르게 움직이지 않으면 안 되었기 때문이다. 그러나 소문과 함께 이미 뜨겁게 달구어진 시장에는 데기 십상이다. 그런 공포를 알면서도 왜 나는 탐욕에서 자유로울 수 없는가.

올 들어 거래소의 상장주식은 거의 대부분이 연초보다 주가가 터무니없이 떨어졌다. 그러나 그 많은 증권사가 낸 종목 보고서를 눈씻고 봐도 '매도' 추천을 낸 곳은 찾기 힘들다. 심지어 증시가 끝없이 곤두박질칠 때도 애널리스트는 더 없이 좋은 기회라며 '매수'를 연발했다. 한 수 더 보태 위기를 기회로 삼으라는 말만 지껄였다. 기관투자가로부터 주문을 받아야 먹고 사는 증권사로서는 기관투자자가 애지중지하는 종목을 잘못 건드렸다간 일찌감치 판을 접어야 할지도 모른다. 그러므로 그들은 특정 주식의 위험성을 경고하거나 자신의 잘못된 판단이나 시각이 부정적일 수 있다고 고백하지 않는다. 그러기에 그들의 말은 이미 의미로부터 끊임없이 달아나

버렸다. 이 부조리한 말에 휘둘리는 동안 매도의 시기를 놓쳐 버린 내 주식은 반 토막 아래로 떨어져 버렸다.

유능한 애널리스트들이 그들의 진짜 속내를 결코 드러내 보이지 않는다 하더라도 또 예측이란 빗나가기 일쑤이다. 유가가 고공행진을 하고 있고 원자재, 곡물 가격이 급등하면서 국내 1위 운용사의 대표 펀드도 수익률이 마이너스로, 원금의 상당액을 까먹으며 죽을 쑤고 있는 마당에 하물며 초보 개인투자자는 불 보듯 뻔한 일이다.

주식 시장에서 호재와 악재가 끝없이 출몰하듯 대형 증권사들의 과학적이고 기술적인 분석으로도 실제 증시는 매번 출렁거린다. 벌겋게 달아오르다 순식간에 퍼렇게 얼어 버리는 시황판의 불빛. 오를 것이다 내릴 것이다, 상승을 위한 바닥 다지기다 아니다, 기술적 반등이다 아니다… 방금 전 내놓은 전망에도 아랑곳하지 않고 실시간 주식 시세표에 따라 말을 바꾸는 애널리스트의 말. 그들의 말 한마디에 죽고 사는 초보 개미들의 탐욕과 공포는 외줄타기처럼 위태롭다. 언제부턴가 나는 증시 시황판의 붉고 푸른 불빛에 따라 마치 금성과 화성을 오가는 듯 숨이 막힌다. 어쩌다 내가 사람이 살 수 없는 별에 착륙하게 되었을까.

대개 공포는 탐욕을 앞서지 않는다. 공포는 탐욕이 널브러진 뒷자리에 득달같이 달려든다. 지금 나는 내가 겪고 있는 이 떨리는 현실이 얼마만큼의 통증인지 가늠할 수 없다. 다만 이 통증이 지속된다면 그 원인이 사라진다 해도 지독한 통증은 신경세포에 그대로 남아 나를 괴롭힐 게 분명하다. 사우나의 열탕과 냉탕을 오가며 나는 생각한다. 어쩌면 인생은 더 이상 견딜 수 없을 만큼 너무 뜨겁거나 너무 차가운 별에서 살아남기일지도 모른다고.

오늘밤도 나는 사우나에 간다. 먼저 옷을 벗고 샤워를 끝낸 다음 천천히 열탕으로 들어간다. 섭씨 40도를 훨씬 웃도는 열탕 속에서 몸은 저 혼자 부르르 떨다 멈춘다. 호흡이 빨라지면서 따갑고 가려운 피부에 닭살이 돋는다. 한차례 한기를 내고 나면 이윽고 제 슬픔을 가라앉힌 듯 몸은 노곤하게 물속으로 가라앉는다.

아, 시원하다! 나도 모르게 긴 숨을 토해 낸다. 숨이 막힐 것 같은 뜨거운 물속에서 시원하다는 이 역설이야말로 살아가는 인간의 비애가 아닐까. 열탕의 온도가 아무리 뜨겁다 하더라도 모가지를 비튼 닭을 집어넣을 만큼은 아니지 않은가. 처음 몇 분간을 견디고 나면 제법 참을 만해진다. 몸은 물의 부력을 받아 점점 가벼워지고 요통이 줄어들 때쯤 털을 뽑은 닭처럼 피부는 물러지고 땀이 흘러내린다. 기운이 흩어지면서 현기증이 돌았다 사라진다. 몸은 노곤해지고 오래된 울체가 풀리기라도 하듯 미세한 통증이 전해진다.

사우나에서만큼은 무심해지기로 하자. 참을 수 있는 데까지 참으면 몸속의 물기란 물기는 모두 빠져나올지도 모른다. 그러면 개운해질 테지. 정작 내려놓아야 할 것이 물기가 아닐지라도 어떻게든 나는 가벼워져야 한다. 그것이 무엇이든 내려놓지 못한다면 언제까지나 찜통 사우나에 나를 가둬 두어야 할 것 같은 예감. 나는 얼른 냉탕으로 몸을 던져 넣는다. 소스라치며 물 위로 튕겨 올라온 몸을 다시 물속으로 집어넣는다. 물의 압력을 받아 피부의 모공이 수축되면서 따갑고 가려운 증상이 일어난다.

가벼운 현기증이 일었다 사라진다. 나는 가만히 물속에 몸을 띄운다. 열탕에서 다량 발산된 기운이 다시 수렴되듯 몸에서 새로운 기운이 돈다. 배도 가슴도 엉덩이도 줄어드는 느낌. 어쨌든 가벼워지는 느낌은 좋다. 몸이 서늘해지자 가슴이 따뜻해지는, 누군가에게 미안해지는 이 이율배반적인 느낌이 좋다. 열탕과 냉탕을 오가며 몸은 이완될 대로 이완된다. 뻣뻣한 근육은 나긋해지고 결리던 어깨가 수굿해진다. 혈관이 확장되면서 뇌의 긴장감이 줄어들 때쯤 나는 탕 밖으로 나온다. 탕 밖 디딤대에 걸터앉아 냉기가 사라지기를 기다리는 동안 낯이 익거나 낯선 여자들을 무심히 쳐다본다. 발가벗은 여자들의 알몸을.

사우나에서는 모두가 발가벗었다는 사실, 누구나 발가벗어야 한다는 사실만은 진실이다. 한껏 물이 오른 엉덩이와 터질 듯한 젖가슴, 둥근 어깨와 저 검고 깊은 처녀림의 은밀한 사타구니에서 나는 무언가를 본다. 아주 먼 원시의 부족에서부터 이어져 온 몽고반점에서 문득 잃어버린 기억 같은 것을 떠올린다. 나는 발가벗은 여자들의 알몸에서 무수히 많은 무늬를 읽고 있다.

통증은 지독해 보였다. 쓰리고 아려오는 것이 피부인 것 같다가도 몸속 깊숙이 신경세포들을 갉아서 급기야 끊어 버릴 것 같은 통증이라 했다. 벌겋게 열을 낸 부위에 '파스'를 발랐다가 소스라치며 떼어 냈다. 진통제를 털어 넣으며 그는 퍼렇게 멍이 든 입술만 앙다물었다.

통증은 그렇게 몇 날 동안 계속되었다. 가슴과 등을 이어 신경지배영역에 작은 물집이 띠 모양으로 모여서 생겼다. 주사나 약은 일시적인 진정제 역할을 할 뿐, 모든 감각은 속옷만 스쳐도 깜짝깜짝 놀라고 있었다. 지독한 통증은 누그러들 기미를 보이지 않았다. 물집 주위가 붉게 퍼지고 엉키어 조홍면을 이루면서부터 잠들 수조차 없다는 그를 향해 나는 소리쳤다.

"자업자득이야!"

투명하던 물집이 탁해지면서 발진 부위에 곱절 심한 신경통의 증상이 일어나고 있었다. 그 통증 속에서 가려움증과 마비 증상이 번갈아 그를 괴롭히는 동안 나는 내 괴로움이 더 크다고 소리쳤다. 연고를 바르기 위해 상처 부위를 누르면 전신이 오그라드는 비명을 쏟아 냈다. 참을 수 없는 가려움증과 통증이 번갈아 그를 괴롭혔다. 데이거나 에이는, 아마 그쯤의 고통일 거라고 나는 짐작할 뿐이었다.

꺽꺽, 그의 목에서 고통의 신음이 새어 나왔다. 고통의 소리가 운명의 막다른 골목과 닿아 있는 듯 아득하게 들렸다. 신경에 염증이 생기는 수포성 피부질환이라 했다. 수두 바이러스가 신경세포에 잠복해 있다가 심한 스트레스나 과로로 몸의 면역력이 떨어질 때 나타나는 증상이라는 것이다. 약을 복용하고 주사를 맞아도 통증은 좀처럼 가라앉지 않았다. 발진은 더 기승을 부리고 물집에는 고름이 돌기 시작했다. 급기야 시신경을 누르고 조이는 심한 안통까지 일어나 꼼짝할 수 없는 지경에 이르렀을 때, 남편이 소리쳤다.

"끓는 물에 데는 것 같아! 얼어붙을 것 같아!"

그리고 그날 밤, 남편이 사라져 버렸다.

예기치 않은 일은 늘 너무 일찍 오거나 너무 늦게 온다. 사람들에게서 멀리 떠나서 살고 싶다고 한 남편의 말은 살고 싶지 않다는 말과 다르지 않음을 나는 너무 늦게 알았다.

의사의 말이 떠올랐다. 온몸에 생긴 물집 모양의 발진이 중증을 일으킬 수도 있으니 빨리 치료를 받아야 한다고. 방치하면 청신경이나 안면신경의 마비 증세를 일으키거나, 악성 림프종이나 패혈증

등의 중병이 병발하는 경우도 있다고 의사가 말했다. 처음에는 남편이 고통을 견디지 못해 뛰쳐나갔을 거라고 짐작했다. 또 고통을 견디지 못해 다시 돌아올 것이라 믿었다. 그러나 남편은 끝내 돌아오지 않았다. 먼 후일만을 기약하던 나의 현재가, 그 모든 일상이 한순간 깊이를 모를 크레바스 속으로 빠져들고 있었다. 간담이 서늘해지고 머리는 뜨거워졌다. 그의 가출은 무단가출이 아니었다. 행방을 수소문할 일도 없었다. 열탕과 냉탕을 오가며 열기와 냉기를 견디듯 기다리는 일뿐이었다.

오늘밤도 나는 사우나엘 간다. 마땅히 가려야 할 거웃조차도 생으로 드러내 놓은 여자들의 알몸을 본다. 겹겹의 겉치레 밑에 숨어 있는 저 아득한 처지 …. 그 낱낱의 처지들은 끝내 드러내지 않은 채 발가벗은 저 시원始原의 숲. 흩어진 초점이 여자의 거기에 머물다 흠칫 놀란다. 이마에 두른 수건을 풀어 나의 검은 거웃을 가린다.

공연한 적대감이 무색했던 것이다. 꼬리를 사린 누렁이가 꼬리를 털며 자리를 피하듯 나는 자리에서 일어나 습식 사우나실 쪽으로 향한다. 한껏 물기를 먹은 문이 삐그덕, 소리를 냈다. 온통 부옇게 뒤덮은 습기. 고온의 열이 끊임없이 수증기를 만들어 내고 한쪽 벽에 기대어 놓은 마른 더미에서 축축한 쑥 향이 진동했다.

사우나의 기원은 가열된 돌 위에 물과 삼씨를 끼얹어 사람을 도취시키는 수증기를 만든 것이었다고 한다. 열기와 짙은 쑥 향이 순간 어지럼증을 일으켰다. 발로 입구 쪽을 더듬었다. 부연 저 안쪽, 왁자하게 떠드는 여자들의 얼굴을 일별하며 구석자리에 웅크리고 앉았다. 어둠에 눈을 익히는 동안 수다는 더욱 왁자해졌다.

"야, 어젯밤 주말 드라마에서 장고은 봤어? 수컷들 넘볼 만해. 예쁘긴 예쁘더라. 걔 요즘 입은 옷 봤지? 보테가 베네타, 마틴 마르지엘라, 이브생 로랑, 드리스 반 노튼, 마크 제이콥스에다 베라 왕까지. 요즘 세계적으로 뜨는 디자이너잖니. 뭐, 미인이 별 건가? 그래 입고도 태 안 나면 여배우도 아니지."

"때 빼고 광낸다고 다 미인 되냐? 걔 타고난 건 알아줘야 해. 헤어스타일 죽이지 않았어? 야, 그 나이에 생머리에 짧은 커트라니. 나이는 어딜 가고, 트렌디한 이미지 끝내주지 않디?"

A가 말하자 B가 맞받아쳤다.

"남편이 바람났다고 싸우는 장면, 그 장면의 연기 일품이었어. 보란 듯이 이제 연기파 배우로 변신했으니 그렇게도 시끄럽던 학력위조는 묻혀 버리겠지. 그건 그렇고 그때 입은 베이직한 카키에 겨잣빛 도는 의상, 죽이지? 노랑 빛이 도는 은은한 유색 다이아몬드 클러치 귀고리 말이야, 세련의 극치였어. 난 걔 화려하게만 봤는데 군더더기 없이 단순한 미니멀리즘이 어쩜 그렇게 잘 어울려. 그 귀고리 드비어스 아니면 다미아니 제품일 게 분명해. 그렇게 자연스럽게 원석 느낌 그대로 커팅 된 게 있으면 나는 죽을 쑤더라도 사고 만다."

"당신네 요즘 잘 돌아가나 보네. 나야 뭐 뱁새가 황새를 어떻게 따라 가겠어. 그래도 한번 질러 봐? 나도 이제 늙나 봐. 파격적인 것보다는 모던한 게 마음을 끌어. 난 라임스톤으로 만든 커스텀 주얼리나 하나 고를까나."

가볍고 들뜨긴 해도 단아한 B에 비해 무언가를 제압할 듯 A의 쉰 목소리는 턱없이 컸고 거침없었다. 이 터무니없는 우월감은 어디에서 비롯되었을까? 대체로 사람들은 자신이 다른 사람에 비해 훨씬 더 도덕적이고 지적이며 편견이 없는 괜찮은 사람으로 알고 있다는 게 문제였다. 근거 없고 이유 없는 우월감이다. 주렁주렁 목걸이며 귀고리, 팔찌 세트에 가락지를 끼었어도 A는 원석 그대로의 느낌이 났으나, 골드뱅글로 감각적인 멋을 낸 B는 어딘지 모르게 자신을 감추거나 변장을 한 은밀함이 엿보였다. 그러나 어쩐지 서로는 잘 어울리는 한 쌍 같아 보였다.

대체 저 여자들은 벌거벗고도 왜 저토록 때깔이 날까? 오늘은 돈이나 건강이 아니라 명품과 스타일이 화제인 모양이다. 구석자리에 둥글게 몸을 사리고 앉아있던 나는 그들의 알몸에서 어떤 무늬들을 보았다. 자줏빛 실루엣을 걸친 강렬하고 당당한 A를, 무채색의 컬러에서도 우아한 B를 상상하고 있었다. 설령 그들의 모든 것이 가짜라 할지라도 명품이 발산하는 광채에 현혹되지 않을 수 없었다. 그것은 그들의 표정에서, 그들이 두른 보석에서, 꼿꼿한 자세나 걸음걸이에서, 그리고 어투에서 비롯되었으며 그들의 잘 가꾼 몸은 더 많은 이야기를 품고 있을지도 모른다고.

여자들의 목소리가 더욱 높아졌다. 그들의 참을 수 없는 욕망처럼 천장에 설치된 스프링클러에서는 쉼 없이 뜨거운 물의 입자들이 분사되고 있었다. 사우나실 안은 열기로 가득차고 내 몸에선 땀이 쏟아져 내렸다. 그 숨 막히는 한증막 속에서 나는 어쩌면 〈세한도〉의 소나무처럼 절대의 고독, 절대의 추위를 생각했을지도 모른다. 온몸이 울고 있는 것처럼 땀이 비 오듯 쏟아져 내렸다.

얼어붙은 손으로 담뱃불을 댕겼다. 손끝으로 따스함이 전해지자 눈물이 흘러내렸다. 남편이 사라졌을 때도 울지 않았다. 그토록 앞날만 기약하던 가장이 가족을 버려둔 채 어떻게 혼자 사라질 수 있는가. 견딜 수 없는 적개심과 분노는 밤마다 수위를 넘고 있었다. 폭우를 퍼부어 대는 날의 댐처럼 위태로웠다. 간헐적 간질 증상이 때때로 나를 괴롭혔다. 나는 그동안 내일을 위해 많은 것으로부터 떨어져 나와 눈을 감았고 또 담을 쌓았다. 그가 그토록 기약하던 미래가 이것이었나.

한 사람이 사라졌다 해도 세상은 눈 하나 까딱하지 않는다. 증시는 활활 타올라 그가 그렇게 멸시했던 친구는 부자가 되었다. 20년을 들고 있던 주식이 폭등하고, 한 개인의 경제도 급물살을 타고 흘러갔다. '묻지마' 투자가 폭발하고 있을 때 은근슬쩍 발을 적신 건 순전히 분노 때문이었다. 증시는 활황이었다. 무지했기에 나는 용감했다. '섰다'에서 장땡은 거의 무적 패와 같다. 초장에 이런 끗발이 연이어진다면 그건 분명 운수대통의 예감이다. 그랬다. 아찔했다. 초반에 너무 높은 패를 잡은 것은 분명했다. 거대한 청새치를 낚았으니 상어 떼를 피하기만 하면 될 것이다. 결핍은 욕망을 더욱 더 허황하게 만들었다. 그때 나는 너무 빨리 부자가 될까 두려웠다. 자잘한 세상사가 시시해지지나 않을까 걱정했고, 지금보다 훨씬 더 많아질 걱정을 염려하며 그것을 걱정했다.

앞을 볼 수 없는 폭우 속을 달리다 한순간 핸들이 빠져 달아나는 꿈은 악몽이었다. 흐릿하게 연결된 꿈속에서 방금 꾼 꿈을 해몽하다 다시 깨어났다. 오늘도 코스피는 50포인트 이상 빠져 달아나고 그만큼 내 주식도 공중분해되고 말았다. 언제 그랬느냐는 듯 말을 바꾼 애널리스트는 '봄바람도 힘이 없으니 꽃들이 시든다' 고 했다.

어제까지만 해도 그는 매수를 권하지 않았던가. 전반적인 무기력 증세를 줄줄이 빚고 있는 증시판에 당대唐代의 시인 이상은의 절절한 연시가 웬 말인가.

오늘 장도 대표적인 주식이 급락하면서 나머지 주식들이 줄줄이 동반 급락했다. 주식투자의 정석은 하락장에서 사서 상승장에서 파는 것이다. 그러나 하락할 때는 끝없이 추락할 것 같은 공포로, 상승할 때는 또 한없이 상승할 것 같은 탐욕으로 살 기회도 팔 기회도 다 놓쳐 버리기 일쑤다. 그것이 개미들의 비애다.

그러기에 애널리스트의 말에 주술처럼 걸려들게 된다. 그러나 깡통이 되더라도 그건 순전히 자신의 선택에 대한 책임일 뿐이다. 지난해 서브프라임 모기지(비우량 주택담보대출)의 부실화로 촉발된 미국의 금융 불안이 글로벌 경제의 한파를 예고했고 그 전에 매수한 내 주식은 얼마간의 허황되고 꿈결 같은 달콤함을 맛봤을 뿐, 결국 끝물을 탔던 것이다.

주식들이 줄줄이 추락하자 나는 공포에 질려 허둥대기 시작했다. 새 정부가 들어서면 수혜주가 될 주식에 날개를 달아 줄 것이라는 소문이 돌았다. 나는 다시 이른바 그 정책 테마주라는 주식으로 갈아탔다. 대선 직전 꼭대기를 모르고 치솟았던 주식은 나의 탐욕을 비웃기라도 하는 듯 미끄럼을 타기 시작했다. 나는 증시판에서 고수가 이끄는 작전세력의 소문에 걸려들었고 결국 또 막차를 잡아탄 셈이 되고 말았다. 정보라는 것이 한 사람이 알게 되면 백 사람에게 건너가기는 한순간이다. 주가조작을 위해 엉터리 정보가 떠돌아도, 그들의 막강한 힘이 주가를 흔들어도 도무지 속수무책인 것이 초보투자자들이다. 주가는 또다시 줄줄이 반 토막 아래로 떨어져 내렸다. 이런 하락장에서도 기다렸다는 듯이 돈을 버는 고수가 분명 있다. 진정한 고수는 단타뿐 아니라 먼 미래를 점치고 볼 줄 안다.

아무리 증시가 불안하다 해도 하락장만 있는 게 아니다. 상승과 하락을 오가며 출렁이는 증시는 공포와 탐욕을 쥐었다 놓으며 투자자의 마음을 빼앗는다. 주가가 뜰 때는 실적이나 전망을 한없이 부풀렸다가 주가가 내리면 말을 바꾸고 마는 것이 대다수 증권전문가들의 말이다.

나는 오늘도 그들의 말을 붙들고 있다. 나는 제대로 된 성장주나 가치주를 고르는 안목이 없을뿐더러 두려움이나 불확실성과 의심이 사람을 더욱 떨게 만든다. 이런 위험을 극복하고 투자해야 큰돈을 벌 수 있다고 하지만 그것은 수많은 투자의 길잡이가 될 이론일 뿐, 글로벌 경제가 침체 국면 운운하고 주가가 급락하는 마당에야 당장 증시에서 발을 빼야 할 게 아닌가 말이다. 그러나 내 주식은 이미 끝을 모르고 곤두박질치고 말았다.

땀은 비 오듯 쏟아져 내리고 정신은 흐릿해졌다. 목이 탄다. 뜨겁고 차가운 물속에서 내게 절실히 필요한 것은 또 물이었다. 열탕 속에서 더 이상 참을 수 없을 만큼 열기로 가득 찬 몸을 냉탕으로 던져 넣었다. 앗! 순간, 내 몸의 모든 감각은 아득하고 아득하다.

물과 불은 서로 상극이지만 더없이 조화를 이룬다. 무서운 기세로 모든 것을 삼켜 버릴 것 같이 파괴적인 것이 부드럽게 흐르는 것과 더없이 조화를 이룬 이곳 사우나, 명태를 황태로 만드는 한겨울의 덕장처럼, 데웠다 얼리고, 얼렸다 녹이기를 수없이 반복한다.

시계를 쳐다보니 아직 9시 전이다. 나는 들고 있던 수건으로 앞을 가리고 건식 사우나실로 들어간다.

붉고 낮은 조도 아래 방자하게 누워 있는 여자, 실오라기 하나 걸치지 않는 몸을 저렇게 적나라하게 열고 누워 있다니. 희고 긴 목선을 타고 흘러내리는 땀방울들이 여자의 감각들을 예민하게 건드렸다. 여자의 젖꼭지는 터질 듯 부풀어 올랐고 움푹 팬 배꼽 아래로 거웃은 하나하나 올올히 일어섰다. 몸을 조금 비틀며 무릎을 세우자 사타구니가 푸르르 출렁였다. 그때 그 깊은 곳의 관능이 꿈틀거리며 활짝 열리는 듯했다. 마치 블랙홀로 빨려들어 가듯 망연하고도 혼미한 순간, 나는 나도 모르게 들고 있던 수건을 그녀의 아랫도리를 향해 던져 버렸다.

"이 여자가 미쳤어!"

벼락같은 기세에 눌려 소스라치며 당황한 쪽은 나였다. A였다. 착시현상이었을까? 그녀는 언제나 그렇게 반듯이 누워 있었다. 일이 시끄러워지기 전에, B가 합세하기 전에 이 사태는 수습되어야 했다.

"뭐 이따위가 다 있어!"

고개를 번쩍 쳐든 A의 기세는 한마디로 상대를 한칼에 제압하는 힘 그 자체였다. 그러나 고수는 피라미 같은 것과 장난하지 않는다. A는 역시 고수였다. 떨고 있는 여자쯤은 상대하지 않았다. 곧 솟구치던 화를 냉정으로 다스렸다. 열 길 물속은 알아도 한 길 사람 속은 모른다고 한 말은 사람 속에 든 냉기와 열기 때문일 것이다.

한참 후 나는 엉덩이를 들어 사타구니 사이에 수건을 끼우고 명치끝까지 그것을 당겨 올려 단단히 배를 감싸고 앉았다. 평정 뒤의 침묵은 김이 샌다. 뒤이어 눈에 익은 여자들이 하나 둘 들어왔다. 여기서의 형, 아우는 조직의 그것과는 다르지만 또 같기도 하다. 어깨가 떡 벌어지고 자존심처럼 광대뼈가 튀어나온 여자가 자기 안방인 양 내 앞에 벌러덩 누웠다.

"마늘장아찌는 뭐니 뭐니 해도 식초의 농도가 맛을 좌우해. 웰빙, 웰빙 하는 것, 따지고 보면 다 가난할 때 우리 먹고 자란 그 먹거리로 돌아가자는 말 아닌가. 시래기 삶고 콩죽 끓이자는 말이지 뭐. 초봄에 담은 오가피며 재피잎장아찌 버려야 할까 봐. 장아찌도 온도가 중요하다는 걸 이제 알았네. 이게 살림의 노하우라는 거야. 실내에서 삭혔더니 온도가 너무 높았나 봐, 시큼한 맛이 도는 게 영 아니야."

"형님, 그러니까 사서 먹으라고 했잖아. 쓸데없이 부지런 떨 때 알아봤지. 나누어 먹는 음식일수록 내 먹기도 아까운 맛이어야지, 그것 우리한테 나누어줄 생각 마요. 쓰레기는 자신이 처리하는 걸로."

까르르, 여자들의 웃음보가 봇물 터지듯 터졌다. 요즘 아이들이 쌈박하다더니, 정말 쌈박하다. 형님이라고 서슴없이 부르는 저 아우님은 아침이면 금방 내린 원두커피에 막 구운 크루아상을 먹으며, 저녁이면 와인 빛이 도는 슈트를 입고 자막 없는 할리우드 영화를 보러갈 것인가? 〈섹스 앤 더 시티〉의 여주인공처럼 그야말로 '쿨'하게만 살고 있을까? 아마 저이들은 영화를 보기 전 스타벅스에서 능숙하게 커피를 주문할 것이며 그 비싼 값을 아낌없이 지불하겠지.

라면을 먹더라도 전망 좋은 찻집에서 휘핑크림이 꿈결같이 부드러운 에스프레소 커피를 마시던 청춘의 한때가 나에게도 있었다. 사우나실이 또다시 시장판처럼 왁자해졌다. 더러는 비웃음이거나 억지웃음이라 할지라도 한 번 터진 웃음은 전염병과 같다. 기왕에 나온 음식 이야기는 보신탕에서 와인까지 이어지고 이 시대의 사랑방이 된 사우나실이 밤늦도록 여자들의 깔깔대는 수다로 넘쳐난다. 수다 속 여자들은 모두가 열녀요 효부며 현모이다. 다만 세상이, 사람들이 그를 알아주지 않을 뿐이다. 발가벗고 앉아서 저 깊은 양심의 바닥까지 후벼 팔 필요는 없다. 수다란 풀어내는 것이라 거칠거나 이치에 맞지 않을수록 후련하고 시원하다.

이 소란 속에서도 C는 오늘도 책을 들고 있다. 어디서나 튀지 않으면 못 견디는 사람이 있는가 하면 튈까 겁이 나는 사람도 있다. 그녀는 그 자체로 튀는 사람이다. 상체에 비해 유난히 하체가 가늘어 기형적인 불균형이 한눈에 들어왔다. 복부에는 인슐린 주사 자국 같은 흔적이 보이긴 했지만 감히 아무나 상종하기 싫은 고집 같은 것이 몸뚱이에 배어 있었다. 붉은 연지 볼에 비해 눈빛은 검고 맑았다. 어두운 조명 아래 그것도 줄줄 땀이 흐르는 사우나실 안에서 책을 들고 있는 여자. 무슨 책일까? 난독일 텐데 … . 실핏줄이 드러나는 하얀 피부와 다소 작위적인 인상에 비해 책을 든 손은 거칠었다.

감히 너들과는 섞이지 않겠다. 뭔가 차별화된 자신을 지키려는 여자의 속셈이 은근히 궁금해졌다. 그녀는 냉랭하고도 낮은 목소리로 세신사를 불러 석류차를 주문했고 마사지 시간을 정해줬다. 칭찬인지 험담인지 모를 얘기들로 사우나실은 점점 달아오르고 그녀는 한마디도 하지 않았다. 어디서나 특별하게 튀는 사람은 또 억측을 불러일으키게 마련이다. 극단적인 방법으로 관계를 차단할 만한 이유는 뭘까? 집요하게 그녀를 향하던 내 시선은 어느새 그녀만큼이나 침묵하고 멈추어 선 나 자신을 향했다.

천박과 비속은 결코 다르지 않다. C가 우리들을 따돌리고 마사지실로 향했다. 부러질 듯 가늘게 휘청거리는 그녀의 다리를 쳐다보며 나는 사람이 떠난 폐가를 떠올렸다. 사우나실을 덮은 부연 김처럼 모호한 여자의 뒷모습을 바라보며 나는 더욱 모호해졌다. 오늘도 그녀는 경락마사지를 받을 것이며 피부마사지를 받을 것이다. 오늘따라 사우나실은 찜통 속처럼 달아오른다. 엇! 뜨거. 벽에 매단 온도계에서 술술 김이 나고 있었다.

태풍이 지난 후 널브러진 잔해를 남긴 바다처럼 증시도 한동안 숨고르기를 하더니 다시 오르기 시작했다. 이쯤이면 복구 작업이 필요하다. 주가가 반등하자 애널리스트는 이번에는 정보기술주와 자동차 주식을 앞다퉈 추천했다. 환율이 오르고 있으니 수출을 많이 하는 이들 주식이 저절로 좋아질 것이라는 전망이었다. 증권사마다 실적 전망치도 턱없이 높였다.

나는 떨리기 시작했다. 복병처럼 안고 있던 반토막 주식을 깔끔하게 정리해야 하지 않을까. 이번엔 훨씬 심각한 두려움이 발목을 잡고 놓아주지 않았다. 판 주식은 오르고 사지 못한 주식 역시 빠르게 오른다. 배가 고픈 건 참아도 아픈 건 참지 못하는 것이 인간의 속성 아니던가. 세계 경기가 위축되면 수출도 줄지 않겠는가 하는 우려도 만만찮았지만 그런 위험은 치솟고 있는 환율에 묻혀 버렸다. 이들 주식이 쑥쑥 자라는 아이들 키처럼 자라고 있을 때에 더운 김을 내며 내 몸이 확확 달아오르고 있었다. 끓어 넘칠 때는 절제란 이미 증발된 후다. 오를 때는 또 끝없이 오를 것 같은 것이 증시의 마술 아닌가.

뒤늦은 감이 없지 않았지만 지독히 앓던 이를 빼듯 들고 있던 주식을 처분하고 다른 주식으로 갈아탔다. 늦었다고 생각할 때가 적기라는 말은 이번 장에서는 맞아떨어졌다. 연일 시황판을 붉게 물들이는 주가의 상승은 공포로 떨었던 지난 태풍을 감쪽같이 잊어버리게 했다. 슬그머니 다시 탐욕의 붉은 깃발이 나를 유혹하고 있었다. 두근거리며 달아오르는 흥분의 기미는 열렬했던 첫날밤의 희열과도 같았다. 출산의 고통을 생생하게 기억하는 여자가 어떻게 다시 아이를 낳을 수 있겠는가. 그러나 철없는 남편처럼 주식은 내 귀에 대고 달콤하게 속삭였다.

나는 이제 남편을 기다리지 않는다. 그가 영영 돌아오지 않는다 하더라도 그를 기다리는 데에 순정을 다할 만큼 나는 어리석지 않다. 오래전 나는 밀고 당긴 적 없이 사랑했으므로 무턱대고 결혼부터 하지 않았던가. 그리고 그 결혼에 붉게 타오르는 깃발을 꽂고 싶었다. 그러나 덥석 사고 만 주식처럼 치명적 손실로 치를 떨게 될 줄이야. 나는 행복해져야 한다. 행복해지기 위해서 나는 대박을 꿈꾸는 우량주를 사야만 한다. 좀더 계획적이고 체계적인 투자자로 변신해야 하니까. 한동안 내 몸이 붕붕 떠돌았다.

그러나 세상은 그렇게 만만하지 않았다. 시장은 같은 재료를 놓고 호재와 악재로 번갈아 오르내렸다. 비관과 낙관을 오가며 더욱 뻔뻔하고 집요하게 나를 조롱하는 것들. 급락했다 반등하는 시황판의 주가처럼 나는 다시 종잡을 수 없이 흔들렸다. 천둥이 울다 마른 번개가 치다, 비가 내렸다 햇살이 비추다, 기억했다 잊었다, 기복이 심한 변덕은 나를 조울증으로 몰았다. 매사에 불같이 반응하다가 얼음처럼 굳어 버렸다.

건식 사우나실 문을 열고 들어오던 A가 코를 틀어막으면서 소리쳤다.

"아이구, 어떤 싸가지 없는 여편네가 머리도 안 감고 들어왔어. 공중 예의는 어디 엿 바꿔 먹었나."

플라스틱 대야에 담긴 넘치는 찬물을 바닥을 향해 사납게 끼얹었다. 수탉에 홀치는 암탉처럼 책을 든 C가 후다닥 일어났다. 위협적인 몸짓으로 A는 다시 한 대야의 물을 그녀 쪽으로 내팽개치듯 쏟아 부었다. 물이 바닥에 튕겨 C가 들고 있던 책을 적셨다. A를 쳐다보는 C의 눈에서 일순간 서슬 퍼런 빛이 일었다.

"이 여자가 환장을 했나, 눈에 뵈는 게 없는 거야!"

굴종을 견디지 못하는 자의 원시적 적대감이 거침없이 터져 나왔다. 이어 A가 들고 있던 대야를 내팽개쳤다. 어처구니없는 봉변에 기세등등한 그도 이쯤이면 체면과 겉치레는 필요 없다.

"뭐라고, 이 여편네가 어디다 대고 화풀이를 해. 남 못살게 해놓았으면 조용히 근신이나 할 노릇이지 여기가 어디라고 함부로 주둥이를 놀려!"

점잖게 시작된 A의 어조가 점차 불을 붙이고 있었다.

"야, 이 여편네야 내가 너를 파탄 냈냐고!"

"그래, 너 말 잘했다. 파산은 해도 거만은 여전하다 이거지. 험한 꼴 당하기 전에 그 꼴같잖은 허세 집어 치워!"

오늘따라 C의 하체가 더 가늘어 보였지만 휘어질 것 같지는 않았다. C의 눈꼬리가 심하게 움직이더니 야릇한 경련이 번졌다. A를 향해 팽팽한 시위를 당겼다.

"그렇게 당당한 년이 서방은 어떻게 뺏겼을까!"

순식간에 여자들이 뒤엉키며 사우나실은 폭발음을 냈다. 완벽하게 화장한 채 잠자던 여자의 비현실적인 얼굴에서, 안개가 걷히듯 모호했던 현실이 선명하게 드러나고 있었다.

짐승은 서로의 상처를 핥아 주지만, 여자에게 상처란 들키고 싶지 않은 치욕과도 같다. 그래서 상처 입은 자는 상처 입은 자를 알아보지만 또 서로를 상처 낸다. 싸운다는 것은 살아 있다는 것이다. 싸움이 치열할수록 어쩌면 우리는 더 강렬히 화해를 꿈꾸는지도 모른다. 자기중심적인 사람일수록 무리 속에서 고독하기 마련이고 배타적인 사람일수록 뭉치고 싶은 욕구가 강렬했다. 광기와 집착은 욕망뿐만 아니라 고통과 쾌락까지도 잡고 놓아주지 않는다. 우리는 누구나 자신의 욕망이나 고통에서 쉽게 벗어나지 못할 뿐만 아니라 허영과 쾌락에서도 자유롭지 못하다.

벌거벗고도 허례와 허위까지는 마저 벗지 못한 여자들의 알몸에서 뚝뚝 물이 흘러내렸다. 온도는 70도를 훨씬 웃돌고 있었다. 싸워야만 한다는 사실보다 싸워서 지켜야 할 것이 없다는 사실이 끔찍하다. 나는 말없이 일어나 사우나실을 나왔다. 그리고 냉탕 속에 머리를 처박고 숨을 몰았다.

하늘에 먹구름이 몰려오고 멀리서 천둥이 울었다. 비가 내리기 전 바람이 먼저 기별을 보냈다. 하지만 기상청에서는 아직도 비를 예보하지 않았다. 쏟아지기 시작한 비는 순식간에 폭우로 변했다.

칠흑 같은 어둠이 몰려오는 걸로 보아 쉽사리 그칠 비가 아니다. 블라인드를 제치고 창문을 닫았다. 점점 더 굵어지는 빗줄기를 자르며 번갯불이 지나가자 지구가 통째로 부서지는 소리를 냈다. 빗물이 이 도시를 다 삼키고 나서야 기상청은 호우주의보를 내릴 모양이다.

도박사는 베팅할 때와 물러설 때를 안다. 그러나 판돈을 올리며 대박에 매달리는 사람일수록 새벽녘이 되면 쪽박신세를 면치 못한다는 것 또한 우리는 알고 있다. 확률의 고저를 모른 채 초저녁 어쭙잖게 끼어들고 만 판일수록 살아남기란 쉽지 않다. 연초부터 간당간당, 위태롭던 시장이 기대와는 달리 심상치 않게 돌아가고 있었다. 고유가에 원자재 가격 상승으로 물가는 불안하고 경기는 침체 위기를 예고했다. 일부 경제전문가는 최근 미국의 금융 불안과 신용경색으로 인해 자산 버블이 꺼지면서 부동산과 주식 값이 폭락할지도 모른다고 전망했다. 그렇다면 우리 경제도 그 영향을 비켜갈 수는 없을 것이다. 나는 미적거리다 벼랑이 눈앞인 악몽을 꾸는 듯했다.

시장은 끊임없이 개미들의 희생을 요구하며 피를 빨아 댄다. 환율효과로 상승국면을 달리던 주식들이 흔들리기 시작했다. 국내 증권사들은 하나같이 실적이 가장 많이 개선될 종목으로 추천했는데도 불구하고 오히려 외국 증권사들은 기다렸다는 듯이 이들 종목들을 팔기 시작했다.

그러나 국내 각 증권사들은 분기 말 기업 실적을 발표하면 지금보다 더 빠른 속도로 반등할 거라 말했다. 우왕좌왕, 어찌할 바를 몰라 쩔쩔 매는 사이 내 주식은 속수무책으로 가라앉고 있었다. 이번에도 시장의 먹잇감이 되고 말 것인가? 개미투자자들이 시장에 헌납한 피는 과연 얼마나 될까? 하락장에서는 또 끝없이 추락할 것 같은 공포감에 휩싸이기 마련이다. 역시 공포는 탐욕이 널브러진 그 뒷자리에 사나운 기세로 달려왔다. 만약 불황이 깊어진다면 회복도 어려워질 텐데 … . 냉탕 밖에서 나는 땀을 흘리며 피가 마르는 현기증을 느꼈다.

도시의 여자들은 이제 콩밭에서 베적삼을 적실 일이 없다. 명절이면 묵은 때나 벗기던 목욕탕은 산뜻하게 사우나로 진화했다. 여자들은 거기에서 겹겹이 덧씌운 우울의 땀을 빼며, 마사지라는 이름으로 자신의 알몸을 가학한다. 벌거벗은 그들은 서로 닮은 듯 다르고, 다른 듯 닮았다. 이 땅에 태어난 태생적 운명이 닮았고 이 시대의 여자라는 숙명이 닮았다. 기질과 취향은 달랐지만 하나같이 품고 있는 알 수 없는 우울이 닮아 있었다. 그래서 이곳이 미워도 사랑할 수밖에 없는 연인처럼 여자들의 사랑방이 되었는지도 모르겠다.

나는 때를 밀기 시작했다. 몹쓸 결벽증이라도 걸린 듯 구석구석 밀고 또 민다. 오금쟁이며 겨드랑이, 손바닥과 발바닥, 손가락과 발가락 사이사이, 저 깊고 검은 숲속 이제 곧 쪼그라들 자궁 속까지도 닿을 수만 있다면 밀고 싶다. 밀고 또 밀어도 때는 나온다. 유전에서 기름이 때처럼 나온다면 좋으련만.

연초부터 오르기 시작한 유가가 천정부지로 뛰어오르는데도 여기 사우나는 요금을 내렸다. 지난 연말에 새 아파트 단지 옆에 지하 수백 미터에서 뽑아 올린 '천연탄산 온천수 사우나'가 생겼고, 또 얼마 전 꺾어지는 길을 따라 채 백 미터도 안 되는 거리를 두고 '아리수 사우나'가 문을 활짝 열었다. 벽은 온통 보석 같은 원석으로 뒤덮였고 황토 사우나며 한방 사우나, 원적외선 사우나와 게르마늄 사우나까지 설치한 최신식 시설에다 호수를 내려다보는 전망이 그야말로 압권이라는 소문이 자자해지면서 동네 사우나는 된서리를 맞고 말았다. 밤이면 뿌옇게 변하던 열탕이 날이 갈수록 맑디맑아지고 있다. 그야말로 데이거나 얼어붙지 않기 위해 주인은 파격적 세일을 단행했다. 나는 두 달 치 가격으로 석 달 치 목욕 티켓을 끊었다. 아직도 턱없이 많은 내 속의 울분이 빠져나오기엔 시간이 더 필요했다. 한 물에서 놀던 A와 B가 요 며칠 보이지 않는다. C도 나타나지 않았다.

화려할수록 가난한 현실 저 안쪽의 삶과, 강렬할수록 나약하게 손을 들고 마는 생의 역설과 모순. 사우나의 열탕과 냉탕은 그들의 비애를 씻어 주고 그들의 닿을 수 없는 욕망과 허세를 따습게 어루만져 줄 것인가. 이제 나는 더 이상 여자들의 알몸에서 무늬를 읽고 싶지 않다. 그것은 그토록 내가 숨기고 싶어 했고 경멸했던 나의 무늬와 다를 바 없었기에.

폭우가 잦아들었다. 숨은 것은 드러나게 되고 또 모든 것은 지나가는 것이 세상의 이치다. 폭우가 웃자란 푸새들의 기세를 바닥으로 꺾어 눕혔다. 주가가 무너지자 주식투자의 실패를 비관한 50대가 스스로 목숨을 끊었다는 기사는 그저 가십거리에 불과했다. 비가 그치니 한 사람의 생처럼 맹렬했던 것들이 시들해졌다. 천지가 고요하다.

모니터에 화면이 뜨는 사이 손끝에 진땀이 배어 나왔다. 환율수혜주들의 분기 말 실적은 증권사들의 전망치를 훨씬 밑돌았다. '어닝 서프라이즈'를 예상했던 기대감이 '어닝 쇼크'로 변하고 있었다. 서서히 내 몸이 얼어붙으며 기시감이 몰려 왔다. 컴퓨터의 전원을 끄고 나는 벌건 대낮에 목욕 가방을 챙겨들었다. 사우나에 도착하기도 전에 등골에서 땀이 줄줄 흘러 내렸다. 다리를 건너면서 사우나 쪽을 바라보았다. 뜻밖에 사우나 앞 도로변에는 사람들로 웅성댔다. 언제나 예기치 않은 일은 너무 일찍 오거나 너무 늦게 왔다. 붉고 푸른 빛을 내며 쉼 없이 돌던 사우나의 표시등이 멈춰 섰다. '임시 휴업' 팻말이 펄럭이고 있는 그 아래 낯익은 사람들 틈에서 A와 B와 C의 얼굴도 본 것 같다. 임시 휴업은 부도를 은폐하기 위한 임시방편이라고, 사람들은 추측하면서 단정지었다. 간간이 얄궂은 소문을 흘리긴 했지만 '으뜸 사우나'는 그야말로 쌈박하게, 하루아침에 폐업을 알리고 말았다.

집으로 가는 길이 아득했다. 다리 아래로는 한낮에도 부연 폐수가 흘러가고, 되돌아오는 길은 멀고도 한적했으며 땀이 비 오듯 쏟아져 내렸다. 나는 다시 컴퓨터의 전원을 연결했다. 이미 더 깊어질 수 없는 데까지 깊어져 버린 침묵을 뚫고 그들의 말이 밀려왔다 아득히 밀려갔다.

… 국제 유가가 터무니없이 치솟고 있는 요즘은 자원개발주와 대체에너지주가 시장의 상 승 ㅇㅡㄹ …

세상의 많은 말은 추문을 만들 뿐이다.

인간의 숙명이 산 정상에 도달하는 즉시 다시 굴러 떨어지는 바위를 끊임없이 산 위로 굴려 올려야 했던 시시포스의 숙명과 같다면 나는 또다시 고갯마루를 올라가야 한다. 나는 진정 행복해질 수 있을까? 남의 눈을 의식하지 않고 나를 옥죄어 온 모든 것들을 훌훌 벗어던질 수 있을까? 검지로 화면의 마우스 커서를 '매도'란으로 당겨왔다. 눈을 감은 채 나는 그것을 지그시 눌렀다. 세상의 말들이, 수명을 다한 세상의 말들이 수면 아래로 가라앉았다. 마우스에서 손을 떼기도 전에 '전량 매도'되었음을 알리는 신호화면이 떴다 곧 사라졌다.

… 추문을 지운 수면 위로 유난히 푸른 청년이 솟아올랐다. 올림픽에서 수영선수가 금메달을 따는 순간이었다.

꽃 돌

이 꽃들을 좀 봐. 목단과 해바라기를, 매화와 국화를 … . 돌이 꽃을 피웠다는 것, 신기하지 않니. 어떻게 저렇게도 생생하게 숨 쉬듯 피어 있을까? 태고의 신비가 저 속에 다 있는 것 같아. 저 무늬와 색채가 꽃돌의 나이테라고 해야겠지. 아니 연륜이라고 할까, 인품이라고 할까. 연륜이나 인품이 저절로 생기지 않는 것처럼, 저 돌 속의 무늬와 색채 역시 마찬가지일 거라고 봐. 노력이나 경험이 만든 것. 꽃돌의 무늬와 색이 제각각 다른 것은, 노력이나 경험이 이룩한 숙련의 정도에 따라 인품이 달라지는 것과 다르지 않다고 봐. 저 폭풍우를 견디며 안으로 피워낸 것이니까.

달이나 다른 행성에서는 돌이 인간보다 먼저 살아가는 존재라는 걸 생각해 봐. 그러니까 애초에 돌은 바위에서 떨어져 나온 것이 아니라 바위로부터 탄생한 것인지도 모르지. 바위가 낳은 돌. 광물이 아니라 생물이라는 거지. 말하자면 무기물이 아니라 유기물인 셈이랄까. 나는 저 돌이 오랜 시간 동안 새 형질로 진화하며 살아남은 생명체가 아

닐까 하는 생각이 들어. 어쩌면 먼 조상들의 살과 뼈가 만든 것일 수도 있고. 땅속에 묻혀서도 그리운 사람들은 서로를 향해 다가가고 있었는지도 모르지. 수없이 많은 세월이 흐르는 동안 만나게 되었을 수도 있고 … , 더 단단하게 얽히고 섞여 꽃으로 피어났을지도 모르고 … .

저 돌 속의 꽃잎이 붉기까지 땅에선 무슨 일이 일어났을까? 나는 곰곰 생각했다. 탱크가 지나가고 로켓포가 떨어지고 거대한 바위가 부서지고, 지뢰를 밟던 발이 조심스럽게 돌을 더듬으며 지나가던 밤, 칠흑 같은 절망이 한 줄 진한 흔적으로 남았을 거라고. 떠밀려 온 곳이 어딘지 몰라도, 어디서부터 떨어져 나왔는지 기억이 모두 지워졌어도, 부서진 잔해들과 함께 강의 하구로 떠내려갈 때의 서늘한 기운이 둥근 무늬의 끝을 살짝 말았을 거라고. 붉은 줄기가 그리움 쪽으로 향해 뻗는 동안 대지에는 봄이 오고 꽃이 피고 향기가 날리고 아이들이 깔깔거리며 입을 맞추고 … 태어나고 죽고 사랑하고 헤어지고 … 사랑이라는 맹목의 격랑을 치르며 상처 입는 사람들은 밤새 온몸을 움츠리며 앓을 수밖에 없었을 것이라고. 그 절망이 그 향기가 그 격랑이 저 단단한 몸에 스며들어 장미가 되고 매화가 되고 해바라기가 되었을 거라고. 국화로 목단으로 백목화로 피어났을 것이라고. 돌 속에 꽃이 피는 동안 나무는 자라고 인간들은 열병과 함께 성숙해 갔을 것이라고 … .

처음 꽃돌을 보았을 때, 나는 이 돌들이 대지의 수많은 생명체와 섞여 춤을 추고 있지 않았을까, 하는 생각이 들었다.

똑똑히 봐. 단단한 외양 속에 간직하고 있는 무늬와 색을. 무늬와

색채의 조화라고 할까. 아니 무늬와 색채의 신비라고 해야겠지. 추상적이라고 하기엔 사실적이고, 사실적이라고 하기엔 어딘지 모르게 추상적인 무늬와 색깔들을 … .

발부리에 차이는 수많은 돌멩이들, 예쁘지도 수선스럽지도 않은 돌멩이들의 무심한 색깔이야말로 가장 진실한 색일지도 모른다고 아내에게 말했다. 처음 아내의 반응은 시큰둥했다. 고개를 돌려 외면하는 빛이 역력했다. 꽃돌이야말로 자신을 드러내는 가장 명료한 존재일 거라고 말하자, 아내는 날카롭게 눈을 찢으며 당신이야말로 명료한 존재가 되어야 한다고 목청을 높였다. 그러니까 돌이든 사람이든 변하는 존재라고, 그때 나는 왜 그렇게 말하지 않았을까. 그런 말일수록 뒤늦게 때를 놓치고 나서야 생각나는지 모를 일이다.

돌은 그야말로 우연이었다. 그즈음 삶의 에너지나 감정의 잔고가 모두 다 떨어진 상태였다. 어떤 강박증이 한없이 깊은 바닥으로 빠져들게 했을 때였으니까. 긴장과 경쟁으로부터 벗어나 오직 혼자만의 시간이 필요했다. 나는 오십천과 양양천을, 매화천과 농암천을 따라 지리산과 파계사를 거쳐 통영의 섬들까지 걸어내려 갔다. 산과 강을 따라 돌을 찾아다니는 동안 잡다한 일상을 외면할 수 있었다. 이를테면 어두운 동굴을 빠져나와 나만의 동굴 속으로 걸어 들어갔던 것이다.

거칠고 투박한 원석이 차갑도록 매끄러운 보석으로 변한다는 사실. 나는 마치 도착적 '성애자'처럼 품고 다듬고 닦고 어르며 돌들을 만졌다. 은밀한 처녀림을 탐하듯 조심스럽게. 화심花心을 분명하게 밝혀 놓은 꽃돌에 입술을 갖다 댄 것은 한참 후였다. 아내의 몸을 처음 열 때의 그 애틋함마저 들었다. 따뜻하고 매끄러운 촉감이 전신으로 전해지고 서서히 흔열이 달아올랐다.

탐석은 돌 그 이상의 발견이었다. 가만히 바라보고 있으면 돌의 형상은 달라졌다. 새가 되고 거북이가 되고, 심산유곡이 되었다가 건장한 남자의 성기가 되었다가…, 때론 동경과 추억을 되살리고, 때론 우스꽝스럽고 음란한 상상을 불러일으켰다. 세상의 형상을 마음대로 바꿀 수 있는 묘취라고 할까. 나는 마치 엽색 행각에 들어간 바람둥이처럼, 감히 속된 자가 비웃지 못할 경지이기라도 한 듯 은밀하고 경건하게 돌을 탐하기 시작했다. 희대의 카사노바가 취할 수 없는 여인은 없으리라.

"돌은 살아 있었어. 살아 있었던 거야…."

나도 모르게 흘린 말에 아내의 질책은 매서웠다.

"그건 굴러다니는 돌멩이에 지나지 않아. 그냥 돌이라고! 삶의 이치를 이해하지 못하면서 자연을 이해할 수 있어? 그러니까 격이 떨어진 일종의 억지고 도피야."

아내가 힐난하는 것이 굴러다니는 돌멩이인지 나인지는 알 수 없었다. 나는 등을 돌린 채 다시 독백처럼 내뱉었다.

"찾아보라니깐, 그 안에 있는 신비로운 형상을. 온갖 만상이 응축되어 있어. 찬찬히 한번 봐."

거래처에서 미루고 미루다가 내민 것은 커다란 수석壽石이었다. 황당하기 그지없었다. 거래처는 돈이 마련되면 꼭 찾아가겠다고 했다. 하지만 돌까지 내밀었을 때는 저간의 사정을 미루어 짐작하고도 남을 일이었다.

“사람이 물러서 돌덩이 같은 취급을 받지.”

아내가 그 말을 할 때까지, 돌덩어리가 무를 수도 있다는 사실과 그 무른 돌덩어리가 나, 라는 사실을 나는 몰랐다.

수석이라기에는 위용이 당당하고, 정원석이라기엔 산수미에 추상미까지 갖춘 기묘한 돌의 자태. 그야말로 윤기가 흘렀다. 설령 회화적인 조화미가 있다 한들, 또 정서적인 감흥을 불러일으킨다 한들, 그게 무슨 소용이겠는가. 당장 급한 문제는 줄줄이 물려 있는 자재비며 공사비였다. 그러니 돌은 그저 볼모로 잡힌 셈. 그런데 이상한 건, 문제가 꼬일수록 구석에 방치해 놓은 돌에 자꾸 눈길이 가는 게 아닌가. 무언지 모르게 끌려들고 있다는 느낌마저 들었다.

이게 참 묘해. 볼수록 신기하다니깐. 심산을 집안으로 끌고 들어온 거잖아. 저기 골짜기가 있고 산봉우리가 있고 낭떠러지가 있어. 오래전 저 낭떠러지로 폭포가 흘러내렸을 것 같아. 봉우리들이 산맥을 이룬 것 좀 봐. 깨진 자국 없이 유연한 선의 흐름을. 그 아래로 평야가 있었을 테고 호수와 강이 흘렀을 테지. 사계의 변화무상한 광경을 생각해 봐. 꽃 피는 계절과 눈 덮인 광경을. 저 중후한 색감, 표정이 살아 있잖아.

오래전 어머니는 바위에 엎드려 오래오래 치성을 드렸다. 초자연적인 기운에 의탁해 집안의 안녕을 빌었던 것이다. 그러니 바위는 그냥 돌이 아니었던 것.

움푹 팬 저기를 좀 봐. 태고의 호수 같기도 하고. 바로 옆으로 불룩

솟은 면, 남녀가 얽혀 있는 형상 같지 않니? 남자가 여자를 벽 쪽으로 바짝 밀어붙이고 선 채로 교합하는 자세. 아니 그 형상 전체가 팽창할 대로 팽창한 남자의 성기 같아. 그렇지, 그게 자연인 거지. 가만히 생각해 봐. 거칠 줄 모르고 불어대는 비바람을, 쉼 없이 부딪치는 파도를 … . 세월의 풍파가 녹아 만들어 낸 거잖아. 그 시간을 거슬러 올라가 봐. 끊임없이 떨어지는 낙숫물이 커다란 바위에 구멍을 뚫었을 시간을. 그러니 그냥 돌덩이가 아니라는 말이지. 저기 삼라만상의 신비가 숨을 쉬고 있어.

아내가 불같이 화를 냈다.

"당신 지금 뭘 보고 있는 거야!"

벌겋게 화를 내는 아내를 뒤로하고 나는 점점 돌의 시간에 빠져들었다.

저 돌은 어디서부터 왔을까? 어느 산과 강의 지류에 있었을까? 한때는 어진 선비의 서재에 있었을 수도 있고, 어느 풍류객이 애완하던 산수석이었을지도 모르고, 어쩌면 달관의 경지에 이른 선승이 애석하던 것일 수도 있고, 어머니의 비원이 서린 바위의 한 귀퉁이였는지도 모르지. 황실의 마지막 불운을 고스란히 새긴 돌이었을지, 그건 알 수 없는 일이지. 나는 어둠 속에서 다시 돌을 더듬어 보았다. 투박하면서도 매끄러운 촉감이 손에 닿았다. 저 돌이 여기까지 오는 동안 얼마나 긴 시간이 흘렀을까 … .

나는 감히 상상할 수 없는 돌의 시간을 생각해 보았다. 바위에서 떨어져 나간 시간, 풍파에 깎이고 깎이던 시간, 질풍노도에 부딪치고 쓸리던 시간, 그 달빛과 햇빛의 시간들을. 나무는 화석이 되고,

화석은 다시 비옥한 토양이 되었을지도 모를 시간을. 그 시간은 인간들이 바다 깊숙이 저장된 화석 연료를 분해시켜 지구 환경을 위협한 시간이었을 것이고, 미생물은 완전히 분해해 버리지 않고 자신의 일부를 부산물로 남겨 술을 익게 하고 김치를 익게 만든 시간이었을지도 모르지. 돌의 운명은 변하지 않는 속성을 모두 흡수하여 비로소 변하는 것이 아닐까? 끊임없이 깨어지고 깨어지되 기꺼이 깨어지는 것. 그럼으로써 다른 모습으로 새롭게 살아가는 것.

그러니 간단한 건 아무것도 없어. 단면만 보고 무엇을 알 수 있겠어. 가만히 보면 형언 못할 강렬한 감동도 있을 테니깐. 그러니 오랜 시간 동안 펼쳐진 관계를 봐야 한다, 그 말이야. 바둑판에 돌이 별로 없는 상황에서 최상의 수를 찾는 것은 무의미해. 설사 포석에서 밀린다고 해도, 상대의 거듭된 실수를 응징할 수는 있겠지. 그건 흔한 경우가 아니라고 봐. 그 경우의 승패는 이긴 게 아니라 상대가 지는 길로 갔다고 봐야하지 않을까? 정석을 알고 사활을 안다고 단순히 이길 승부가 아니라는 거지. 불가피한 사정이란 어디에나 있는 법이니까, 기다려 볼 거야.

나는 아내에게 거래처를 믿어 보기로 했다고 말했다.

제각각 나뒹구는 돌멩이들. 돌멩이들은 그래서 더 외로운 쪽으로 굴러가는지도 모른다. 새 거래처와 후불계약을 할 당시 그 남자는 성공했지만 참 외로운 돌 같아 보였다. 이미 파란을 겪은 사연이 선한 눈빛에 어려 있었다. 아무리 단단한 돌이라도 나무가 뿌리를 내리거나, 얼었다 녹기를 반복한다면 결국 조금씩 금이 가기 마련. 엄청난 열기나 하중에 짓눌리면 깊고 깊은 땅 속의 돌도 변한다는 사실. 그래서 그가 오히려 더 단단한 돌처럼 보였다. 그러나 아내는 그가 금이 간 돌이라는 것을 단박에 알아봤다.

"사람들이 왜 근본을 따졌겠어. 당신이 그 사람에 대해 뭘 안다는 거야?"

아내의 말은 어디서 구르던 돌인지 모른다는 거였다. 아내와 나는 늘 같은 곳을 보고 다른 것을 보았다. 그런데 아뿔싸, 그 돌부리에 내 발목이 걸리고 말 줄이야. 아내가 염려했던 대로 거래대금을 모두 챙기고 그가 달아났다. 무조건 믿는 게 아니었다고 아내의 질책은 무차별 폭격이 되어 날아왔다.

육중한 바위가 굴러 떨어지면서 돌은 산산조각 나 버렸다. 금이 간 채 굴러다니는 돌멩이들은 어쭙잖은 충격에도 깨지기 마련이다. 심하게 부딪치면 불꽃을 내며 깨진다. 그 엄청난 충격에도 불구하고 시간이 지나니 그의 이름이 떠오르지 않는다. 그가 사라질 때는 그만한 사정이 있지 않았을까? 도저히 말 못할 급박한 사정이었을 수도 있고. 그의 이름이 영영 떠오르지 않았을 때, 그도 이 일이 떠오르지 않을 수 있다는 생각을 했다.

나는 왜 그 사람을 신뢰했던 걸까? 그 사람 자체가 아닌 그 사람의 배후를 믿었던 건 아니었을까? 분명하다. 내게 필요한 무언가를 그가 해 줄 것이라는 기대를 했던 것이다. 그를 전적으로 믿었다면 그 신뢰의 이용 가치를 믿었다는 말. 믿음을 담보로 스스로 감당해야 할 책임이나 수고를 넘겼거나 미루었을 수도 있고. 그렇다면 그 배반이 그의 잘못만은 아니지 않는가. 근데 왜 그의 이름이 떠오르지 않지? 이름뿐만 아니라 얼굴까지도. 전혀 어렵지 않은 말을 하고도 말끝마다 버릇처럼 무슨 말인지 알겠죠, 라고 되묻던 사람.

아무리 궁리해도 그가 무슨 말을 했는지조차 도무지 기억나지 않는다. 다만 나는 돌을 찾아 더 멀리 달아났을 뿐.

당신이 거기서 평화를 얻겠다는 건 순전히 억지야. 생활의 번폐스러움을 떠나서 온전히 평화를 누릴 수 있을 것 같아? 근데 당신 얼굴색을 좀 봐. 당신 표정을 보란 말이야. 그게 평화를 얻은 자의 얼굴이야? 인간의 허망한 작위를 내던진 자의 얼굴인가, 그 말이야. 조금도 지극하거나 고상하지 않아. 단지 피하고 있는 모습일 뿐이라니깐. 가만히 보면 당신이 더 우스꽝스런 돌 같아 보여. 이미 용도가 끝나버린 남근의 형상을 한 돌!

아내의 질책은 더 날카로워졌다. 우리는 서로의 말을 알아듣지 못하고 서로 다른 말을 하고 있었다. 실은 자신의 말을 하는 동안 아무 말도 들리지 않았던 건지도 모른다.

탐석을 갔다 돌아왔을 때 아내가 마치 돌처럼 앉아 있었다. 서늘한 달빛이 거실 구석구석을 비추고, 아내의 눈에 서늘한 빛이 지나갔다. 들고 온 꽃돌을 채 내리기도 전이었다.

당신, 어디서 뭘 보고 있는 거야. 사람의 마음속은 사심을 지닐수록 힘들어져. 만사를 사심으로 보면 사심대로 보여. 봐야 할 것을 제대로 볼 수 없다고. 그 돌도 마찬가지야. 지금 당신 옆에 흩어져 있는 것들을 봐. 보고 싶은 걸 보지 말고, 있는 그대로를 보라니까.

아내의 말이 달빛과 함께 서늘하게 전달되었다.

당신이 그렇게 정성을 들여 닦아야 하는 것이 흙때나 물때인 거야? 그렇게 돋보이게 다듬고 색을 내야 하는 것이 돌이었냐, 그 말이지. 격을 갖추어야 한다면 그건 사람이어야 해. 돌은 그냥 돌일 뿐이야. 설사, 고태의 그윽한 색조를 띠었다고 하자, 그게 어쨌다는 거야. 이제 생활을 다 놓아 버리겠다는 거야? 심미안 운운하는 것, 그것 얼마나 큰 횡포인지 알기나 해? 그건 말이야, 당신이 자연을 아득하게 감상하겠다는 것이 아니라 생활과 멀리 떨어지겠다는 것뿐이야. 지금 여기를 등지겠다는 말이지. 당신, 여기를 한번 봐. 뭔가 흩어지고 있는 것을. 올이 풀린 매듭처럼 속수무책 풀리고 있는 것들을. 당신이 기만의 허상에서 신묘함을 느끼는 동안, 실상 우리는 또 얼마나 비어 있고 부족해야 하는지 보라고!

아내의 목소리가 점점 높아지고 빨라졌다.

그 돌은 당신 말대로 천년의 비바람과 천둥 번개가 만드는 거라고. 바다와 강이, 해와 달이. 깎이고 닳고 놀라면서. 그러니 닦고 파고 깎지 말란 말이야. 그냥 달빛 아래 놓아두라니깐. 그러니까 내 말은, 그렇게 유심히 들여다봐야 할 게 돌이 아니라는 거야. 뭐? 시간을 더듬어 보라고? 우리에게 절실히 필요한 건 우리가 함께 살아갈 시간이야. 오래전의 얘기가 아니라, 냄새를 푹푹 풍기는 바로 여기라고! 우리에게 정작 필요한 게 뭔지 몰라? 타이밍. 그렇지. 그때가 아니면 안 되는 것. 시간이 지나면 영영 돌이킬 수 없는 것도 있잖아. 지금 하지 않으면 안 되는 말. 나는 지금 그 말을 하고 있어. 모든 관계를 차치하고 당신과 나 사이의 신뢰를 한번 생각해 봐. 신뢰를 회복하지 않고 우리의 관계가 지속될 것 같아?

최후의 통첩이 날아왔다. 아내의 악다구니가 드세질수록 나는 딴 말을 쏟아 냈다.

그렇지. 꼭 그대로 닮진 않았어. 차를 타고 달릴 때 먼 산들의 능선을 바라봐. 부드러운 곡선이 이목구비 뚜렷한 사내의 얼굴 같기도 하고, 때론 능선의 흐름이 풍만한 여체처럼 보이기도 하잖아. 설령 사실에서 벗어나도 형언하지 못할 강렬한 인상 같은 것, 무언지 모를 깊은 감동을 안겨 주는 것, 그걸 발견하게 되지. 돌도 마찬가지야. 눈에 보이지 않았을 뿐 저 돌은 쉼 없이 변화하고 있었던 거야. 종유석이 자라나듯 무수히 많은 시간 동안 꽃돌은 무늬와 색을 만들었어. 세상의 만고풍상을 견디며 안으로 꽃을 피웠던 거지. 식물들이 탄소동화작용을 하는 동안 꽃돌은 아주 무딘 신경운동을 통해 서서히 자신을 진화시켜 왔는지도 모르고.

세상의 일들이 꼭 논리정연하게 당위성을 설명할 수만은 없어. 꽃이 피고 지고, 해와 달이 수없이 뜨고 지는 동안 영원히 죽지 않을 것처럼 사람들은 살아가지만, 인간의 무덤이 흔적도 없이 사라지는 시간, 우리가 알아보지 못했을 시간 밖의 시간을 생각해 봐. 천둥 번개와 비바람과 눈보라에도 모든 감각을 안으로 응축시켰을 저 돌의 시간 말이야. 그 시간 동안 놀라고 떨었던 흔적이 물결처럼 더 아름다운 무늬를 만들었을 수도 있지 않을까? 혹서와 혹한을 견디는 동안 색은 더 다양하게 진지해지지 않았을까? 꽃향기가 날리고 달이 뜨는 밤, 그리움의 색조를 더하지 않았을까 … .

돌은 변하고 있었던 거야. 세상의 변고에 움찔움찔 놀랐지만 우리가 알아보지 못했을 뿐이었어. 폭풍우에 쓸려 계곡으로 강으로 또다시 바닷가로, 천 길 낭떠러지로 떨어져 깨지는 동안 우리가 모른 척했을 뿐. 그런 생각이 들어. 만약 구도자의 몸속에 사리가 자랐다면 그건 구도의 결과가 아니라 그리움의 결과라는 것. 이를테면 땅속에 묻혀서도 그리운 사람들은 서로를 향해 다가가고 있었는지도 모른다는 거지. 수없이 많은 세월을 자갈과 모래에 실려 만나게 되었을 수도 있지 않을까. 강렬하게 염원하는 것들은 돌을 만든다, 뭐 그런 논리지. 누가 알겠어. 그럴 수도 있다는 사실을. 어찌 되었든 식물이 뿌리를 땅 속으로 내린다면 꽃돌의 뿌리는 제 몸 안으로 뻗었다고 할까. 열매 속에 꽃을 피우는 무화과처럼. 생존 방식의 차이, 생존의 다른 방식이라고 해야겠지.

아내가 나를 뚫어지게 쳐다보았다. 저 위험한 시선과 무거운 현실, 난 그 모든 것들을 외면하고 싶었다. 우리는 점점 다른 방향으로 달아나고 있었다.

당신이 그토록 아끼는 그 무늬와 빛깔도 결국은 빛의 파장에 따라 다르게 인식한 것뿐일지도 몰라. 결국은 보고 싶은 것을 보게 되는 거라고. 그러니 여길 좀 보라고. 너무 어둡거나 너무 밝거나, 이미 빛의 파장을 벗어난 그곳에 당신과 내가 서 있다는 걸. 적당히 눈 감고 적당히 볼 수 있는 거리를 벗어났다는 사실을 알기나 해? 난 말이야, 모든 건 사람을 향해 있어야 한다고 봐. 사람을 등지고 당신 지금 뭘 하고 있는 거야? 당신이 만약 더없이 아름다운 문양과 색을 찾았다고 해도 그건 당신 자신을 피한 것에 불과해. 저 돌들을 윤기 나게 닦는 동안 우리 위에 내려앉은 뿌연 먼지를 좀 보라고! 먼지도 찌들면 바닥에 눌어붙고 곰팡이가 슨다는 것 몰라? 난 먼지 속에 있는 저 돌들을 보면 자신을 통제할 수 없는 당신 모습을 봐. 무엇이든 끌어들이는 것, 어쩌면 심리적 균형이 깨져 버렸는지도 모르지. 당신은 다른 핑계를 대지만 그건 집착과 다르지 않아. 쓰레기 더미 속에서 안정을 찾는 사람과 다르지 않다고! 물론 강박증이 아닌 열정일 수도 있겠지. 그러나 지켜야 할 것들을 내팽개치고 거기에 빠져든다는 게 문제야. 내 눈엔 뻔히 보여. 결국 당신은 또 지치게 될 거라는 것이. 그러니 뭘 채우려고 자꾸 끌어들이지 마.

아내의 말이 날카로운 쇠꼬챙이로 심장을 찌르는 듯 파고들었다. 거기에 대응하는 순간마다 삶의 접시가 깨지는 소리를 냈다. 진정 대화를 원하면서도 나는 더 멀리 달아났다. 달아나면서 오히려 회복하려는 마음이 더 강했는지도 모른다.

그렇지. 잘못된 거라는 걸 알았더라도 계속하게 되는 것도 있지. 지나치다는 것을 알면서도 자꾸 끌려 들어가게 되는 것. 그런 자신을 통제할 수 없는 상황까지 몰고 가게 되는 것. 그렇게밖에 할 수 없는 심리적인 문제를 이해한다고 해도 쉽게 모든 것을 내려놓을 수 없는 것도 있지 않나. 쥐고 있던 것을 놓기까지는 시간이 필요해. 그러니 다그치지 말라고.

정작 나는 그 말을 아내에게 할 수 없었다. 운명의 선택권이 자신에게 있다 할지라도 자신도 모르는 사이 선택되는 것도 있다는 것을. 어느 날 내가 돌을 찾아 나선 것처럼. 마음 둘 곳 없어 그곳을 벗어나고 싶었다고, 뜻대로 되지 않는 삶에 대한 강박이 어리석음과 무책임함을 만들고 말았다고, 나는 그런 말을 아내에게 하지 않았다. 아내의 말은 도를 넘었다는 것이었다. 분노가 목구멍까지 차올라 이제 스스로 감당이 되지 않는다는 거였다.

이쯤이면 이건 병이야. 아마 당신 전두엽에 문제가 생겼는지도 몰라. 의사결정이나 행동계획을 관장하는 부위가 탈을 낸 게 틀림없어. 아니면 판단력이 왜 그렇게 흐려지겠어. 당신은 저 돌에서 자신의 정체성을 확보하려는 것 같은데, 그건 현실 도피이고 상황을 회피하는 것밖에 안 돼. 불안과 고통 속으로 들어가서 보라니깐. 덮어두는 건 피하는 것일 뿐이야. 불안은 여전히 그대로 있어. 달라지는 건 아무것도 없다고. 과도한 애착은 비정상적인 상태일 뿐, 더 복잡해져. 당신이 그렇게 중히 여기는 것이, 아니 사랑해야 할 것이 결코 돌이란 말은 아니겠지. 당신이 진정 자유로워지는 건 그 모든 것들을 놓아 버렸을 때일 거야.

아내의 말이 불편한 것은 그 말이 진짜이기 때문이다. 아무리 모른 척해도 말 속의 체온까지 무시할 수는 없으니까. 미안할수록 나는 더 단단히 무장할 수밖에 없다. 나는 다시 돌을 닦기 시작했다. 표면에 붉은 매화가 선명하다. 매화라기보다 도화처럼 보인다. 발그레 홍기가 도는 여자의 얼굴빛. 꽃잎을 두르고 가운데 숨어 있는 암술과 수술이 여자의 음부처럼 깊다. 도화살이 분명하다.

애초에 돌을 맡긴 사람은 끝내 나타나지 않았다. 돌이 내게 온 이후로 모든 것이 뒤죽박죽 뒤엉켜버렸다. 꽁꽁 얼었다가 녹기를 반복하며 아내와 나는 푸슬푸슬 갈라지고 부서졌다. 그 사이 아내의 말소리는 점점 작아졌다. 아내의 마음이 돌처럼 굳어 더 이상 말들을 뿜어내지 못할지도 모른다. 나는 아내가 이제 혼자서 행복해졌으면 좋겠다고 생각했다.

아내를 등지고 돌을 닦는 동안 내 몸이 서서히 말초신경부터 굳어가고 있다는 느낌이 들었다. 한 번도 단단한 적 없던 무른 몸이 손끝까지 굳어가고 있는 느낌.

*

아버지를 우연히 만난 것은 늦은 저녁이었다. 방학이 시작되던 날 시가지는 행인들로 붐볐다. 시계탑 네거리 쪽으로 막 방향을 틀었을 때였다. 나란히 걷고 있던 선배가 어깨를 툭 쳤다. 나는 누군가 내 어깨를 치고 달아나는 줄 알았다. 휘청, 걸음이 흔들렸지만 가던 길을 내처 걸어갔다. 코앞에 아버지가 막고 설 때까지 내 시선은 정처 없는 곳을 향해 있었다.

아! 순간 내 목에서 이상한 소리가 새어 나왔다. 엉겁결에 고개를 숙였는지 어쨌는지, 아무튼 알은체를 하기까지 내 시선은 아버지 쪽이 아니라 선배 쪽으로 기울어 있었다. 나는 선배가 모르는 척 지나가기를 바랐다. 그런데 그가 먼저 아버지에게 인사를 했다. 아버지의 모습이 초췌해 보였는지 어땠는지, 뭔가 지친 표정이었다고 훗날 나는 그날의 아버지를 기억해 냈다.

다소 장황하게 선배가 인사를 건네는 동안 나는 한쪽 발로 땅바닥을 자꾸 밀었다. 딱히 할 말이 없어서가 아니었다. 목구멍까지 차오르는 것이 말문을 막아 버렸다. 잠시 어색한 침묵이 흐르고 아버지가 말을 건넸다.

"오늘 동생 보았다."

그때 아버지의 시선도 나를 향해 있지 않았을 것이다. "예" 하고 나는 대답했을 뿐이었다. 다시 고개를 숙였는지 어쨌는지, 기억에 없다. 아버지가 먼저 발길을 돌렸는지 내가 먼저 걸어갔는지도. 그리고 버스 정류장 못미처에서 나는 굳은 채 서 있었다. 동생을 어디서 봤다는 건가… 동생은 지금 여기에 없는데…. 그제야 갈림길에서 선배가 혼자 갈 수 있겠냐고 물은 말이 기억났다. 차들이 속절없이 내 앞을 스쳐 지나가고 머릿속에선 바위에서 떨어진 돌멩이들이 와르르 무너져 내렸다.

석산 모퉁이를 지나 집으로 가는 길은 외길이었다. 해마다 여름이면 산사태가 났다. 메워 놓았던 자리가 다시 무너져 내리면 여지없이 길을 막아 버렸다. 그 길이 막히면 돌아가야 할 길은 험하고 먼 산길뿐이었다. 나는 그때처럼 차를 타지 않고 춥고 먼 길을 돌아 걸었다. 새로 떨어져 나온 돌멩이…. 그게 무슨 상관인가? 그런데 왜 이렇게 저릿저릿하지?

처음 꽃돌을 구하러 가기 전, 어릴 적 무너져 내린 석산 모퉁이에서 주운 화석을 떠올렸다. 생물의 유해가 땅속에 오랫동안 묻혀서 그대로 화석이 된 석화石花를 떠올렸던 것이다. 그런데 예상과는 달랐다. 흔히 보는 수석처럼 돌의 생김새를 보는 것이 아니라 꽃돌은 깊숙이 돌 속을 봐야 한다는 것.

반짝이는 화산암 속에 불타는 해바라기와 서늘한 매화가 피어 있었다. 꽃 중의 꽃으로 불리는 모란의 자태는 그야말로 화려하고, 윤기 나는 장미는 탐스러웠다. 무리 지어 핀 소국은 앙증맞고 겹겹의 달리아와 국화는 그 자태가 차라리 도도하기까지 했다. 화무십일홍이라 하지 않았나. 붉고 번성한 시간도 잠깐이란 말인데, 꽃돌의 시간은 영원했다. 지지 않는 꽃. 흥분과 떨림은 좀체 가라앉지 않았다. 돌이 살아 있었다니. 분명 돌은 살아서 꽃을 피웠던 것이다. 수천만 년 동안.

서시천이 흐르는 대둔산 중턱을 오르는데 돌들의 따뜻한 느낌이 발바닥에 전해졌다. 꽃돌의 원석은 그냥 돌덩이였다. 돌 속에 핀 꽃핵을 정확히 찾아 절단한 후 연마와 연마를 거듭해 마침내 보게 되는 꽃. 자연이 가꾸고 인간이 찾아낸 꽃. 매혹적인 자태, 활짝 핀 채로 혹은 봉오리 진 채로 영원한 꽃의 향내가 코끝에 가만히 전해왔다. 지구의 중력도 잊은 채 우주를 유영했을 시간. 꽃돌은 수천만 년 전의 땅의 냄새를 고스란히 품고 있는 듯했다. 불의 냄새, 물의 냄새, 사랑의 냄새, 이별의 냄새, 고통과 슬픔의 냄새, 활활 타오르던 열정과 눈물의 냄새까지도. 갈평리로 걸어가면서 발밑에 굴러다니는 돌을 나는 가만히 만져 보았다.

심장은 멈추었지만 아버지의 손은 식지 않았다. 아버지의 몸은 아직 딱딱해지지 않았다. 나는 실로 오랜만에 아버지의 가슴에 얼굴을 묻었다. 숨졌다는 실감이 조금도 들지 않았다. 자는 듯 고요할 뿐 여전히 따뜻한 온기를 간직하고 있었다. 갑자기 내 심장이 푸르르 떨었다. 달구어진 돌멩이를 삼킨 듯 울컥, 목구멍을 타고 무언가 올라왔다. 그때 내 몸속에서는 꽃잎 하나가 핏빛으로 붉게 물들고 있었는지도 모를 일이다.

소식 한 번 전하지 않고 살았던 이복동생이 느닷없이 아버지의 마지막을 전했을 때 잊고 있던 그 옛날 석산 모퉁이가 또다시 한꺼번에 와르르 무너져 내리는 것 같았다. 돌들이 낭떠러지로 그대로 굴러 떨어지고, 세상으로 연결되는 길이 또다시 끊어져 버리고 … , 이제 나는 어떻게 되나. 모르는 사람으로 살아온 그들과 어떻게 대면해야 하나. 아버지가 죽어가는 그 순간에도 내 생각뿐이었다. 오래전에도 아직 젊은 아버지의 인생은 뒷전이었고 남겨질 내 생각만 했던 것이다. 뒤늦게 나는 내 머리를 뜯기 시작했다.

문 밖에서 한참을 서성거렸다. 병실 문이 열리고 벽 쪽으로 아버지의 모습이 보였다. 나는 선뜻 아버지의 곁으로 다가가지 못하고 침대 모서리를 잡고 서 있었다. 낯선 여자가 내 손을 아버지의 손등에 갖다 댔다. 아버지의 손이 움찔 흔들리고 아주 미약한 떨림이 내 손으로 전해졌다. 순간 머릿속이 하얗게 비워졌다. 아버지의 눈에서 눈물 한 방울이 주르르 흘러내렸다. 아, 이건 뭔가? 이 아픈 무늬는. 귀퉁이가 다 떨어져 나간 깨진 돌 속의 무늬와 색이 왜 그토록 붉은지, 왜 그토록 아린지, 그때까지 나는 몰랐다.

애초에 돌멩이는 날카롭게 태어나지만 굴러가는 동안 끊임없이 다듬어지는 거지. 강가의 돌과 바닷가의 돌, 계곡의 돌이 다른 것은 그 때문이 아닐까? 돌멩이의 바닥을 찬찬히 만져 본 사람은 알지. 벗겨진 알몸 전체가 모두 상처투성이라는 것을. 오래 구를수록, 땅속 깊이 묻

혀 있을수록 돌멩이의 심장이 뜨거워진다는 것을. 그 뜨거운 심장이 무늬를 만들고 색을 만들어 낸다는 사실을. 그러니 함부로 돌을 던질 일이 아니라는 것을.

뼈까지 아리던 초겨울 시계탑 사거리에서 아버지가 던진 말. '오늘 동생 보았다.' 그가 내 앞에 나타난 것이다. 굴러온 돌도 박힌 돌도 아닌, 떨어져 나온 각각 외로운 돌.

나는 될 수 있으면 멀리 달아났다. 실존조차 잊어버리게 하는 깊은 그늘 속으로 들어갔다. 예나 지금이나 내게 일어난 일들이 새벽 꿈처럼 도통 기억나지 않을 때까지. 그렇게 달아나면서 어쭙잖은 돌부리에도 코가 깨지고 상처를 덧냈다. 도망칠수록 더 선명하게 확인되는 상처들. 만약 두려워해야 한다면 그건 상처가 아니라 시간이 아니었을까. 아버지와 내가, 아내와 내가 서로를 등진 채 앓았을 시간. 저 돌에 꽃이 핀 시간.

이리저리 굴러다니는 돌멩이. 어느 바위에서 떨어져 나왔는지 기억마저 까마득한 돌멩이. 어느 강가 어느 포구의 물결에 닳아도 결코 단단해지지 않는 무른 돌멩이. 자칫 사람들의 발길에도 바스러지는 돌멩이. 나는 그런 돌멩이였다. 아내를 만나고 나서 한동안 내가 돌멩이였다는 사실을 잊었다. 아내는 점성이 강한 황토 같았다. 흩어져 구르던 돌로 차곡차곡 돌담을 쌓아 올렸다. 거센 바람도 넘어올 수 없도록. 담은 높았지만 외풍만큼이나 속에서 이는 바람 또한 거셌다.

그대로 두면 상처는 썩고 말아. 상처를 체액으로 보듬어야 해. 부서지면 부서진 대로 깨지면 깨진 대로, 산산조각 난 대로 살아가는 거야. 돌은 원래 깨지는 거니까….

여기까지 오는 내내 나는 아버지의 그런 목소리가 간절했다.

아버지는 혼자서 죽었다. 아무도 없는 병실에서 스스로 산소호흡기를 뽑아 버렸다. 모두 잠든 어두운 밤에 왼손을 들어 코와 입을 덮고 있는 산소호흡기를 떼어 냈다. 오른팔에 주사기를 꽂은 채, 내 손을 잡았던 그 손으로 아버지는 스스로 숨을 놓아 버렸다. 예나 지금이나 뒤돌아보지 않고, 기껏 혼자서 숨을 놓아 버린 것이다.

돌은 순응과 불응의 속성을 모두 가지고 있어. 오랜 세월 동안 모양과 색은 변할지라도 내재적 성질은 결코 변하지 않는 속성을 가지고 있지. 어릴 적 불렀던 노래. '바윗돌 깨트려 돌덩이, 돌덩이 깨트려 돌멩이, 돌멩이 깨트려 자갈돌, 자갈돌 깨트려 모래알….' 돌의 생명은 외부에 의하여 부여받는 것이 아니라 상황에 따라 지속적으로 생성되는 거라고 봐. 변형되면서 새로운 모습으로 살아가는 것. 순응하되 불응하는 것. 신전이 꼭 바위산 위에 서 있는 것은 변하지 않는 속성 때문이라고 봐야겠지. 그러나 신은 또 매순간 적합하게 맞추어 새롭게 현존하지 않는가.

아버지의 딱딱하고 싸늘한 주검은 존재가 증발하는 것을 막기 위한 것일 뿐, 돌이 살아있음을 확인하는 제의와도 같았다. 아무리 밀쳐 내어도 낯설지 않는 체온. 나는 동생을 쳐다보았다. 결국은 아버지의 무늬와 색이 되었을 돌멩이들. 그 무늬는 어떤 색을 만들었을까?

아버지는 우리 기억 속에 남아 있는 한 결코 죽지 않을 것이다.

우리가 서로 마주 보지 않았던 시간은 더 생생한 기억으로 물들 것이기에. 발길에 차이는 하찮은 돌멩이 하나, 굴러다니는 돌멩이 하나도 온 우주 역사상 하나밖에 없다는 사실. 그래서 그것이 소중하다는 사실을 아버지의 몸이 서서히 돌로 굳은 뒤에야 알게 되었다. 그동안 나는 수많은 돌멩이를 찾아다녔지만 정작은 애초에 떨어져 나온 암석 쪽으로 굴러가고 있었던 건지도 모른다. 아버지의 심장 쪽으로. 붉게 물든 그리움 쪽으로.

그래 맞아. 이생에서 다하지 못한 사랑이 화석이 된 것이 아닐까 싶기도 해. 어떤 재난이나 불행에 의해 말라 버린 사랑이 그 단단한 돌 속에 꽃으로 물든 것인지도 모르지. 돌의 체액으로 매일매일 조금씩 상처를 싸며. 상처 많은 나무가 더 아름다운 무늬를 만들 듯. 그늘이 만든 꽃, 고통이 만든 꽃. 죽음을 견딘 사랑이 만든 꽃인지도 모르지. 그 사랑을 기억하는 돌. 그것이 꽃돌이 아닐까 싶어.

우리가 안타깝게 놓친 시간은 결코 사라져 버리지 않고 무늬를 만들고 색을 낸다는 사실. 사랑하는 사람을 미워하는 것은 결코 미워할 수 없는 존재라는 거지. 그러니까 '사랑하는 것은 그의 체온을 느끼는 것이 아니라 미워하면서 그의 체온을 닮아 가는 거'라고 누군가 말하지 않았던가.

당신은 진정한 자유가 뭔지 알기나 해. 뭔지 알지도 못하는 것을 끝없이 찾아 헤매고 있다면 그건 핑계이고 변명에 불과해. 전에는 자기 것이었던 걸 다 빼앗겨 버린 사람처럼 우기는 거라고. 정작 당신은 누

굴 위해 자신을 기꺼이 내어준 적이 있느냐, 그 말이야. 대단찮고 사소한 것들을 성실히 수행하는 그 속에 자유가 있다는 것, 그걸 모른다는 거야….

우우우, 귓전에 울리는 아내의 음성이 저 멀리 시청 앞 광장에서, 공사장에서, 역전에서, 공원에서… 돌멩이들의 울음소리처럼 들려왔다. 무심코 던진 돌멩이가 물의 가장자리로 파문을 일으키듯 내 속에서 서서히 파문이 일기 시작했다.

맞아, 돌덩이 속에 핀 꽃핵을 정확히 찾아야 해. 그리고 연마하고 연마해야만 해. 깨진 돌멩이는 다른 모습으로 태어나니까.

우선 더 늦기 전에 아내와 나 사이를 가로막고 있는 무거운 돌을, 저 커다란 돌을….

다시 꽃돌박물관을 찾았을 때 늦은 오후의 햇살이 비스듬히 꽃돌을 비켜가고 있었다. 적막 속에서 어떤 움직임이 느껴졌다. 한삼자락을 휘감으며 활옷 자락이 너울너울… 살풀이 같기도 하고 태평무 같기도 하고… 보일 듯 말 듯 섬세하고 우아한 손놀림. 멈춘 듯 아닌 듯 가만히 움직이는 화사한 발짓춤. 그러나 동작 하나하나는 절제미가 있는 춤사위. 수천 년 동안 더 단단히 물든 기억들이 빙글빙글 햇살을 따라 춤을 추고 있었다.

일기 예보

눈을 뜨자마자 은선은 TV를 켰다. 강한 비를 동반한 장마 전선이 북상하고 있다는 뉴스자막이 화면을 가로질러 급하게 흘러갔다. 벌써 오래전부터 뚝뚝 물이 드는 우울감이 비구름을 몰고 있었다. 이 우울감이 짧지 않을 거라는 것과 함께 올 장마가 유난히 길고 무더울 거라는 것을 은선은 예감했다.

밖은 흐릿했다. 마치 농묵濃墨이 번지듯 묻어오는 운무가 생의 어느 한 부분을 가리기라도 하듯 검게 뭉쳤다 다시 흩어졌다. 생의 많은 것들은 적나라하게 그 모습을 드러내며 사라지지만, 다가오는 것들은 흐릿하게 한쪽을 가리고 다가왔다. 평소에는 그저 익숙하게 바라보던 풍경들이 몽상을 부풀려 모호해질수록 은선은 더 구체적인 사물의 모습들을 찾아내고 있었다. 인간의 욕망이란 눈으로 볼 수 없는 것조차도 몸의 감각이나 정신을 통해서 생생히 느끼고 상상하지 않는가.

회색빛 하늘 사이로 아침의 붉은 빛이 언뜻 나타났다. 그 빛 속에서 이미 오래전 잊힌 시간의 흔적과 같은 것들이 어렴풋이 형상을 보여주다가 홀연 또 사라져 갔다.

49번! 그녀를 어떻게 말해야 할까?

하늘은 곧 비가 쏟아질 듯 무겁다. 땅을 쪼개던 가뭄 끝에 단비가 내리긴 했지만, 뭉치고 쌓여 있는 것들을 쓸어내리기에는 아무래도 기세 좋은 소낙비였으면 좋겠다고 은선은 생각했다. 한여름 날씨란 곧 비가 쏟아질 듯 무겁다가도 무르기만 할 뿐 건乾장마가 계속되기도 하고, 일기예보와는 달리 마른날 날벼락 같은 소낙비를 쏟아 붓기도 하지 않는가.

어느 날 느닷없이 걸려 온 그녀의 전화가 그랬다. 그야말로 뜬금없는, 사소한 한 통의 전화가 사소하지 않을 때였다.

"그래 맞어, 48번, 너지? 목소린 그대로구나! 나, 기억하겠어? 그러니깐, 음… 십 년? 이십 년? 그보다 훨씬 더 전이니? 나, 49번….”

딱딱 끊어지는 가늘고 잽싼 49번의 목소리가 꼬리를 물고 사라지는 유성처럼 길게 이어졌다. 희미한 꼬리의 끝에서 한줄기 빛이 일었다 사라진 순간, 아슴아슴할 것도 없이 기억의 한 자락이 잘 영근 고구마 뿌리처럼 붉고 단단한 알뿌리를 줄줄이 달고 올라왔다.

어딘가 모르게 습하고 냉한 푸른빛이 도는 49번의 입술이 먼저 떠올랐다. 누군가에게 쉬 말 못할 비밀쯤을 가진 듯 굳게 다문 입매와, 삶의 어떤 불편한 진실을 담은 듯한 가는 눈매가, 기억 저편에 묻혀 단단한 구근처럼 영글어 있었다. 은밀했으나 거침없었던, 그 또래 나이에 걸맞지 않는 조숙한 아이였다는 것을 은선은 단박에 기억해 내었다.

곧이어 딸려 나온 기억의 알뿌리는 창백하고 말쑥한 서울내기 단짝 K가 여전히 49번 옆에 그림자처럼 붙어 있다는 거였다. 까닭 없이 공상적이었던 우리들에 비해 그녀들의 세계는 몹시도 세련되고 성숙해 보였다. 무엇보다 49번의 말씨가 문제였다. 서울내기 단짝 K의 매끄러운 어투에 어색하게 섞이던 경상도 가시내의 보리경사京辭. 한껏 목소리에 멋을 내긴 했지만 어투에 맞지 않는 억양의 어색함을 참아 내지 못해 아이들은 걸핏하면 푸아하, 속웃음을 토해 내기도 했다. 저토록 뻰뻰스럽게 보리경사를 쓰다니!

나뭇잎만 굴러도 자지러지던 그때, 교정의 붉은 배롱나무 꽃잎들은 엷은 바람결에도 자르르르 간지럼을 탔다. 그 뻰뻰한 49번도 국어책을 읽을 때만큼은 파르르르 목소리가 떨리곤 했다.

세상에는 알 수 없는 것 투성이였다. 도무지 짐작도 할 수 없는 불가해한 세계가 그때 우리들의 세계였던 것이다. 키는 고만고만했으나 안과 밖 모두 요령부득인 아이들에 비해 왠지 그녀들은 일목요연했다. 단정하게 빗어 넘긴 먹빛 머릿결이며, 까만 단화 속에 접힌 하얀 발목양말이 그녀들의 콧잔등과 함께 유난히 빛났다. 햇살은 쏟아져 조회시간마다 우리들을 픽픽 쓰러뜨렸지만 마음도 몸도 쑥쑥 자라던 그때, 시기와 질투는 잡풀처럼 자라났다. 풀밭에 득실거리는 벌레들마냥 수다스러웠고, 시시때때로 끓어 넘치던 변덕 또한 속수무책이었다. 터무니없이 슬펐으며 턱없이 괴로웠다. 어른들은 장마가 끝날 무렵이면 웃자란 풀들을 베어 내곤 했는데 풀들이 사라진 자리에는 무성했던 여름이 진동했다. 여름풀을 벤 자리처럼 말끔했던 49번에게서 엿보았던 불편한 진실, 그것은 무엇이었을까?

나로 혹은 그로 불리는 고유한 호칭이 사라진 자리에 수천, 수만으로 조합될 수 있는 숫자로 기억되고 불리는 관계. 지나간 것이 그리운 것은 지나간 것을 그립게 만드는 우리의 왜곡된 기억 탓인지도 모르겠다. 어쩌다 가끔은 궁금했을 옛 친구로부터 걸려 온 한 통의 전화는 느닷없었고 불편했다.

"아버지는 잘 계시니?"

49번이 묻는 안부가 누구의 아버지인지를 인식하는 데 몇 초의 침묵이 흘렀다. 뜬금없이 아버지의 안부라니? 옛 친구로부터 지금까지 잊히지 않았다는 놀라운 우정을 확인하기도 전에 은선은 그녀가 전하는 안부의 진원에 더 놀라고 있었다. 실로 오랜만에 아버지의 안부를 묻고 싶은 사람은 어쩌면 은선 자신이었는지도 모른다.

"으, 응… 그렇지 뭐 … ."

은선은 갑자기 머릿속이 터질 듯 혼란해졌다. 49번은 잠잠했다. 마치 먹잇감을 던져 놓고 기다리듯, 이쪽에서 자진하여 궁리를 털어놓기라도 하라는 듯, 그것이 아니라면 그쪽 의중의 진의를 이쪽이 알아채고 있는지를 파악하기라도 하듯, 도무지 알 수 없는 막간이었다. 내가 왜 이럴까? 아니, 그저 사소한 안부가 아니던가. 은선은 세차게 머리를 흔들었다.

아버지는 오래전에, 오래전의 모든 것들을 털어 버렸다. 기억도 추억도 옷에 묻은 먼지를 털 듯 미련 없이 털어 버린 사람이었다.

"희한하제? 니 엄마 눈빛이 오늘따라 와 저래 총총하노!"

아버지가 놀란 듯 쳐다보았을 때, 아버지는 넘어가는 해를 아쉬워하는 것이 아니라 긴 장마 끝에 다시 내리는 비를 탓하는 듯도 했다. 그 순간 아버지의 눈빛은 어머니의 기적과도 같은 소생에 있지 않고 어떤 낭패감으로 가득 차 있었다. 어머니는 마지막 사력을 다해 생명을 소진하는 중이었으나 아버지는 소생의 기미를 보이는 어머니의 기운을 두려워하고 있었다.

어머니의 눈빛은 흐릿했지만 형언할 수 없는 절박함으로 흔들리고 있었다. 그 절박함이 마지막 기운마저도 흩뜨리지 못하고 있을 때, 아버지는 먼지처럼, 어머니를 털고 있는 중이었다. 자식들을 두고 젊은 아내가 숨을 거두는 순간에 아버지는 아무것도 회의하지 않았다. 한때 사랑했으면 된 것이었다. 아버지에겐 불변 같은 욕망이 아직도 쨍쨍하지 않은가.

한여름 정오의 마당은 적요했고 강렬한 빛은 그림자들을 집어삼켰다. 욕망이 강렬할수록 사람들도 가끔 제 그림자를 삼켰다. 과열한 빛이 대지 위에 녹아드는 그 환한 백주에 마당이 순식간에 요동쳤다.

마당가에 혀를 늘이고 누워 있던 누렁이가 개장수가 아무도 몰래 덫으로 던져놓은 고깃덩어리를 집어삼켰던 것이다. 누렁이가 게거품을 문 채 불을 뿜어냈다. 마당을 통째로 집어삼킬 듯이 미쳐 날뛰자 물처럼 고요했던 마당이 검은 너울을 일으키기 시작했다. 흙이며 돌이며 나무며 댓돌 위의 신발까지도 벌벌 일어서고 있었다. 누렁이의 발작이 마당을 난장 치며 점점 더 가팔라졌다. 세상을 삼킬 듯 사나워진 누렁이가 눈알을 뒤집은 채 제 꼬리를 물어뜯기 시작했다. 난동의 진원이 마당인지 누렁이인지 구분할 수 없는 그때에, 마당이 조금씩 그림자를 드러내기 시작했다. 순간 누렁이가 턱, 하고 담장 아래 쓰러졌다. 누렁이의 코와 입을 떠난 마지막 숨이 가슴

위에서 가쁘게 헐떡거렸다. 그 광경을 지켜본 아버지가 재빨리 헛간에서 쇠스랑을 들고 나왔다.

"어찌 그러죠. 아즉 숨줄이 가슴에 얹혀 있는데."

가슴을 죄던 어머니가 손바닥으로 얼굴을 묻었다.

아버지가 정혼을 앞둔 어머니를 낚아챈 것도 이렇게 환한 대낮이었다. 오직 어머니를 얻기 위해서 눈에 보이는 것이 없었다던 아버지는 그때의 열정이 눈까지 어둡게 했다고 농쳤지만 실은 한낮의 강렬한 빛이 아버지의 눈을 찔러 눈앞이 캄캄했을 터였다. 그런 아버지는 마지막 어머니의 빈 동공을 쓸어내리며 남몰래 자신의 반역도 함께 덮었을 것이다.

벌건 대낮에 누렁이가 개장수 손에 감쪽같이 넘어갔듯이, 어머니도 아버지의 손에 잽싸게 치워졌다. 사람들은 죽은 영혼을 위로하기보다는, 긴 병에 효자 있겠냐고 피둥피둥한 아버지를 위로했고, 엎어지면 코 닿을 곳에 만장 같은 선산을 두고도 어머니는 화장으로 깨끗이 치워졌다. 오랜 병마에 시달린 사람은 훨훨 놓아 주어야 한다는 사람들의 말을 아버지는 순하게 따랐다. 평생 마음대로 사신 아버지가 난데없이 긴 병을 극진히 간호한 열부烈夫가 되었고, 세상의 말에 귀 기울여 순응하는 사람이 되어 있었다.

장마가 시작되기 전 베갯잇과 이불 홑청은 삶아 빨고 속통은 괄괄하게 햇살에 털어 말려야겠다고 마음먹었으나 역시 마음뿐이었다. 사람들이 물처럼 빠져나간 한적한 오전을 흔들며 위층에선 세탁기 물 빠지는 소리가 요란하다. 울컥울컥 도랑물 넘치는 소리에 은선은 수화기를 바짝 귀밑으로 다잡으며 뒤 베란다 쪽을 내다보았다. 전화선 너머는 잠잠했다. 먼저 전화를 걸어 왔음에도 불구하고 49번은 침묵함으로써 사소한 안부를 사소하지 않게 하고 있었다. 얼떨결에 은선이 먼저 49번의 근황을 물었고, 그녀의 단짝 K의 안부도 물었던 것 같다. 49번은 늘 마주치던 사람처럼 다 편안하다고 짧게 대답했다. 그런데 그녀의 대답이 건성으로 들린 것은 아마도 뒷말의 아찔함 때문이었는지도 모르겠다. 49번의 말이 징검다리를 넘듯 훌쩍 건너뛰었다.

"아버지의 애인도 잘 계시니?"

얼굴이 화끈 달아올랐다. 무언가 뒤죽박죽 엉키고 있는 게 분명했다. 너도 농담은, 이라고 오히려 가볍게 일축하고 싶었지만 이미 무거운 침묵이 은선의 목구멍을 틀어막고 말았다.

49번은 다시 잠잠했다. 또다시 어려운 문제를 내고 답을 쓰기까지를 인내하고 있는 것 같았다. 마땅히 오래간만의 그리움이었다면, 근황 따위의 안부여야 하지 않은가 말이다. 그러나 은선은 그녀의 침묵을, 말할 수 없는 불편한 진실을 차마 말하지 못하는 것으로 미루어 짐작했고, 은선 또한 진의를 묻지 않는 것으로 모든 진실을 알기라도 하는 것처럼 짧게 웃어 넘겼다. 49번은 꼭 한 번 만나자는 다짐을 되풀이하며 먼저 전화를 끊었다.

장마철 날씨는 푹푹 무르기만 할 뿐 쉽사리 비를 쏟지 않았다. 대기가 습해지자 곰팡이들이 극성스럽게 피어났다. 49번으로부터 받은 한 통의 전화는 자주 마음 저 밑바닥을 흔들어 놓았다. 그런 기분을 애써 떨치려 할수록 장마철 방바닥처럼 쩍쩍 무언가 들어붙었다.

나긋나긋 단 맛이 드는 K의 말을 흉내 내었으나 낯간지럽게 들리는 서울내기의 억양만은 구사하기가 아무래도 쉽지 않은 듯 자연 얼치기가 되고만 49번의 말처럼, 은선도 그저 그런 얼치기로 섞여들었으면 좋았을 것이다. 그녀들이 둘도 없는 우정으로 빛나는 동안 은선은 그만큼 더 외로운 사춘기였다. 49번과 단짝 K가 지남철에 이끌리는 쇠붙이처럼 붙어 다닐 때에도 은선은 그들을 부러워하지 않았다. 은밀히 비밀 일기장을 공유하며 세상에 없는 사이임을 자처할수록 그들이 언젠가는 찢어질 것이고, 돌아설 때는 불구대천의 원수처럼 뒤도 돌아보지 않을 것이 훤히 보였기 때문이다. 그러나 그녀들은 오히려 은선의 무심한 눈길을 안타깝게 바라보았다. 세상의 모든 단짝이 어그러지더라도 그들의 우정만은 영원히 빛날 것 같은 착각과 환상이 그녀들의 얼굴에 자랑스럽게 피어났다.

2학기가 시작된 가을이었다. 집안의 내력은 물론 정주간의 숟가락 수까지 훤하던 초등학교 때의 사정과는 달리 단지 몇십 명 중의 한 명으로 호명되던 나날이었다. 아직 햇살은 불볕이었고 느티나무 서늘한 그늘에서 매미가 울었다.

그날따라 단축수업을 끝낸 아이들이 밀물처럼 빠져나간 운동장은 햇빛이 깨어져 하얗게 눈이 부셨다.

'지집 죽고 자식 죽고, 지집 죽고 자식 죽고…'

건너 연애산에서 들여오는 구구새 울음소리가 왜 그렇게도 처연하게 들렸는지. 누군가 또 죽어가고 있겠구나, 생각을 하며 은선은 교문을 빠져나왔다. 대기가 수정처럼 맑으니 하늘은 그야말로 창공이었다. 맑고 푸른 하늘빛이 밴 듯 세상은 털끝 하나 거짓 없이 순결했다.

숨 막히게 아름다운 그 순간 은선의 뇌를 뚫고 떠오른 것은 다름 아닌, 죽음이었다. 코스모스가 지천에 흐드러져 피어 있는 길을 따라 걸어가며 언젠가 죽어 간다면 가을날 코스모스 꽃길 위였으면 좋겠다고 생각했던 것도 그때였다.

개비고개를 넘어 병막을 지날 때 코스모스는 더 넓게 온 들녘을 물들였다. 길은 평소와는 달리 한적했다. 보리밭은 텅 비어 있었으나 으스스한 느낌을 떨칠 수는 없었다. 인적 없는 길에서는 또 인적이 무서워지는 법. 들판 가운데 햇살을 튕겨내며 하얗게 바랜 길을 따라 저만치 도축장이 보였다. 백정의 손에 이끌려가던 소 한 마리가 발버둥을 치며 도축장 안으로 사라지자 세상이 온통 견결해졌다. 죽이거나 죽지 않기 위해 기를 쓰고 살아야 하는 생의 모습들. 그 완강한 모습을 바라보며 밀려온 느낌은 뜻밖에도 안도감이었다.

은선은 가방을 던지고 코스모스 꽃 위에 벌러덩 누웠다. 개여뀌가 햇살을 받아 별처럼 반짝였다. 하늘에는 새 떼들이 줄지어 날아갔다. 새 떼들은 수 갈래로 흩어졌다 다시 하나로 합쳐졌다. 세상은 미치도록 아름다웠다. 기쁠 것도 슬플 것도 없는 눈가가 갑자기 아려오기 시작했다. 새털 같은 구름이 심해의 새들처럼 흩어졌다 모였다 날아가는데, 그 모습이 마치 눈 깜짝할 사이에 얼굴의 가면을 바꾸는 변검술사나, 일인 다역을 맡은 무대 위의 배우처럼, 대열을 바꾸었다.

단지 빛의 산란 때문에 하늘이 저토록 푸르다고 할지라도 그 맑음을 의심할 단서는 아무 데도 없었다. 한 점 구름만 몰려와도 천만 가지로 가슴이 벌렁거리는 것이 우리들의 마음자리였다. 새털 같은 구름을 풀어놓은 하늘은 더없이 파랬고 드높았다. 은선은 하늘을 향해 활짝 몸을 열었다. 머리꼭대기 백회혈과 발바닥 용천혈을 통해 뭉클뭉클 벅찬 기운이 가슴으로 몰려왔다.

그러나 곧 파랗고 드높은 하늘이 까닭 모를 어떤 슬픔 같은 것으로 변했다. 인간이 윤회하는 세계가 저 가을 하늘의 구름같이 덧없는 것일까, 그런 상념이 들었기 때문이다. 한줄기 흙바람이 불고 코스모스가 물결치며 휘청거렸다. 그 부드러운 꽃물결 사이에, 엉킨 물체가 언뜻 나타났다 사라졌다. 그런데 사라진 영상이 머릿속에서 얄궂은 모습으로 뒤엉키고 있었다. 바로 그때, 바람에 섞이는 은밀한 목소리가 낯설지 않았다. 오소소 소름이 돋았다. 꽃물결 속에서 풀 먹인 하얀 교복 칼라가 반짝이는 게 아닌가. 갑자기 머릿속에서 금기의 모호한 경계선이 뒤죽박죽 엉키고 있었다.

'문둥이 가시네들!'

은선은 얼른 눈길을 돌렸다. 발칙하고 야릇한 감정이 엉켜 붙을수록 걸음을 재촉했다. 바람이 치맛자락을 뒤집으며 더 세게 불어왔으나 돌아보지 않기로 했다. 길 위에는 하얗게 먼지가 일었다.

며칠이 지났다. 그네들은 어떤 변명도 해명도 없이 은선을 무시함으로써 그날의 일을 감쪽같이 덮어 버렸다. 그렇게 함으로써 그들의 우정은 더없이 똘똘 뭉쳐졌다. 참을 수 없는 경멸감이었다. 파리하게 야윈 몸과 까다로운 성격을 마치 타고난 우월함인 양 스스로를 차별화하는 그 앙큼함에는 은선도 웃지 않을 수 없었다. 그들을 전보다 더 외면해 버렸다. 도시에서 자란, 체면이나 허식보다는 이해타산이 밝은 그들이기에 무엇보다 버리고 취하는 것이야말로 분명했을 거였다. 일찍이 은선이 그들의 특별한 우정을 믿지 않은 것 또한 거기에 있었다.

폼이나 낭만으로 치자면 근동에서 아버지만큼 때깔 나는 사람도 없었다. 그러나 지나치게 치우치는 쪽은 또 그만큼의 무게로 다른 쪽이 기우는 법. 사범학교를 막 졸업하고 첫 부임지에 도착한 어머니를 쥐도 새도 모르게 대낮에 낚아챈 아버지는 예나 지금이나 시시콜콜 변명 같은 건 할 필요가 없었다. 그래서 털어 버릴 때도 구차한 사설을 달지 않았다. 쇠도 불에 너무 달구면 두들기는 동안 해지고, 너무 식으면 쇠의 찰기가 적어져 깨지고 마는 것을 아버지 또한 모르진 않았을 것이다.

어머니가 네 번째 딸을 낳았을 때, 아버지의 열기는 밖으로 새어 나간 후였고, 어머니는 이미 찰기가 다할 무렵이었다. 이슬이 보이고 난 후 산파를 부르러 읍내로 간 아버지는 돌아오지 않았다. 그 밤의 낭만을 아버지는 어쩌지 못했던 것일까?

검붉게 달아오르다 퍼렇게 질려 버린 어머니는 산파가 도착했을 때 이미 난산으로 기절해 있었다. 끝내 아기의 울음이 터져 나오지 않은 마당에 숯을 단 금줄이 쳐졌다. 그때나 지금이나 아버지의 계책은 참신해서 자신이 무엇을 택하든 혹은 버리든, 택할 수밖에 없었고 버릴 수밖에 없는 것으로 만들어 놓았다.

그러나 어머니는 그날로부터 천형을 받은 삶이 되고 말았다. 난산으로 뇌를 다친 아기는 정상적으로 세상을 살 수가 없게 되었고 백방으로 손을 써 보았지만 아무 소용이 없었다. 어머니의 모성은 날이 갈수록 절절해졌다. 어머니는 자식을 위해서 마침내 자신의 몸을 소신공양할 모양이었다. 온몸의 에너지를 다 소진해 버린 어머니가 끝내 몸져눕고 만 것은 절망 때문이 아니라 외면 때문이었으리라.

어머니가 자신을 위해 단 한순간도 쓸 수 없는 동안 오로지 자신만을 위해 산 아버지는 그 누구도 감히 넘어설 수 없도록 분명한 선을 그어 놓았다. 이미 망가진 아기의 뇌에 백약이 무효였듯 타다 남은 어머니의 몸은 손써 볼 틈도 없었다. 대단했던 아버지의 낭만은 고작 그러했다.

열악하기 그지없는 격리 결핵 요양소에 치우듯 어머니를 내맡겼다. 그러면 된 것이었다. 어머니의 병세가 악화되고 무료나 다름없는 가난한 병원으로 어머니를 다시 옮길 때까지 아버지는 부재중이었다.

어머니가 산소 호흡기를 단 채 집으로 실려 오던 날 아버지가 녹용 한 첩을 들고 호기롭게 대문을 들어섰다. 불은 턱없이 세었고 녹용의 진한 향이 연기와 함께 아주 멀리까지 퍼져나갔다. 은선이 황급히 부엌으로 뛰어들었을 때 녹용은 어머니보다 먼저 타들어 갔다. 타다 남은 진하고 진한 녹용의 진액은 어머니의 몸으로 스며들지 못했다. 이미 어머니의 몸은 품고 있는 모든 것을 내뱉는 중이었다. 사물에 대한 응시가 그윽했던 어머니는 식구들이 집을 비운 사이 혼자 조용히 목숨을 놓았다. 어떤 당부도 유언도 없었다. 다만 똑바로 뜬 눈에 인간의 비의를 고스란히 담고 있을 뿐이었다. 아내의 몸에서 빠져나가는 생명보다 결핵균을 경계했던 아버지는 역시 건재했다. 또 자식들을 위해 아내를 격리시켰고, 마지막 숨을 놓는 순간까지 녹용을 달인 남편이 되어 있었다. 사랑이라는 것이 때론 상처나 고통의 다른 이름이 아닌가.

쏟아지는 빗소리에 묻혀 몇 번인가 놓친 전화를 받았을 때 49번의 목소리는 갠 하늘같이 가벼웠다.

"얘, 얼굴 한번 보자. 내일 나 거기로 가."

거두절미하고 49번이 말했다. 보리경사가 자연스러워졌으나 얼치기는 여전했다. 달리 거절할 방도를 찾지 못한 은선이 엉겁결에 그러자고 했다. 그야말로 흔쾌히 대답한 데는 지난번의 말꼬리나 붙들고 따져 볼 심사에서가 아니라 지난 시절에 대한 그리움 같은 것이었으리라. 전화기를 내려놓으며 은선이 멍하게 바깥을 내다보았다. 사선을 그으며 세차게 흩어지는 빗줄기가 점차 아득해졌다.

49번을 만난 시간은 태양이 표준 자오선을 지날 무렵이었다. 중년의 모습이라기보다는 어딘지 모르게 사향 냄새를 흘리는 가시내의 모습을 하고 그녀가 나타났다. U대학 앞에 차를 세운 그녀가 납치하듯 은선을 태워 달아났다. 환한 대낮에 여자를 끼고 앉은 희멀건 사내가 지루하게 밖을 내다보고 있는 풍경이 먼저 눈에 들어왔다.

레스토랑에서 자리를 고르고 재차 상투적인 인사를 나누는 데는 서너 박자쯤이면 되었다. 실로 오랜만의 대면은 겉으로는 살가웠지만 어딘지 모르게 어색했고 뚝, 뚝, 대화가 끊겼다. 마주앉은 49번의 눈빛이 가볍게 흔들리면서 자주 딴 곳을 헤매었다.

"여기서 만날 사람이 또 있니?"

"아니."

은선이 물었고 49번이 대답했다. 은선이 K의 근황을 물었을 때 드르릉 드르릉, 49번의 손에서 신호음이 울렸다. 발신인을 확인한 그녀가 잠깐 난감한 얼굴빛을 띠더니 전화를 받았다.

"너 지금 어디야?"

다짜고짜 고함부터 지르는 수화기 너머의 음성이 들렸다. 49번이 힐끗 은선을 한 번 쳐다보고는 애써 태연한 목소리로 대답했다.

"지금 들어가고 있어, 입구라니깐."

"입구긴, 어디 입구라는 거야?"

"바로 앞에서 친구를 만났어."

"뭐, 친구?"

49번이 손으로 수화기를 막았다. 저편의 강압적인 목소리는 믿지 못하겠다는 목소리가 아니라 믿지 않는다는 단호한 목소리였다. 49번의 인상이 다시 일그러지는가 싶더니, 대수로운 일이 아니라는 듯이 은선을 향해 눈을 찡끗했다. 이번엔 저쪽이 묵묵부답인 듯 조용했다. 결국 들어가 다시 전화하겠다는 말을 거듭 되풀이한 후에 49번은 휴대전화를 접었다. 무방비 상태에서 어딘가에 엮여드는 느낌이 빠르게 지나갔다. 그런데 미안하고 당황한 쪽은 또 은선이었다. 말 그대로 48번은 얼굴이 벌겋게 달아올랐으나 49번은 여전히 태연하게 입꼬리까지 살짝 올렸다.

"우리 남편이 이래. 단속이 어지간해야지. 내가 그 열정에 반해 일찌감치 결혼했는지도 몰라. 죽어도 나뿐이라네…."

49번이 길게 말을 늘어놓았다. 죽어도 나뿐이라네…, 은선은 속으로 49번의 말을 되뇌었다. 인간의 세계란 겉으로 나타난 것보다 훨씬 더 비정했다. 그러니 그런 과열하는 것들은 믿을 것이 못되었다. 피를 끓게 하는 배반 역시 한때는 운명과도 같다고 믿은 열정들의 과열한 결과에 지나지 않았다.

한때 그토록 눈을 멀게 했던 아버지의 열정도, 죽음의 순간까지도 어머니를 배신한 믿음이라는 것도, 결국은 모두가 환상이나 착각에 불과했던 것이다. 너무 뜨거워서 눈을 멀게 했던 것이 한순간 돌변하여 얼음장처럼 냉정해져 버리는 하찮은 것임을 은선은 일찍이 보았다.

그래서 수술대 위에서 일곱 번이나 가랑이로 흘려버렸던 핏덩어리가 은선에게는 미련도 없이 결혼생활을 정리할 수 있었던 단서가 되었다. 어쩌면 세상의 사랑이 습관성 유산과 같은 것일지도 모른다고 은선은 생각했다. 죽어도 나뿐이라는 그 어이없는 진실 앞에 황당할 수밖에 없었다. 그러나 추측이나 짐작은 금물이다. 무엇을 물어도 패배를 무릅쓰고 대답할 그녀가 아니다. 그때 야릇한 미소를 한껏 흘리며 49번이 바짝 상체를 당겨 앉았다. 발그레한 뺨 위로 동공이 활짝 열리는 듯했다.

"남편은 세상없이 열정적인 사람이야. 우린 서로 열렬하니 어지간한 문제는 문제로 삼지 않아."

예전에는 쌍꺼풀 없는 그녀의 가는 눈빛에서 가끔 냉정한 결단 같은 것을 엿보기도 했는데, 두껍게 새로 접어놓은 쌍꺼풀이 왠지 실답지 않았다.

"너, 옛날에는 아주 단정하지 않았니?"

벌써 잘못 나가 버린 말을 잡을 수는 없었다. 그러나 49번은 비웃기라도 하듯 맞받아쳤다.

"뭐 대단한 거 있니? 다들 위선이야."

딱, 딱, 끊는 단정적인 말투는 빈정거림이 역력했다. 그녀가 은선을 만나고 싶어 했던 이유가 점점 더 미궁 속으로 빠져들고 있었다. 전채로 나온 야채샐러드가 숨을 죽일 무렵 스테이크가 나왔다. 먹음직스러운 소스 속의 스테이크는 겉면은 새까맣게 타 있었으나 속은 핏물이 고인 채 질기고도 질겼다. 입속에 침이 고이면서 구역질이 올라왔다. 구역질을 밀어 넣으며 49번을 쳐다보았다. 스테이크에는 손도 대지 않고 곁들인 감자나 당근을 뒤적이던 그녀가 은선을 빤히 쳐다보았다.

"아버지는 건강하셔? 어머니 돌아가시기 전 그 사람과 지금도 잘 지내시니?"

확 뜨거운 기운이 치밀어 올랐다. 마른침을 삼키며 은선은 저 건너 테이블의 멀건 사내를 한 번 쳐다보았다. 일의 진위를 떠나 그 무엇도 문제 삼고 싶지 않았다. 순간, 폴란드 시인 쉼보르스카에게 묻고 싶었다. '불행을 요리하는 방법, 나쁜 소식을 견뎌 내는 방법, 불의를 최소화하는 방법, 신의 부재를 극복하는 방법'을.

속이 홧홧해져 왔다. 조금 전의 장난기 섞인 표정을 거둔 49번이 집요하게 48번의 말을 기다렸다. 그게 무슨 말이냐, 고 놀란 듯 눈을 크게 홉뜨고, 우리 아버지를 어떻게 아느냐, 부터 물어야 대답의 순서이겠지만 애당초 그따위나 나누려고 여기에 온 것은 아니지 않은가. 그나마 앞서 절반으로 줄어든 인내가 바닥을 드러내고 있었다.

육고기의 비릿한 핏물이 입속에 고였다. 역겨움이 혀뿌리를 끌어당겼으나 49번의 치기 어린 호기심을 풀어주기 위해서 침묵하는 것은 도리가 아니었다. 은선은 눈꼬리를 아래로 내리고 광대뼈의 근육을 입꼬리로 최대한 밀어 올렸다. 그렇게 부드럽게 웃는 것으로 괜한 질문에 대한 괜한 답을 대신하듯, "얘는 농담은!" 하고 대수롭지 않게 눙쳤다.

그때 꽉 다문 입을 길게 늘이며 다소 작위적 미소를 흘리고 있던 49번의 얼굴이 돌연 굳어 가고 있었다. 그 어색한 침묵을 깨며 위잉, 위잉 … 그녀의 손가방 속에서 또 다른 신호음이 울렸다. 테이블 위의 휴대전화기를 확인한 그녀가 다시 가방 속에서 전화기 하나를 꺼냈다. 그리고는 조금 전 통화와는 달리 나긋나긋한 서울 말씨로 통화가 길게 이어졌다.

밤이 이슥하도록 어머니의 울음소리는 이어졌다. 뜨겁게 쏟아지다가 잦아들고 솟구치다가 다시 떨어지던 그날 밤, 마당엔 그믐달이 쓰린 빛을 흘리고 있었다. 눈에 핏발을 세우고 상처를 후벼 파며 서로를 물어뜯는 일이야말로 더 큰 증오를 키우는 일이 아니고 무엇이겠는가. 차갑고 단단한 벽에 부딪칠수록 종국에는 스스로 깨어지고 만다는 사실을 알았던 어머니였다. 어머니의 그 의연함이야말로 더 비정한 칼날이 아니었을까? 아버지에게 대응하지 않음으로써 어머니의 대응은 완벽했다.

그 끝나지 않을 갈등과 반목의 악순환을 끊기 위해 은선이 선택한 것은 아무것도 믿지 않는 것이었다. 누구도 사랑하지 않는 것이야말로 배반에 대한 최대의 항거라고 믿었다. 그러나 마음이라는 것이 비운다고 해서 비워지는 게 아니었다. 청청한 날에도 마음에는 그늘과 그림자가 함께 들어와 앉았다.

같은 사무실의 남자는 무심했다. 서로를 욕망하지 않는 남녀가 남녀 사이가 될 수 있는가? 그러나 삶이란 때때로 짐작과는 달랐다. 때론 의지와는 상관없는 시간에 놓이기도 했다. 남자의 무심함은 한결같았고 그것이 편안했다. 사랑을 믿지 않으니 기대 또한 없었다. 그러나 이번엔 운명의 칼날이 다른 곳을 향하고 있었다.

회복실에서 눈을 떴을 때였다. 마치 흑백 사진기의 렌즈를 조절할 때처럼 벽지의 기하학적인 무늬가 일제히 벽에서 일어나 멀어졌다 가까워졌다. 피사체가 사진기의 렌즈를 피해 달아나듯 걷잡을 수 없이 출렁거렸다. 극소수의 뇌세포가 예리하게 감각세포를 건드렸다. 핏덩이를 쏟아낸 가랑이가 축축해져 왔다. 주체할 수 없는 눈물이 계속 흘러내렸다.

일곱 번째의 유산이었다. 남자는 한결같았다. 그런 한결같은 무심함이 폭력이 될 수 있다는 것에 은선은 놀랐다. 그 한결같음이 여덟 번째의 성공을 기약하기 전 은선이 먼저 집을 나왔다. 모체로서 생명을 지키지 못한 것은 더 이상 견딜 수 없는 괴로움이었다. 달아나는 피사체를 잡으려다 놓쳐 버린 사진기의 빈 렌즈 같은 텅 빈 몸을 일으켰을 때 간호사가 보호자를 찾았다. 보호자? 과연 나를 보호할 사람은 누구인가. 우리의 보호자였던 아버지는 오로지 자신을 보호하느라 그 많은 정신의 유산을 다 쏟아 버렸다.

49번의 통화는 길었다. 마치 암호와도 같은 그들의 대화가 접선처럼 은밀하게 이어졌다. 통화 도중 간간이 K의 상태를 염려하는 것이 심각했다. 순간 오싹 소름이 돋았다. 통화의 상대가 누구인지 추측할 뿐, 함부로 단언할 수 없는, 그러나 부조리한 관계임을 은선은 단박에 알아챘다. 만약 K의 남편이라면…, 갑자기 온몸에 소름이 돋았다.

마주앉은 은선이 무르춤하게 의자에 몸을 밀어 넣으려 하자 49번의 다른 휴대전화기가 부르르 다시 떨었다. 그녀의 남편일 게 분명했다. 그는 더 이상 그 상황을 지켜볼 수 없었다. 화장실 쪽을 향해 막 일어서려는데 그녀가 전화기를 얼른 은선에게 건넸다. 엉겁결에 받은 전화는 손아귀에서부터 귀청을 흔들었다. 정신없는 상황이 잠시 흐른 뒤 은선이 정중히 49번의 남편에게 인사를 했고 그녀가 잠시 화장실에 간 것으로 서둘러 전화를 끊었다. 거미줄에 걸린 나방처럼 어이없는 은선을 49번이 빙긋이 쳐다보았다.

"K가 투병 중이야. 병세가 영 호전되지 않아. 만일, K에게 불행한 일이 닥치면 그건 순전히 내 탓이야."

그리고는 한참을 망설였다. 여전히 그들은 둘도 없는 친구이며 둘도 없는 사이라고 했다. K가 오래전부터 남편과 별거중이라 말할 때 몹시 괴롭다고 말했다. K가 괴롭다는 것인지, 자신이 괴롭다는 것인지, 49번의 말은 빙글빙글 사실 바깥을 겉돌 뿐 무엇이 무엇인지 통 알아들을 수 없었다.

건너 테이블의 멀건 사내가 여자를 끼고 사라지자 레스토랑은 바람 없는 날의 수면처럼 고요했다. 은선도 49번도 멀리 창밖을 내다보며 말이 없었다. 은선이 49번을 다시 쳐다보았다. 정면을 똑바로 직시한 채 여전히 정면을 약간 비껴선 시선. 그녀의 가는 눈빛이 날카로웠으나 얼굴에 나타나 있는 왜곡을 감출 수는 없었다. 주변의 시선을 강력히 배척해 냄으로써 자신의 삶을 지배하는 현실을 감추고 있기라도 하듯, 그런 자신을 역설적으로 드러내기라도 하듯, 뚫어지게 정면을 응시하고 있었다.

49번의 눈빛이 한순간 흔들리기 시작했다. 마치 긴 장마 뒤 몸을 드러낸 뱀처럼 그녀의 얼굴이 불안한 경계에서 꿈틀거렸다. 인간의 감정전달체계 중 눈빛만큼 정직한 것이 있을까. 그녀의 불안정한 눈빛이 드러내는 저 불편한 진실은 무엇일까? 그녀의 남편이 왜 그렇게 거칠게 반응하는지, 핸드폰을 바꿔가며 통화해야 하는 은밀한 사람이 누구인지, K의 불행이 왜 자신의 탓이라 생각하는지 … . 그녀가 보내는 신호에 과민하게 반응하는 자신을 향해 은선은 더 놀라고 있었다. 49번은 연거푸 괴롭다고 말했다. 은선은 그녀의 괴로움을 이해하지 못했고, 그녀는 그 괴로움을 설명하지 못했다. 다만 추측과 짐작일 뿐, 은선이 과연 무엇을 말할 수 있겠는가. 그때 절박한 눈빛으로 49번이 말했다.

"너는 내 사랑을 이해할 수 있겠니?"

"……"

은선은 아무 말도 하지 않았다. 이기적이고 무책임한 그녀의 부조리한 사랑을 이해할 세상의 단 한사람이 왜, 나여야 하는가. 아버지의 배반이 그러했듯 49번의 사랑이 스스로 제 눈을 찔러 몰락을 선택한 것은 아닐까? 그렇게 속으로 되뇔 뿐이었다. 불완전할 수밖에 없는 인간에 대해 가지는 어떤 동지애적 관심도 그녀에게 닿아 있지 않았다. 그 옛날 코스모스 꽃 속에 엉켜 있는 그녀들을 피해 달아날 때 살 오른 뱀이 발밑으로 미끄러졌다. 붉고 징그러운 뱀과 마주치는 순간 소스라치게 놀랐지만 서로 다른 길로 달아났을 뿐이었다.

'모든 혁명에는 죽음이 따르는 것이죠. 또한 권좌를 얻기 위해 묘략을 꾸미는 일 또한 역사에서 당연히 있었던 일이죠. 이 나라를 세운 왕건은 아니 그랬소이까? 그가 나라를 만든 후에 태조로 추앙되기까지 얼마나 많은 사람들이 죽었소이까. 그는 성공을 하였기에 그 죽음들이 충신이 되었고, 그의 묘략들은 영웅의 계책이 된 것이요. 난 아쉽게도 실패하였으니 나를 따르던 자는 반역도가 되었고,

내 묘략은 음험하고 간악한 간계가 된 것이요. 그것이 못내 분하고 아쉽지만 그것이 천명이라면 어찌하겠소.'

고려를 전복시키기 위해 반역을 꾀하다 잡힌 김치양의 말은 뜨겁고도 생생했다. 연속사극이 절정을 향해 가고 있었다. 그가 진정으로 천추태후를 사랑하였다면 사라진 신라를 다시 세우기 위해 반역자가 될 수 있었을까? 갈구한다는 것, 그것이 문제였다.

뜨겁게 바라보았으나 시선은 늘 한쪽이었던 아버지의 반역은 사랑을 쟁취한 자의 계책이 되었을까? 알 수 없는 욕망에 닿아 있는 49번의 사랑은 음험하고 간악한 간계가 되고 말 것인가?

머릿속이 공회전하듯 푹푹 열이 올랐다. 은선은 얼른 TV를 껐다. 밤이 깊을수록 무더위는 더욱더 기승을 부렸다.

세상에 둘도 없는 관계, 그 절친한 관계란 또 얼마나 위험한 관계인가. 그것이야말로 환상이나 착각에 불과하지 않을까? 더러는 현실에 없는 그 무엇을 바라고 기대하고 꿈꾸었으며 더러는 허상을 쫓기도 한다. 사랑이라는 이름으로, 혹은 욕망이라는 이름으로. 강렬한 빛일수록 짙은 그늘을 남기듯 세상에 둘도 없는 그 위험한 관계란 어두워진 만큼 깊어진 만큼 가까워진 만큼, 상처를 주고 상처를 받을 것이다. 그럼에도 불구하고 현실은 명백한 사실만이 우리를 구원하지 않는다. 때론 지탄 받아 마땅한 그 무엇도 추측이나 짐작과는 다른 진실을 품고 있다는 것이었다. 납득하기 어려웠지만 그것이 진실이기도 했다.

밖은 여전히 흐릿했다. 운무가 걷히면 가려진 것들은 온전한 모습을 드러낼 것이다. 집중 폭우가 쏟아질 거라는 일기예보와는 달리 비가 내릴 것 같지는 않았다. 긴 장마는 울증과 조증을 번갈아가며 변덕을 부렸고, 사람도 집도 안팎으로 냄새를 뿜어내었다.

지독한 냄새의 향방을 찾을 것도 없이 은선은 베란다 쪽의 문을 열어젖혔다. 며칠째 방치해 둔 음식물 쓰레기에서 썩은 냄새가 진동했다. 단단히 단속을 했건만 현관문을 열고 나설 때부터 썩은 음식물에서 물이 줄줄 새어 흘렀다.

음식물 수거통에 쓰레기를 처넣고 은선은 도망치듯 아파트 마당을 빠져나왔다. 머리 위로 하나둘 빗방울이 떴다. 검게 몰려오는 것이 어둠인지 구름인지 구별할 수 없었으나 언뜻언뜻 빈 하늘은 곧 비를 쏟을 것 같지는 않았다.

연지蓮池로 접어드는 길은 어둡고 적막한 길로 갈라졌으나 어느 길로 가든 상관없었다. 결국은 만나게 될 거니까. 바람이 설레발치고 빗방울이 점점 더 굵어졌다. 주춤, 발걸음을 잡았다가 그대로 내처 걸어갔다. 연못은 여전히 늘펀하고 깊었다.

순식간이었다. 세찬 바람과 함께 앞을 가릴 수 없는 폭우가 쏟아져 내리기 시작한 것이. 눈앞이 캄캄했다. 우지끈, 나뭇가지가 부러지면서 무거운 물체가 굴러 떨어지는 환청이 뒷덜미를 낚아챘다. 순간, 정수리 위에서 번쩍 번갯불이 깨어졌다. 칠흑같이 캄캄했던 우주가 환해지는 순간, 그 아찔한 순간에 세상 어디에선가 치명적인 진실이 모습을 드러냈을지도 모른다. 은선은 풀썩 연못가에 주저앉았다. 세찬 빗줄기가 사정없이 연잎을 두드렸다. 저 멀리서 혹은 아주 깊은 곳에서 수천의 진실들이 일어서는 소리가 들려왔다. 그 소리는 울부짖는 듯 환호하는 듯 들렸고, 갈채인 듯 야유인 듯도 했다. 그 요동 속에서도 연잎은 털끝 하나 젖지 않았고 낯빛 하나 바꾸지 않았다. 고개 한 번 꺾지 않는 그 말간 면목이 어둠속에서 장엄하게 빛났다. 비에 젖은 채 은선은 생각했다. 그 오랜 반목이 비를 피해 달아난 꼴에 불과한 것이 아니었는지 … .

한 치 앞이 보이지 않는, 어쩌면 영원히 그치지 않을지도 모를 빗속에 은선은 오래 서 있었다. 그러나 내리면 반드시 그치게 되어 있는 것이 자연의 법칙이다. 얼마가 지났을까? 그야말로 먹구름이 달아나듯 걷히고 있었다. 아버지의 눈앞을 캄캄하게 했던 강렬한 빛을 삼킨 어둠이 칠흑 같은 어둠을 밀어내고 있었다.

여전히 눅눅한 기운이 온몸으로 쩍쩍 들러붙는 밤, 마감 뉴스는 곧 장마 전선이 물러날 거라고 전했다. 밖은 아직 어두웠으나 맑은 하늘을 드러내며 유난히 무덥고 긴 장마가 여름을 가로질러 가는 중이었다.

복구 작업

폭풍 해일이 고층 아파트를 덮치는 장면이 마치 재난 영화 같다. 동일본을 휩쓸었던 거대한 쓰나미가 후쿠시마 원전을 향해 달려오던 영상이 겹쳐졌다. 노호한 태풍 '차바'가 해운대 마린시티를 삼킬 기세다. 미쳐 날뛰는 파도가 화면을 응시하는 보도 기자를 후려치고 카메라 렌즈를 후려쳤다. 찌지지, 사선을 그으며 세상이 암흑 속으로 사라졌다. 곧이어 화면 깨지는 소리가 창밖에서 들려왔다. 그제야 나는 창가로 가서 블라인드를 걷었다.

밤새 고열과 한기가 번갈아 오르내리더니 새벽이 되면서 머리가 깨질듯 아팠다. 오한이 온몸을 흔들어 머리카락 끝까지 예민해졌다. 목구멍을 타고 황 타는 냄새가 올라왔다. 두통은 좀체 진정되지 않았다. 나는 다시 해열제와 진통제를 털어 넣었다. 물 위에 둥둥 떠내려오는 짐승과 가재도구와 오물들 … . 고개를 들어 TV 화면을 다시 쳐다보려다 도로 머리를 이불 위로 처박고 말았다. 구역질과 함께 방금 넘긴 약이 신물과 섞여 울컥 올라왔다. 급기야 나를 둘러싼 네 벽이 위아래로 흔들리며 돌기 시작했다. 길과 도시와 차들과 낯선 사람들과 풍경들이 다가왔다 곧 멀어졌다. 사람들이 웅성거리고 누군가 우는 소리가 들리고, 머릿속에 전력 공급이 완전히 중단되었다. 곧바로 냉각시스템이 마비되고 핵연료봉이 고열로 폭발하고 방사능 물질이 밖으로 줄줄 흘러나오고… 쾅! 순간 천둥과 함께 번개가 천지를 가르며 지나갔다. 이 도시를 통째로 삼켜 버리겠다는 건가. 손바닥으로 머리를 쥐어 싸며 창밖을 내다보았다. 맹렬하게 불어 대는 바람과 함께 폭우가 쏟아져 내렸다. 해저 깊은 곳의 바닷물까지 모두 끌어당겨 내리붓고 있는 듯했다.

팔을 뻗어 전원 스위치를 올렸다. 혓바닥과 입술이 모래바닥처럼 서걱거렸다. 온몸으로 땀이 비 오듯 쏟아지고 나서야 한기도 두통도 숙지막해졌다. 젖은 목덜미를 닦으며 핸드폰을 열었다. 액정화면에 긴급재난 문자가 번쩍이고 수십 개의 메시지와 부재중 전화가 연달아 떴다. 무엇이 더 긴급했는지는 알 수 없는 일이다. 연거푸 휴대폰의 단축버튼을 눌렀지만 아들은 응답하지 않았다.

나는 땀으로 젖은 속옷을 갈아입고 아무렇게나 벗어놓은 바지를 집었다. 일어서려다 그만 중심을 잃고 한 쪽으로 휘청 꼬꾸라졌다. 울컥, 울분 같은 것이 올라왔다. 하필이면 왜, 또 이때인가. 몰아치는 비바람 소리에 마음이 더욱 급해졌다. 빨리 공사 현장엘 가 봐야 한다. 바짓가랑이에 다시 다리를 집어넣으며 오직 그 생각뿐이었다.

빗줄기가 차창을 깨부술 듯 거세게 몰아쳤다. 겨우 차 문을 열고 시동을 걸었지만 앞이 보이지 않았다. 액셀 페달을 밟고 속도를 내자 차가 휘청휘청, 바람에 흔들렸다. 강 둔치로 넘실넘실 강물이 차오르고, 등골을 훑고 서늘한 기운이 내려갔다. 지금, 지금 내게 중요한 게 무엇인가? 태풍 속에서 나는 그게 무엇인지 도무지 알 수 없었다. '네 아버지는 무엇이 중요한지 몰랐어.' 어머니의 말은 옳았다. 아버지가 깨닫지 못한 중요한 사실이 왜 그 순간 떠올랐던가. 오래전 그날도 이렇게 하늘이 무너지듯 비를 퍼부어 댔다.

*

아버지는 항상 화가 나 있었다. 화난 아버지 앞에 나는 언제나 죄인이 되어 있어야 했다. 이마는 세로로 높고 작은 눈에 비해 길고 높고 뾰족한 코, 누가 봐도 북방계 몽골로이드의 혈통을 그대로 이어 받았지만 얼굴 전체를 덮고 있는 짜증이 인상을 더 날카롭게 했다. 날카로운 인상은 뭔가 곧 깨질 것 같은 불안을 불러일으켰다. 근육질의 긴 몸통과 굵고 짧은 팔다리를 하고 불같이 화를 낼 때는 엄청나게 힘이 센 헤라클레스 같아 보였다. 언제나 고개를 빳빳하게 세우고 압도적인 시선으로 상대를 제압하는 헤라클레스. 그러나 여자 앞에서는 동물처럼 고개를 낮출 줄 아는 인내심이 짧은 헤라클레스.

"빌어먹을, 뭐가 문제야!" 아버지의 고함소리는 언제나 기세등등했다. 진정한 주인 노릇이 뭔지도 모르는 통치자. 그의 격노한 위엄 앞에선 어떤 선의도 지게 마련이다. 아버지의 기운에 짓눌려 항상 침울한 기분에 빠져 있던 나는, 아버지가 보잘것없는 피조물을 떠나 훨씬 괜찮은 피조물을 통치하고 싶어 한다는 것을, 이 작은 무대는 그의 힘에 상응하는 역할이 결코 아니라는 것을 그때 알아챘다. 아버지가 집을 떠난 것은 다른 큰 무리를 통치하고 싶어서일지도 모른다고. 그러나 아무리 생각해도 그건 아니었다.

비에 온통 젖은 채 나는 그 집으로 뛰어 들어갔다. 그날만큼은 고개를 숙이고 굽실거리는 짓을 증오했다. 한 번쯤은 내 눈으로 똑똑히 보고 싶었다. 헤라클레스 같은 인간을 유혹한 내실에는 무엇이 있는지. 특별한 것이라고는 아무것도 없는 내 어머니의 방과는 확실히 다를 그 무언가를 확인하고 싶었다.

흙탕물에 젖은 신발로 깔아놓은 금침을 사정없이 밟아 버린 것은, 어리석기 짝이 없는 피조물이 일으킨 일종의 혁명이었다. 그것이 아니라면, 멀리서부터 달려오는 번개와 천둥의 위협 때문이었는지도. 그야말로 태풍 '베라'의 위세는 기세등등했다.

"이게 뭐 하는 짓이야!" 아버지의 여자가 패악을 치며 욕을 퍼부어대고, 밖에는 맹렬한 바람이 폭우를 퍼부어 댔다. 드센 목소리로 밀어붙이던 여자가 문고리를 잡은 채 멈추어 섰다. 빤히 쳐다보는 여자의 노란 눈동자가 꼭 고양이 같았다. 키는 무척 작았지만 몸집은 속이 꽉 찬 수박처럼 알차 보였다. 실로 여자는 알차고 예뻤다. 아버지는 여자의 몸이 살과 뼈가 아닌 달큼한 과즙으로 만들어졌으리라 믿었던 걸까? 여자는 달고 끈적끈적한 몸을 옮겨 다니며 기생하는 존재일 거라는 생각이 스치고, 바람은 더 세게 창문을 후려쳤다. 나무들이 꺾이고 슬레이트지붕이 날아가고 정전이 되고 천지가 깜깜해지고…. 아무리 생각해 봐도 우스꽝스럽고 슬프기 짝이 없는 행동이었다. 나는 어둠 속에서 눈을 찢어 내리깔고 여자를 향해 폭풍우 같은 적의를 분출했다. 마치 미쳐 날뛰는 한 마리 짐승처럼. 흙발로 뒤축을 쾅쾅 소리 내어 사정없이 방안을 다시 짓이겨 놓고 나서야 뒤돌아 나왔다. 아니다. 그게 아니었다. 여자를 똑바로 쳐다보며 뒷걸음질로 밖으로 나왔다.

그 날을 떠올리면 아직도 온몸에 힘이 몰리지만 어쩐지 지금에야 헛웃음이 나는 것은, 그래서 어쨌단 말인가. 공중을 날기 위해서는 바람을 타고 바람과 맞서야 하는 것을. 폭풍을 뚫고 집으로 오는 길에 내 혁명은 이미 참패로 끝났다는 것을 알았다. 그것은 침묵이었다. 헤라클레스가 불같이 일어나 나를 작살내고 말거라는 우려와는 달리, 이상하게 침묵했다. 침묵을 지킨다는 게 뭔지 아버지는 제대로 알고 있었던 것이다. 큰기침 한 번으로, 어린 종의 일에 함부로 참견하지 않는 주인이 되어 끝내 모습을 드러내지 않았다. 주인의 기침소리는 태풍에 묻히고, 아무짝에도 쓸모없는 후레자식은 그의 주인이 영영 돌아오지 않을 빌미를 제공하고 말았다.

그러니까 딱 삼십 년 전이다.

그 해는 유난히 태풍이 많았다. 정초에 미국의 챌린저 우주왕복선 폭발사고가 발생했고, 소련의 체르노빌 원자력 발전소 4호기가 실험 중 폭발하는 사고가 보도되었다. 우리나라에서는 영광 원자력 발전소 1호기가 준공되었고, 들락날락 위태롭던 아버지가 드디어 집을 나갔다. 체르노빌 원자력 발전소의 폭발 사고가 얼마나 큰 재앙을 몰고 올 것인지, 자신의 부재가 얼마나 큰 가족의 해체를 초래할 것인지, 모두 몰랐단 말인가? 조금만 방심해도 도처에 도사리고 있는 재앙들. 세상은 평화롭지도 평안하지도 않았다. 어쨌거나 우리가 살던 바로 윗동네가 사라지고 회야댐이 생긴 것도 그해였던 것 같다.

5월에 마침내 기다리고 기다리던 멕시코 월드컵이 개막되었다.

나는 밤잠을 설치며 미친 듯 열광했다. 그러니까 그만큼 열광할 일이 달리 없었다고 할까. 아르헨티나와 잉글랜드의 8강전에서 '신의 손'으로 기선을 제압한 마라도나는 이후 4분 만에 '20세기 월드컵 최고의 골'이라 불리는 단독 드리블로 수비수 6명과 골키퍼까지 제친 골을 성공시켰다. TV 화면을 통해서 경기를 지켜보던 그때의 흥분이 아직도 생생하다. 자신들의 땅이었던 포클랜드를 영원히 잃어버렸지만 마라도나가 그 골을 넣는 순간만은 영국에 대한 보복으로 충분했을 것이다. 여하튼, 마라도나가 있는 아르헨티나는 여세를 몰아 4강전에서 벨기에를 제압한 뒤, 결승전에서 서독을 물리치고 우승을 차지했다. 마라도나는 과연 불세출의 천재라 불릴 만큼 축구의 신이었다. 그러니 앞서 '달리'라는 표현은 맞지 않다. 이보다 더 열광할 일이 있었겠는가. 원자력 발전소가 폭발하지 않아도, 아버지가 사라지지 않았더라도.

마라도나에 열광했던 기운이 채 가시기도 전에 마라도나의 조국 아르헨티나가 낳은 작가 보르헤스가 죽었다. 그리고 같은 날 우리나라 건축가 김수근이 죽었다. 집을 짓는다는 의미에서 어쩌면 작가와 건축가는 같을지도 모른다는 생각이 들었다. 보르헤스의 생각의 집은 현학적이고 난해했지만 무언지 모르게 슬프고 광활한 느낌마저 들었고, 김수근이 지은 집은 어머니의 자궁처럼 따뜻한 그리움의 정서를 느끼게 했다. 나를 사로잡은 이유는 정확하지 않지만 막연히 나는 집을 짓는 사람이 되고 싶었다.

여름이 뜨겁게 시작되었다.

그해 여름 서해상을 횡단해 서해안에 상륙한 13호 태풍 '베라'의 위력은 어마어마했다. 우왕좌왕하는 사이 담이 무너지고 지붕이 날아가고 문들이 떨어져 나가고 물이 마당을 넘어 부엌까지 흥건하게 차올랐다. 혼비백산이 된 어머니가 가재도구며 음식 등을 시렁으로 올리고, 급한 대로 옷가지며 책들을 다락으로 옮기면서, "거기 이 부자리, 사진첩!" 어머니가 손사래를 치며 고함을 질렀다. 우리를 향해 고함을 지르는 사이 물이 마당에서 넘실거렸다. 어머니는 양팔을 벌리고 여윈 몸을 열어 태풍으로부터 우리를 막고 서 있었다. 계단 난간을 붙들고 우리를 옥상 위로 먼저 올려 보내던 어머니의 눈 속에 태풍보다 더 무서운 물줄기가 넘실댔다. 그 위급한 상황에, 아버지는 없었다.

아무짝에도 쓸모없는 후레자식은 어머니보다 먼저 옥상으로 올라가 물바다로 변한 마을을 내려다보았다. 세상은 참 공평했다. 처음으로 나는 그런 생각을 했던 것 같다. 윗마을과 아랫마을을 분간하기 전이었으니. 그런데 아, 하나도 공평하지 않았다. 주먹을 힘껏 쥐고 아버지가 있는 동네 쪽을 올려다보았다. 연신 천둥번개가 땅으로 내리꽂혔다. 이해할 수 없었지만 나를 위협한 것은 격노한 천둥과 번개가 아니었다. 나는 곧바로 옥상에서 뛰어내렸다. 뒤에서 어머니의 고함소리가 들려왔다. 허리까지 올라온 물속을 헤쳐 동네를 빠져 나왔다. 사방에서 몰아치는 거센 비바람이 길을 밀고 가로수를 밀고 간판들을 밀고 전신주를 밀고 마을을 밀어 댔다. 굴러온 돌이 박힌 돌을 밀어내다니. 나는 등을 돌려 비바람을 밀며 뒷걸음질 쳤다. 앙칼지고 끈적끈적한 여자와 헤라클레스가 있는 집 쪽으로. 그리고 뚝뚝 물을 흘리며 여자의 방문을 열어젖혔던 것이다.

'베라'는 마치 절대 권력의 탄압인 듯 퍼부어 댔다. 나는 거세게 몰아치는 폭풍우 속에 내던져진 채, 믿었던 것을 지키지도 그것을 위해 목숨을 바치지도 못했다. 대환란 시에 불에 던져진 것도 맹수의 먹잇감이 된 것도 아닌데, 어머니는 무언지 모르게 끔찍한 죽음을 맞은 사람처럼 나를 쳐다보았다. 그 사건은 어머니에게 견딜 수 없는 통증을 남겼을 뿐, 어떤 믿음도 주지 못했다. 빛이 사라지고 희미한 잔영만 남아 있는 어머니의 얼굴은 아무것도 말하지 않았지만 모든 것을 말하고 있었다. 이미 나락으로 떨어졌다는 것을 나는 알아챘다. 어머니는 말없이 더 강인해졌지만 핏기 없는 얼굴은 차츰 더 야위어 갔다.

'베라'를 등에 업고 내가 저지른 어설픈 혁명은 그야말로 해프닝으로 끝나고 말았다. 오랫동안 아버지가 없는 집은, 세월의 태풍에 여러 차례 아랫도리가 잠기었고 쉬엄쉬엄 세월과 함께 허물어져 갔다.

*

이제 막 기초공사를 끝내고 기둥을 세우는 날 아들의 소식이 전해졌다. 비탈진 땅을 고르고 다져 주초석을 배치하기까지 벌써 나는 많이 지쳐 있었다. 기둥과 도리, 서까래와 대들보 등 치목작업이 끝난 목재와, 터를 파면서 나온 돌과 황토를 쌓아놓은 공사장 뒤편에 서서 메시지를 확인했다.

아내는 메시지를 남길 뿐 직접 전화하지 않았다. 그만큼 감정의 골이 깊었다. 메시지를 읽던 순간 주저 없이 나는 통화 버튼을 눌러 버렸다. 아내의 음성은 예상 외로 차분했고, 아들의 상태는 예상보다 더 심각했다. 들락날락 위태롭던 아들의 행방이 묘연해졌다는 것이다. 나는 버럭 고함부터 질렀다. "말이지, 아이가 그 지경이 될 때까지 ….” 당신은 뭘 했느냐고 말하려다 그만 말꼬리를 내리고 말았다. 말끝을 흐린 것은 스스로 잘못을 드러내는 거였다. 뉘우침이라기보다 미안함 때문이었다. 그 마음이 아내에게 전해지지 않는다면 갈등의 골은 더 깊어질 게 뻔하기에, 나 스스로 자백에 가까운 행위를 한 셈이다. 더 이상 면피할 명분이 없었으므로. 이미 나는 나 자신에게 난 화를 다스리지 못하고 오히려 더 신경질적으로 전화를 끊어 버렸다.

집을 짓기로 작정한 것은 이태 전 겨울이었다. 집은 몸을 담고 사는 공간이지만 실은 기억과 추억의 공간이기도 했다. 기억과 추억의 창고. 그 속에 있던 것들을 나는 되살리고 싶었다. 좋은 집이라기보다 튼튼한 집, 온기가 도는 집, 사람들이 오래오래 살 수 있는 집. 한옥이었다. 생각이 거기에 미쳤을 때 마음이 바빠졌다. 더 이상 미룰 수 없는 노릇이었다. 달리 말하면 집 짓기는 부재不在에서 비롯한 상실감으로부터 시작했는지도 모른다. 어찌 되었든 집 짓기는 부재에 달려 있었다. 한옥 짓기는 부재部材를 어떻게 구하고, 어떤 치수로, 어떻게 놓고, 어떻게 서로 잇고 맞추는가가 관건이다. 못을 쓰지 않으니 부재의 쓰임새는 더 중요하다. 각각의 부재들이 서로 긴밀한 관계를 유지할 때에만 튼튼한 집이 될 수 있으니까.

목재를 구할 때부터 애초의 계획은 수없이 수정되었다. 흔히 금강송이라 불리는 춘양목을 구하기는 어렵고, 홍송 역시 강한 목재이긴 하지만 건축비용을 맞출 수가 없긴 매한가지였다. 육송을 목재로 쓸 수밖에 없는 이유는 분명했다. 억지춘양이 되진 않았지만, 육송은 갈라지고 뒤틀리고 청태가 끼기 쉬운 것이 문제였다. 목재를 먼저 말리기로 했다. 그동안 터를 닦고 서서히 치목작업을 할 계획을 세웠다. 목재를 가공하는 동안에도 기둥과 대들보는 홍송으로 바꾸어야 되지 않을까, 뒤틀림과 갈라짐은 고사하고 곰팡이와 벌레 문제는 어떻게 할 것인가, 계획보다 늘어난 공사비를 어떻게 충당할 것인가…. 점점 늘어나는 문제들의 가지치기가 쉽지 않았다. 작업은 더디고 마음은 뭔지 모르게 쫓기고 있었다.

마치 무엇에 이끌리듯 나는 집 짓기에 빠져들었다. 그동안 간간이 아들의 소식이 전해졌다. 녀석과 대화가 필요했지만 차일피일 미루었다. 미루었다기보다 정확히 말하면 피한 것이었다. 이상하게 자꾸만 일이 꼬이고, 갈수록 때를 놓치고 있었다.

뭔가 끊임없이 추격을 받고 있다는 느낌을 지울 수 없었다. 나는 늘 긴장했고 초조했다. 언제까지나 이어질 것 같은 불안감이 끝없는 수렁 속으로 빠져들게 했다. 일을 핑계 삼아 밤낮 없이 일과 술에 취해 있는 동안 능력도 인정받고 나름의 성취도 있었다. 나는 그것을 일 이상의, 삶에 대한 사랑이라고 생각했던 것이다. 그동안 나는 가족을 너무 성급하게 함부로 대하고 말았다. 아이의 웃음소리도, 늦은 밤 새어나오던 아내의 한숨소리도 외면해 버렸다. 이른 아침 아이를 깨우는 소리, 목련이 피고 지는 저녁의 불빛, 가족들이 둘러앉아 깔깔 대던 밥상 위의 따뜻한 눈빛들…, 그런 소소한 일상들을 모른 척했다. 그 사이 문이 내려앉고, 기둥이 헐거워지고, 낡은 벽체가 삭아 내리고, 집은 삐걱거리는 소리를 냈다. 가치를 매길 수 없는 생의 많은 순간을 나는 놓쳐 버린 것이다.

그 모든 것을 포기하면서 내가 지키려 했던 것이 무엇이었던가?

명퇴는, 말 그대로 명예로운 퇴진이 아니었다. 그야말로 뜻밖의 사건이 되고 말았다. 가족을 등진 채 타인들과의 관계 속에서만 의미를 찾았던 시간을 이제 어떻게 말할 것인가. 과연 가족을 위해서였던가? 나 자신의 욕망이거나 일탈이 아니었던가? 어디로 도망치더라도 한쪽 세계는 불안하기 마련이었다.

내가 집으로 돌아왔을 때 사태는 심각했다. 아내와 아들은 이미 제어할 수 있는 영역을 벗어나 있었다. 비로소 나는 하나의 선택을 위해 다른 모든 것들을 버렸음을 깨달았다. 이제 나는 어떻게 될 것인가. 지난 시간의 그림자 속에서 허우적거리다 결국은 그 속에서 익사할지도 모른다는 생각이 들었다. 평생을 어둠과 고통 속에서 살아야 할지도 모를, 뭐라 형언할 수 없는 슬픔이 다가왔다. 누구의 탓이라 할 것도 없이 우리는 모두 피해자였다. 골조만 겨우 지탱하고 있는 집. 지붕도 벽체도 허술한, 내부가 다 허물어진 집.

주춧돌을 놓고 기둥을 세우는 날이었다. 구들자리를 비워 두고 사춤을 한 뒤 담배를 피워 물었다. 먼 산에서 뻐꾹새 울음소리가 들려왔다. 기둥은 다림을 보고 그레질을 해야 하는 작업이기에 신중해야 한다. 조금씩 다를 수밖에 없는 주춧돌 높이에 맞추어 기둥머리들이 같은 높이에 놓이도록 하는 작업이 한창 진행 중일 때, 아내의 메시지가 당도했던 것이다.

아내의 목소리는 무언가를 초월했거나 정리된 것이 아니라 꾹꾹 누르고 있다는 것을, 목까지 차오르고 있다는 것을 나는 단박에 알아챘다. 기둥이 기울고 이음새가 빠져 삐걱거리는 소리라는 것을. 그렇다고 뾰족한 수가 있겠는가. 가장으로서 몸을 뺀 것부터 염치

없는 일이었다. 욱하고 뱉어낸 말이 힘없이 꼬리를 감추는 동안 침묵이 흘렀다. 누굴 위해서 집을 짓느냐고 아내가 어깃장을 놓지 않아도, 그 순간 기어이 집을 지어야 할 이유가 어디론가 달아났다. 집은 거기에 있는 것이 아니라 단지 기억하는 것일 수도…. 아내와 통화를 끊자마자 나는 입주 고사를 지내기 위해 사놓은 막걸리 한 병을 꺼내 병째 들이켰다.

사람이 떠난 집은 시나브로 폐가가 되었다. 가족을 남겨둔 채 허물어져 가는 옛집으로 돌아온 것은, 더 이상 추락을 지켜볼 수 없었기 때문이었다. 한꺼번에 물 위로 떠오른 갈등을 도저히 견딜 수 없었다. 혐오와 애착이 뒤섞여 서로에게 과도하게 반응했을 뿐, 자신에게서 걸어 나와 서로를 일으켜 세울 용기가 우리에겐 없었다. 마침내 지나친 간섭이 사라진 대신 어떤 간섭도 없어졌다. 그것이 더 위험했다. 더 이상 원망하고 의심하기를 원치 않는 우리는, 가족이라기엔 너무 멀어졌고 멀기엔 너무 가까운 남보다 못한 가족이 되어버렸다. 내가 옛집으로 돌아간 명백한 이유는 가족을 제자리로 돌려놓을 수 없다는 위기감이었다. 좀더 솔직히 말하면, 자발적인 도피가 아니었던가. 언제 어떻게 폭발할지 모를 내 속에 잠재해 있는 폭력 때문이었을 수도 있다. 폭력으로는 붙들 수 없다는 것. 오래전 태풍을 빌미로 내가 저지른 폭력은 아무것도 제자리로 돌려놓을 수 없지 않았던가.

아주 넘치거나 아주 모자랐던 그 시절 나는 아버지로부터 떨어져 나오고 싶었다. 그러나 아버지가 없는 집은 마치 텅 빈 들판 같았다. 압도적인 힘의 권력에서 벗어났지만 벗어나고 싶었던 그 힘이야말로 가족을 떠받치는 강력한 힘이었던 것. 그 힘의 부재는 재난이나 재앙과 같은 것이었다. 기둥이 빠져버린 집을 어떻게 지탱할 것인가. 그때가 꼭 지금 아들의 나이였다.

얼마 후 나는 어둠이 내려앉은 거리에 섰다. 좁은 골목에서 방향을 잃어버리고 한참을 서 있었다. 녀석의 기질로 보아 가출청소년 쉼터 같은 곳에 있을 리 만무하다.

지난겨울 담배연기 자욱한 비좁은 지하방에서 녀석을 발견했을 때는 차라리 다행이었다. 우글우글 함께 있던 네댓 명의 아이들과 다시 어울렸을지도 모르고, 노래방에서 시간을 보내다 주인의 눈을 피해 PC방에서 자고 있을지도… .

일단 PC방으로 발걸음을 옮겼다. 계단 입구에서부터 담배냄새가 심하게 났다. 1회용 종이컵과 음식물들이 뒤섞여 쓰레기통 주변에 나뒹굴었다. 한눈에 봐도 위생 상태는 엉망이었다. 계단 비상구 옆에 빼곡히 서서 담배를 피우던 녀석들 중 하나가 경계의 신호를 보내었다. 그중 덩치가 당당한 녀석이 퉤, 바닥에 침을 뱉었다. 한쪽 다리를 털어대며 삐딱하게 내리깔고 있는 시선과 순간 마주쳤다. 거칠기 짝이 없는 눈빛이었다. 태풍에 휘몰리던 날, 여자가 완력을 멈춘 채 어이없이 바라보던 그때의 내 눈빛이 아닌가. 나도 모르게 멈칫 걸음을 멈추었다.

PC방 문을 열었다. 훅, 더운 공기가 덮치고 순간 견딜 수 없는 분노가 솟구쳤다. 젊음이 저지르는 방황을 용서하는 장소. 아들은 아무 데도 없었다. 나는 다시 길거리로 나왔다. 내 옆으로 배달 오토바이가 천둥소리를 내며 스쳐 지나갔다. 무엇이 녀석을 거리로 내몰았을까. 혹, 녀석도 폭풍우 때문일까? 나는 '가출팸'이 자주 사용한다는 스마트폰 앱에 가출팸을 구한다는 글을 올려보았다. 채 1분이 되기도 전에 댓글이 올라왔다.

비계飛階를 매던 날은 몹시 무더웠다. 발을 딛고 올라서서 집을 짜기 위해선 단단히 매어야 하는데 자꾸만 손목에 힘이 빠지고 땀이 비 오듯 쏟아졌다. 멀리서 수탉 울음소리가 길게 들리고 순식간에 주변이 깜깜해졌다. 요란하게 개들이 짖어 댔다. 우르릉 쾅, 쾅, 천둥이 치고 번갯불이 번쩍이고 곧 소나기와 함께 우박이 쏟아졌다. 공사장 한편에 비켜서서 나는 하늘을 쳐다보았다. 이렇게 큰 우박이 마구 쏟아진다면 단물 밴 여름 농사는 어떡하나, 비닐하우스 속 작물도 안전하지 않을 텐데…. 그 생각을 하자 가슴이 조여왔다. 녀석은 지금 어디서 우박을 맞고 있는 건지. 요란하게 울리는 핸드폰을 열면서 지난 밤 우박 맞은 꼴로 아들이 돌아왔다는 소식이라면 우박은 주먹만큼 커져도 괜찮을 듯했다.

기둥머리에 보와 도리를 짜맞추어 집 뼈대를 세워 놓고 나니 비로소 집을 짓는 실감이 났다. 보와 기둥 사이에 보아지를 끼우고 도리를 받치는 장여長欐를 맞추어 대들보 앉힐 준비를 끝냈다. 일머리를 잡아주는 대목수는 어림잡아 아버지 나이쯤 되어 보였다. 일처리는 꼼꼼하고 몸은 나이답지 않게 탄탄했다. 웃통을 벗어던진 채 공구를 정리하는 대목수를 흘깃흘깃 쳐다보며 나는 지게차로 목재들을 옮겼다. 나무 향이 진동했다. 나무 향에 뒤섞여 오래전 냄새가 실려 왔다. 아픈 냄새로 가득한 시절의 신나 냄새와 최루탄 냄새를 나는 기억했다. 그리고 아버지의 냄새를 기억했다.

태풍에 아랫도리가 여러 번 잠기면서 그 집에는 오래도록 아버지의 냄새가 남아 있었다. 아버지가 버려두고 간 것들은 저마다 다른 기억을 품고 있었다. 여전히 서랍장 위에 놓여 있는 아버지의 손목시계와 안경, 시간은 멈추었지만 그 시간 속에 기록된 이야기들을 더 세세하게 들여다보게 했다. 허옇게 색이 바랜 허리띠와 넥타이, 뒤축이 닳은 구두와 신발장 위에 걸려 있는 구두 주걱. 그것들은 애써 상상하지 않아도 느낄 수 있는 아버지의 체취를 품고 있었다.

불의 자국을 남긴 크리스털 재떨이와 책장 위의 망원경은 곧 깨질듯 위태로운 가족과 먼 곳을 향해 있던 아버지의 시선이 거기에 그대로 멈춰 있었다. 주인을 잃은 물건들은 지난 기억을 간직한 채 여전히 그 시간을 살고 있었다. 어머니는 왜 아버지의 물건을 치워 버리지 않았을까? 아버지는 당신이 그렇게 아끼던 물건들을 왜 그대로 두고 갔을까? 곧 돌아올 거라고 생각했던 걸까? 당신이 쓰던 것들을 저당 잡히고 무엇을 들고 나갔을까? 그건 누구도 모르는 일이다.

"내가 확실히 아는 건, 지구의 생명체는 다 악하다는 거야. 왜 그랬는지 정말 모른다는 거야?"

그때 동생의 말은, 그냥 다 알 수 있다는 거였다.

"우주, 아니 여긴 이젠 우리뿐이야. 그러니 다 버리라고. 완전히 달라졌다는 걸 아직도 모르겠다는 거야? 이제, 아버지는 돌아오는 길을 잊어버렸어. 아니지, 잃어버린 거야."

어머니를 향한 동생의 말은 단호했지만 의외로 억양은 얌전했다. 모르긴 해도 그 역시 아버지의 냄새를 기억하고 있으리라.

처음부터 있었던 것은 아무것도 없다. 언젠가는 사라질 이 모든 것들. 기둥 사이에 창방昌枋을 끼워 기둥머리를 잡아주며 나는 혼자 중얼거렸다. 집이란 떠나는 사람을 위해 존재하는 것인지도 모르지….

대들보를 끼우기 전에 또다시 비가 내렸다. 나는 초조해지기 시작했다. 장비와 인부들 문제로 한동안 옥신각신 언쟁까지 벌어졌다. 그날은 패싸움을 벌이다 경찰서에 붙들려 온 아들을 찾아가는 날이었다.

시내로 접어들자 도로는 막히고 격해진 감정은 좀체 가라앉지 않았다. 라디오에선 청소년을 노래방 도우미로 만들어 백억 원대를 갈취한 조폭 일당이 검거되었고, 스마트폰 랜덤 채팅앱을 통해 청소년 성매매가 기승을 부린다는 뉴스가 연달아 보도되었다. 가출청소년들의 문제였다.

"잘 아는 사이야?"

경찰관이 물었다.

"… 잘 모릅니다."

아들이 답했다. 아들의 대답이 날카롭게 내게 와 박혔다. 아들을 가장 잘 모르는 사람이 나일지도 모른다는 생각이 스쳤다. 아버지는 나에게 위험한 일탈과, 그 위험한 일탈에 대해 물어서는 안 된다는 것을 동시에 가르쳤다. 아니지, 용렬해질수록 비루해진다는 것을 가르쳤는지도 모르지. 내가 아들에게 물어야 한다면, 그건 일탈이 아니라 핏속에 흐르는 뜨거움이나 절망 같은 것이 아닐까. 지금 아프게 치르고 있는 것들에 대해서, 무겁고 버거운 것에 대하여,

그래서 던져 버리고 싶고 벗어나고 싶은 것들에 대해서.

녀석은 오히려 더 침착했다. 자신의 부정을 정면으로 응시하듯 어떤 변명도 하지 않았다. 그러나 그 응시는 상황으로부터 자신을 유지하려는 것이 아니라, 자신의 태도를 스스로 결정하지 못하는 것일 뿐이었다. 혼자를 감당하지 못하는 쓸쓸한 눈빛. 무언가를 찾아다녔지만 좀처럼 찾을 수 없는, 자신이 취할 수 있는 어떤 적극적인 방법도 없는 눈빛이었다. 여기서 대답하지 않는다면 녀석은 범죄자가 될 수밖에 없다. 아들이 느끼는 어떤 공허도 채워 주지 못하는 나는 허울뿐인 아비, 그저 그뿐이었다. 그 옛날 종은 주인을 그대로 닮아 있었다. 내가 집을 짓겠다고 했을 때, 아내가 나를 한심하게 바라봤던 것도 어쩌면 그 때문이지 않았을까.

대들보에 동자기둥을 끼우고, 여러 번의 시도 끝에 마룻보와 대공을 도리에 맞추어 끼웠다. 조금의 어긋남도 용납하지 않는 작업이다. 작은 부재 하나하나가 제각각 제자리를 지켜야만 한다. 세상에 하찮은 것은 하나도 없다. 이제 집의 뼈대를 다 맞춘 셈이다. 조촐하게 상량식을 올리고 뜬창방에 홈을 파 상량문을 집어넣었다. 감회가 뭉클했다. 상량식에 맞추어 찾아온 동생이 한마디 했다.

"너무 소박해. 오막살이라도 뭐 좀 거창하게 포부도 좀 밝히라고."

상량문이 너무 싱겁다는 거다. 기분 탓인지 상량주 첫 잔에 얼굴이 불콰해졌다. 나는 연거푸 막걸리 몇 잔을 더 들이켰다. 온기가 돌고 사람이 사는 집. 그 사람들이 아주 오래 살 수 있는 집을 짓고 싶었다. 그런데 불현듯, 사람이 살지 않을 집을 짓고 있는 것은 아닌가, 하는 의구심이 스쳐 지나갔다.

"북받치는 모양이네. 다 짓고 난 뒤 마당에 소나무라도 한 그루 심어 놓고 그때 감회에 젖어도 늦지 않을 것 같은데."

동생의 핀잔에 일을 도와주던 내장목수가 나를 쳐다보며 웃었다. 뭔지 모를 감정이 어지럽게 뒤섞였다. 오랜만에 동생과 마주 앉았다. 동생은 들고 있던 종잇조각을 잘게잘게 찢고 있었다.

"… 아버지가 나를 못 알아봐. 아니, 못 알아보는 것 같았어. 근데 말이야, 이상한 것은 옛일을 선명하게 떠올린다는 거야. 오래전 우리 가족을 어제 일처럼 얘기 했어. 내게 존댓말을 쓰면서 … ."

동생의 말대로라면 아버지는 선택적 기억상실증에 걸렸거나 기억을 잃어가고 있는 게 분명했다. 나는 입속말로 되뇌었다. 잊고 싶은 기억이겠지. 자신에게 불리한 기억이니. 모르는 것으로 없는 것으로 만들어 버렸겠지.

아버지가 오래전 멀어져 갔을 때 내 분노는 격렬했다. 그렇게 함부로 무심해질 권리가 그에게 있는가. 그때 나는 깨달았다. 아버지를 결코 이해하지 않으리라는 것을. 결코 아버지처럼 되지 않겠다는 다짐을. 아버지의 뻔뻔한 일탈을 이해하려 온갖 추측을 동원했지만 역시 그건 아니었다. 다시는 보지 않아도 될 것 같았다. 몇십 년이 지난 후, 만약 지금의 나를 만난다면 나는 아버지와 얼마나 다르고 또 얼마나 같은지를 떳떳하게 말할 수 있을까.

시간은 그저 흘러가지 않았다. 다시 본 아버지는 정말 딴사람이 되어 있었다. 오래전 그 날카로운 빛을 다 잃어버리고 내 앞에 나타난 것이다. 나는 무의식적으로 한 발짝 뒤로 물러섰다. 아무것도 판단하고 싶지 않았지만 그건 분명 혹독한 그늘이었다. 낯설고 당혹스러웠다. 몇 마디 겉도는 말들을 주고받으면서 그 자리에서 벗어나고 싶다는 생각뿐이었다.

정확히 말하면 아버지로부터, 아버지의 그늘로부터. 아니다, 사실은 정면으로 대면하고 선 나 자신의 어둠으로부터 벗어나고 싶었다. 할 수만 있다면 기억까지도 오려내고 싶었다. 돌아서기 전 아버지가 나를 한 번 더 쳐다보았다. 아버지의 얼굴에 저물어가는 붉은 빛이 감돌았다. 세상의 모든 관계는 서로에게 민망한, 그래서 자꾸만 돌아서고 싶은 관계일까? 몇십 년 전 아버지가 꿈꿨던 미래가 지금의 아버지는 아니었을 것이다.

추녀를 걸면서 지붕 공사가 시작되었다. 추녀의 먹을 어떻게 놓을 것인지 머릿속에선 벌써 아름다운 처마선이 그려졌다. 처진 추녀를 다시 단단히 묶고, 평고대平高臺로 매기를 잡은 지붕에 서까래를 걸었다. 멀찌감치 서서 작업 현장을 바라보니 집을 짓는 과정의 매순간이 완성을 무화시킬 만큼 아름다웠다. 서까래 위에 개판蓋板을 덮으면 집의 윤곽은 더 선명하게 드러날 것이다. 원형적 형태에서 느끼는 고요감과 심오함마저 느껴졌다. 나무가 주는 편안함과 친근감이 더없이 좋았다. 마감재는 두텁게 써야겠지. 따뜻한 집이어야 하니까.

와공의 작업 일정이 앞당겨졌다. 생석회를 피우고 기와를 이기위해 보토를 깔 준비가 한창인데, 금방이라도 한바탕 소낙비를 쏟아낼 것처럼 바짝 비구름이 몰려오고 있었다. 대충 비설거지를 하고 추녀 밑에 몸을 피했다.

황토방을 넣고 우물마루를 깐 집. 비오는 날은 처마 밑으로 떨어지는 낙숫물을 바라보아도 좋고, 먼 산을 아득히 바라보아도 좋을 것이다. 아궁이에 활활 장작불이 타오르고 눈이 오고…. 나는 지그시 눈을 감았다. 그 아궁이의 불 속에서 무언가 형체를 드러내기 시작했다. 나를 쳐다보며 화를 내는 것도 미소를 짓는 것도 아닌, 지루하면서도 정중하게 묻고 있던 아버지의 묘한 눈빛이 어른거렸다. 나는 고개를 세차게 흔들었다.

아버지를 만난 날, 아버지의 눈빛이 섬뜩한 공포를 불러일으켰다. 나는 몹시 걱정이 되었지만 한편으로 적대감을 보이는 태도를 취했다. 가족이 뭘 원하는지 상관하지 않던 그가, 헤라클레스의 권위와 자존심을 모두 버리고 이제 와서 무슨 말을 듣겠다는 건가. 쓸데없이 큰소리로 윽박지르고 을러대던 그 힘은 다 어디로 갔는가. 그야말로 내가 아버지의 표정을 온전히 이해하는 건 무서운 일이었다.

아, 빌어먹을! 나는 담뱃불을 발로 짓이겼다. 가슴 저 구석에서 불쑥불쑥 올라오는 분노를 짓누르며. 아버지의 기억이 물살에 다 떠내려가더라도 상관할 바가 아니다. 떨치려 할수록 마음 한 구석에선 불편한 긴장감이 차오르고, 빗줄기는 차츰 더 굵어지고 있었다.

지붕공사는 뼈대만큼이나 중요하다. 늙은 와공의 손길은 정밀했다. 비가 새지 않기 위해 공을 들이는 것이 역력했다. 습기와 벌레를 막고 풀이 나지 않도록 강회다짐을 단단히 하는 사이, 절반의 평화와 절반의 불안이 왔다 갔다. 아들이 집으로 돌아왔다는 소식이 전해졌고, 다시 아버지의 소식이 전해졌다.

알매흙으로 암키와를 고정시킨 다음 암키와 사이에 홍두깨흙을 넣고 수키와를 까는 작업은 조형예술 작업처럼 엄숙했다. 용마루에서 처마 쪽으로 휘어 내리고, 양쪽 추녀 쪽으로 쳐져 내린 둥근 곡선이 서서히 자태를 드러내기 시작했다.

지붕의 곡선이 완성되는 사이 여름이 지나가고 있었다. 집의 틀을 세웠으니 벽을 세우고 문과 창을 내고 구들을 놓고 마루를 놓고, 마감공사까지는 아직도 한참 멀었다. 이제부터 부재의 쓰임은 더 다양해질 것이다. 부재는 뼈대를 튼튼하게 할 뿐만 아니라 뼈대가 썩거나 상하는 것을 막아 주는 역할을 한다.

벽체의 부재를 준비하면서 마음이 숙연해졌다. 어쨌든 추위가 오기 전 아궁이에 불을 지펴야 한다. 비를 피할 지붕을 얹고 나니 그동안의 긴장이 다소 풀린 듯 여기저기 몸에서 이상 신호를 보냈다.

기둥에 기대어 길게 담배연기를 뱉어냈다. 태풍 '차바'가 올라오고 있다는 뉴스가 무색할 정도로 하늘은 맑았다. 소형 태풍 '차바'는 우리나라의 늦더위를 피해 일본 해협으로 진로를 바꿀 가능성이 높다고 전했다.

태풍 단속을 해야 하는데 침을 삼킬 수 없을 정도로 목이 아프고 삭신이 녹아내렸다. 대기는 습하고 후덥지근했지만 한기가 들었다. 얼마 전 광안리 해수욕장에 출몰한 징그러운 개미 떼와 태화강 중류에서 숭어 떼 수만 마리가 일렬로 집단 이동하던 영상이 떠올랐다. 혹, 재앙의 전조증상인가? 그러나 바람 한 점 없는 맑은 하늘에는 별이 반짝였다. 태풍 전야는 그야말로 고요했다.

*

도로는 배수구가 막혀서 물이 하늘을 향해 솟구치고, 강풍과 함께 빗줄기는 더욱 거세졌다. 비는 말 그대로 양동이로 퍼붓듯 쏟아져 내렸다. 태풍 '차바'가 예상 경로를 뒤엎고 이렇게 엄청난 위력으로 강타할 줄이야. 불안감이 태풍의 속도로 달려들었다. 도로가 물에 잠기고 차는 속도를 내지 못했다. 시야가 점점 더 어두워졌다. 나는 강 쪽으로 고개를 돌렸다. 대밭과 둔치가 모두 물에 잠겼다. 산책길과 자전거길이 사라지고, 물은 무섭게 차올랐다. 걷잡을 수 없이 가슴이 뛰기 시작했다.

어쩌지, 부려 놓은 자재들을…. 가속 페달을 밟았으나 차는 곧 뒤집힐 듯 휘청거렸다. 공사현장에는 지붕공사를 끝내고 벽과 바닥 공사를 하기 위해 자재들을 부려 놓았다. 수장재를 만들 부재와 흙벽의 마감재들, 지지틀을 만들 보강재와 단열재들이 이 빗속에 온전할 리 없을 것이다. 오디오의 볼륨을 최대한 높였다. 귀청을 찌를 듯 파열음을 낼 뿐 신호가 잡히지 않았다.

바로 앞에서 부연 불빛이 흔들렸다. 서행하던 앞차가 유턴을 시도했다. 길은 끊어져 버렸다. 반대 방향으로 차머리를 돌렸을 때 사태는 더 심각하게 눈에 들어왔다. 순식간에 불어난 강물에 기둥과 교각과 강 둔치에 주차해 놓은 차들이 속수무책 물에 잠겨들고 있었다.

나는 강변도로를 거슬러 올라와 콘크리트 골조를 세운 채 흉물스럽게 방치되어 있는 건물 앞에 차를 세웠다. 뼈대만 드러내고 서 있는 건물이 고독하게, 범접하기 어려운 거인처럼 서서 누런 혀를 널

름거리는 강을 바라보고 있었다.

나는 급히 차를 세우고 휴대전화를 꺼내었다. 아들은 응답이 없었다. 또, 또다시, 단축버튼을 눌렀다. 갑자기 피가 거꾸로 솟구치듯 몸이 달아올랐다. 다시 시동을 걸고 오디오를 켰다. 기습적인 폭우와 강풍의 여파로 도시가 침수하고 있다는 뉴스가 흘러나왔다. 휴대폰으로 계속해서 긴급재난경보가 울렸다. 시간당 100mm 이상의 폭우라니. 아내의 가게는 안전해야 할 텐데 … .

나는 급하게 다시 차를 몰았다. 강 건너 산 중턱에서 거대한 물줄기가 폭포처럼 쏟아져 내리는 광경이 눈에 들어왔다. 지구가 거대한 행성의 벽을 뚫고 그 안으로 빨려들어 가는 비현실적인 영화의 한 장면이 떠오르고, 운전대를 잡은 손이 떨리고 다리가 사정없이 떨렸다. 속수무책 휘몰리고 있는 것들. 어쩌면 태화강이 범람할지도 모른다는 위기감이 거세게 몰아쳤다.

차를 멈추고 나는 아내의 가게 쪽으로 내달렸다. 눈앞의 상황은 믿기지 않았다. 천둥소리가 담벼락을 무너트리고 거대한 물폭탄에 터지고 부서지고, 시장이 온통 바다로 변했다. 아내의 건어물 가게도 잠겼을 것이 분명하다. 나는 허리까지 차오른 물을 헤치며 걸어 들어갔다. 아내의 가게가 멀지 않은데, 여기서 멀지 않은데 … 꼼짝할 수 없다. 태풍은 도심을 꿀꺽 삼켜 버릴 기세로 더 맹렬하게 불었다. 그리고 내게 책임을 다하라고 명령했다. 그것을 감당하지 못한다면 저 물속에 몸을 던져야 한다고. 그것만이 나를 증명할 수 있을 것이라고.

"당신은 무엇이 중요한지 모른다는 거야? 그런 거야? 당신은 정작 필요한 순간에는 언제나 없었어!"

아내의 말이 물 위에 둥둥 떠오르고, 물살에 휘몰려 나는 도저히 더 이상 몸을 움직일 수 없었다. 내 속에서는 가장으로서의 책임을 다하라고 수없이 명령을 보내지만, 세상을 주무르는 어떤 강력한 힘의 바깥에서 나는 떨고 있을 뿐이었다. 모든 것이 불가능한 상태가 되어 버렸다.

이미 도로는 모두 침수되고 가로수가 넘어가고… 아슬아슬 곧 넘칠 것 같은 강물에 물탱크가 떠내려가고 컨테이너가 떠내려가고 짐승들이 떠내려가고 속절없이 차들이 떠내려가고… 아내의 건어물 가게에 진열되어 있던 김과 미역과 파래가 퉁퉁 불은 채로 물 위에 떠오르고 마른 멸치와 오징어와 문어가 몸을 풀어헤치고 도심의 바다로 흘러들고… 이제 막 지붕 공사를 끝낸 지붕 위의 기와가 떠내려가고 서까래와 개판이 둥둥 물 위에 떠오르고….

강물은 무서운 속도로 모든 것을 쓸고 내려갔다. 어딘가에서 떠내려온 단층집이 다리 기둥에 부딪쳐 산산조각 나며 거센 물살 속으로 빨려들었다. 나는 물이 뚝뚝 흐르는 손으로 휴대폰을 다시 꺼냈다. 버튼을 누르기도 전 손가락이 후들후들 떨렸다. 아내의 번호를 누르고, 아들의 번호를 다시 눌렀다. 신호음이 길게 바람 소리에 묻혀 흩어졌다. 물바다가 된 도심 중앙으로 강에서 올라온 숭어 떼가 몰려갔다.

백색의 구름벽이 천천히 회전하며 태풍의 영향권을 빠져나가고 있었다. 강풍과 폭우가 급작스레 멎고 거짓말처럼 날이 개었다.

행복한 원룸

방은 하나가 있지만 … 하고 주인은 말끝을 흐렸다. 무언가 석연찮거나 마땅치 않은 눈치였다. 그것이 방인지 사람인지 알 수 없었다. 주인은 얼어 버린 눈 위로 다시 쌓이는 눈을 쓸어 낼 뿐 되도록 시선을 맞추지 않으려 했다. 경계하는 일일수록 상대가 먼저 알아차린다는 사실을 그는 모른 척했다. 순간 움츠러든 몸이 와르르 떨렸다. 이럴 때 지체할 일이 아니라는 것쯤은 나도 잘 안다. 정작 지금 나에게 필요한 것은 따뜻한 국물일지도 모른다. 다시 골목을 향해 발길을 옮기려 할 때, 등 뒤로 주인이 훌쩍 말을 던졌다.

"그, 방이나 한번 보셔. 일층 맨 끝 방인께."

나는 잘못을 들킨 사람처럼 움찔, 뒤돌아섰다. 주인은 더 이상 알은체를 하지 않았고, 여전히 눈을 쓸었고, 쓸어 내는 눈보다 땅은 더 미끄럽게 얼었고, 그 위로 눈은 또 내렸다. 문은 열려 있느냐고 물었을 때 얼어 버린 혀에서 말이 새어 흘렀다.

기역자로 꺾어 드는 복도의 맨 끝 방은 그 무엇도 설명하지 않았지만 세상의 어둠과 슬픔을 그대로 전하는 듯했다. 문을 열자 한쪽 벽면에 비스듬히 걸린 액자가 곧 떨어질 듯 달랑거렸다.

색은 바랬으나 일그러진 액자 속의 여인은 온화했다. 안개에 덮인 듯한 풍경을 배경으로 가지런히 모은 두 손과 알 수 없는 미소. 오직 안으로 자기를 가두어 놓은 듯한 미소가 시선을 붙들었다. 방은 그 묘한 미소를 품은 채 어둡게 웅크리고 있었다. 실재의 세계는 거부되고 굳게 닫힘으로써 외부의 침투를 거부하는 곳. 그 방이 전하는 진실이야말로 석연치 않았다. 얼마나 다행한 일인가.

축대에 바짝 붙은 어두운 방은 햇살 한 점 들지 않았으나 자신의 약점을 드러내는 것이 곧 죽음을 의미했던 원시시대의 남자들처럼 비겁하지 않았다. 나를 주저 없이 이 좁고 습하고 어두운 방으로 들게 한 것은, 터무니없이 싼 월세도 한몫 했겠지만 무엇보다 그 옛날 남자의 본능 때문이라면, 이 좁은 방은 그 진실을 감출 수 있을까?

눈은 그쳤으나 밤늦도록 바람은 자지 않았다. '너바나'의 커트 코베인과 록밴드 '도어스'의 리더 짐 모리슨이 먼저 살다간 방처럼 좁은 방은 황량했다. 이 석연찮고 마뜩잖은 방에다 나는 나를 풀어 놓았다. 전설의 기타리스트 지미 헨드릭스가 살다간 스물일곱 해를 마치 내가 사는 것처럼, 그 마지막 해를 사는 것처럼, 그날 밤 나는 그만큼 비장했다. 아니 그만큼 허무했다. 도저히 가정할 수도 정당화될 수도, 이름 붙일 수도 없는 바로 그 고통 때문이었다.

이를테면, 이곳은 필리핀을 거쳐 북상하던 태풍이 오키나와 부근에서 한동안 정체하는 것과 다르지 않을 것이다. 태풍의 운명이 여기에서 어떻게 엇갈릴지는 아무도 모를 일이다.

저만치 위로는 새로 지은 '이 편한 세상'이 성처럼 서 있고, 바로 옆으로는 '스타 빌리지'와 '햇살 가득한 집'이 바짝 이마를 맞대고 있는 골목의 끝집. 나는 지금 거기에 있다. 밤이 되면 우뚝 솟은 '이편한 세상'은 마치 세상에 존재하는 공간 밖의 공간인 것처럼 환하게 빛난다.

내가 '행복한 원룸'에 사는 것은 어쩌면 사람들이 '속 편한 내과'에 가는 것과 '바른 눈 안과'에 가는 것과 다르지 않을지도 모르겠다. '행복한 원룸'은 그저 건물의 이름에 불과하다. '스타 빌리지'에 스타가 살고 있지 않는 것처럼, '햇살 가득한 집' 역시 그늘진 골목에 위치해 있을 뿐이다.

회랑처럼 이어져 있는 좁고 어두운 복도를 따라 벽장과 같은 현관문들이 마주보며 다닥다닥 붙어 있는 집. 사람들은 비밀스럽게 비밀번호를 누르고 자신의 방으로 사라진다. 서로 인사를 하거나 알은체하지 않는다. 모두들 스쳐 지나칠 뿐, 서로를 상관할 일은 없다. 같은 공간에서도 저마다 외따로 떨어져 있는 사람들. 수용되는 동시에 감춰진다.

가끔 여자가 개들을 몰고 시끄럽게 복도를 빠져나가고 또 여자는 개들을 번갈아 어르며 복도로 들어온다. 그것 역시 소리일 뿐이다. 모든 것은 은밀하다. 마치 깨어진 파편들처럼, 혼자서는 아무것도 할 수 없지만 아무것에도 연결되어 있지 않는 사람들. 모두 방문을 굳게 닫아 놓고 서로를 바깥에 놔두며 살아간다. 어쩌면 자신마저도 타인으로 인식하며 살아가는지도 모른다. 생의 막다른 지점에서 뛰어내리기 위해 숨을 한곳에 모으듯, 혹은 뛰어오를 수 없는 자신을 철저히 은폐하듯, 이곳은 적막하다. 그래서 사람들은 쥐도 새도 모르게 드나든다. 물론 나 역시 그러하다.

어느 날 갑자기 다른 사람과는 다른 나, 를 인식해야 한다면, 당신은 어떠하겠는가? 한 치 앞도 볼 수 없는 깜깜함이거나 뜨거움이라면. 내가 남들과 다르다는 사실은, 남들과 다르지 않으면 안 된다는 사실과는 전혀 다른 문제다. 단지 다를 뿐이 아니라 어떤 방법으로도 복구될 수 없는, 완전한 상실을 의미하기 때문이다. 복구될 수 없는 것일수록 복구에 대한 욕망은 끈질기다. 잃어버린 것에 매여 있는 한 아무것도 할 수 없다. 몰입은 그것을 전부로 만들고 말기 때문이다.

집을 뛰쳐나온 것은 복구될 수 없는 그 극명한 사실 때문만은 아니었다. 뛰쳐나올 수밖에 없는, 아니 그보단 내몰렸다는 느낌이 더 강했다. 그러니까 무엇을 하기 위해서가 아니라 아무것도 할 수 없음이 전제된 가출이었다. 다만 내 존재 자체를 완전히 엎어 버리고 싶었고 산산조각 깨어 버리고 싶은, 말하자면 저 밑바닥에서부터 파괴와 폭력에 대한 유혹이 뭉클뭉클 연기를 피워 올렸다. 무엇보다 그런 처참한 모습을 아버지에게 되돌려 주고 싶은 울분이 더 앞섰다.

'등신 같은 놈!'

어딜 가든 무엇을 하든 아버지의 질책과 비난은 끈질기다. 그러나 나는 풀어낼 수 없는 화두를 든 구도자처럼 이곳에 똬리를 틀고 앉아 있다. 나에게 함부로 절망에 대해 말하지 말라. 자신이 겪지 않은 고통을 어떻게 고통이라 말할 수 있겠는가.

밤마다 24시 편의점에서 담배를 사고, 일주일에 한 번쯤은 길 건너 하나로 마트에서 라면과 계란, 휴지 등 생활필수품들을 구입하고, 그리고 인터넷을 통해 세상을 본다. 인터넷, 거기 정보의 바다에는 세상에 없는 세상이 존재한다. 풍요롭고 다채롭고 무궁무진한. 이 경이로운 바다야말로 잠시나마 나를 잊게 하는 유일한 자유다. 그곳에서만이 나는 형체도 없이 사라진다. 그러나 어찌할 수 없는 현존의 장소에 나는 엄연히 그대로 있지 않은가. 버리지 않는 한 맞서야 하는 무서운 장소가 되어 버린 시퍼런 몸. 나는 그것을 어떻게 감당해야 하나.

여전히 울대뼈는 목에 걸려 있고 목소리는 걸걸하고 서서 일을 보는 사내. 몸이 파괴되었다고 하여 욕구마저 파괴되었겠는가. 동영상은 삐걱거리고 헐떡이고 요동치고 펄펄 달아올라 끓고 넘치고 신음하며 쾌락의 절정에서 나를 희롱한다. 이미 접속된 몸은 경이로운 바다에 뒤섞인다. 서서히 온몸으로 열 기운이 퍼지고 목이 마르고 몸이 터질듯 팽창해지고 사지가 가뭇없이 사라지는 순간, 나는 소스라쳤다. 안 돼! 들키면 안 돼!

스피커에선 오래전 동요가 흘러나오고 뒤이어 그레고리안 성가가 흘러나오고… 음률은 머릿속에서 제각각의 소리로 흩어져 버린다. 그런데 그 흩어지는 소리들 가운데 유독 감겨드는 저 낯선 목소리는 뭐지? 마치 외계에서 온 듯한 신비한 목소리. 보일 듯 보이지 않는 저 목소리의 정체가 궁금했다.

카스트라토? 그 옛날 변성기 전 소년을 거세함으로써 얻어낸 목소리라고? 순간 총부리가 나를 겨누는 듯 나는 꼼짝달싹할 수 없었다. 놀라움과 동시에 걷잡을 수 없이 온몸이 떨려왔다. 높은 성부를 내기 위해 소년들을 거세하다니. 이 비인간적이고 불법적인 행위가 교회의 성가대를 위해 자행되었다니. 세상을 창조하시고 세상을 구원하러 오신 분이 이 어리석은 인간의 경배를 흔쾌히 받았더란 말인가. 이것이 세상의 아름다움이더란 말인가.

'등신 같은 놈!'

아버지의 목소리가 또 다시 생생하게 들린다. 일그러진 아버지의 얼굴에는 절규인지 비웃음인지 모를 웃음기까지 돌았다. 나도 모르게 자리에서 벌떡 일어났다. 내가 한다고요! 포기든 선택이든! 어둠 속에서 튀어 나온 말은 어둠에 눌려 더욱더 참담해졌다.

이 어두운 골방은 분명 나의 선택이었음에도 불구하고 마치 내 운명이 애초부터 이렇게 선택 받은 것처럼 나는 끝없는 당혹감에 빠져들었다. 나를 완전히 깨어 부숴 버리겠다던 울분은 내 몸 어디 털끝 하나 손대지 못하고 시간은 여전히 그 이전과 별반 다르지 않게 흘러갔다. 분명 지금과는 다른 용기가 필요했겠지만 나를 바꾸려는 용기도 나를 받아들일 용기도 내겐 없었다. 만약 여기서 새로운 일이 일어난다면, 과연 나는 예측할 수 없는 또 다른 불안과 맞닥뜨릴 수 있을까?

나는 지금 내 존재 자체를 후회하고 있다. 그러나 그 후회라는 것이 삶을 변화시키는 새로운 시작이 되지 않는다는 것 또한 명백히 알고 있었다. 나는 혼자이길 원했지만 홀로 됨을 견딜 만한 그런 인간은 애당초 아니었다. 고통을 마주할 자신이 없으므로 세상의 현란한 빛을 피해 나 스스로를 유폐시켰을 뿐이다.

'행복한 원룸'은 소통의 완전한 단절을 허락하지 않았다. 나는 아주 내밀한 방법으로 무언가를 시도하기 시작했다. 그것은 고립이나 공허 그 자체일 수도 있고, 혹은 울분이나 치욕과 같은 것일 수도 있다.

지금 여기는 태풍이 잠시 정체하는 곳이 아니던가.

시간이란 어떤 상황에서도 익숙해지기 마련이다. '행복한 원룸'에서의 마뜩찮고 지리한 일상도 그랬다. 무엇보다 서로를 상관하지 않는 익명의 관계들이야말로 나를 자유롭게 했다. 자유롭기 위해 고독을 택했거나 고독을 위해 자유를 원한 것은 아니었지만 뭐랄까, 아무튼 묘하긴 한데 내 참혹한 운명에 대한 적의나 절망이 다소 누그러드는 순간이 찾아왔다. 그러나 익명이라는 것의 함정은 다른 데 있었다.

벽 하나를 사이에 두고 이웃해 있지만 서로 낯설 뿐, 어두운 복도를 따라 늘어선 현관문들은 좀체 열리지 않았다. 무덤처럼 서늘한 곳, 가끔 아기 울음소리를 내는 고양이가 벽을 타고 지나가고, 그 소리는 고양이 울음소리를 내는 아기 울음인 듯 섬뜩하기도 했다. 알 수 없는 그 요상한 기운이 뻗치면 나도 모르게 고함을 질렀다.

"죽여 버릴 거야!"

창문을 열고 고양이를 확인하는 것은 무의미했지만 나는 매번 무의식적으로 창문을 열어젖혔다. 문밖은 언제나 컴컴했다. 밤도 낮도 없는 어둠이 때론 공포이고 때론 은밀한 평온이었다. 되도록 갈등의 세계로부터 멀리 몸을 숨기고 있는 한 이 평온은 또 다른 공포일 게 분명했다. 언젠가 되돌릴 좌절과 울분을 품고 있다면 이 평온이야말로 공포와 다름 아닐 것이다. 만약 어떤 희망의 싹을 품고 있다 할지라도 그것은 불안과 다르지 않다는 것. 그런데 이 평온과 공포가 어떤 도착을 일으킬 줄이야.

옆방의 여자가 문을 열고 나가자 개들이 한꺼번에 짖기 시작했다. 옆방이 술렁거릴 때부터 내 의식은 벌써 여자의 뒤를 쫓기 시작했다. 때론 슬리퍼이거나 킬힐이거나, 두 마리이거나 세 마리이거나, 앙칼지거나 서늘하거나 … .

여자에 대한 정보는 개를 어르는 목소리가 전부다. 키가 작은 그러나 살집은 제법 있을, 얼굴은 둥글고 코는 작아서 귀여운 이십대? 혹은 삼십대 초반? 그 정도의 여자일 게 분명하다. 눈빛은 깊으나 입술은 얄팍한, 적당히 향수 냄새가 날 것이고 웨이브가 부드러운 퍼머넌트의 긴 머릿결이 목을 감고 있을 … . 여자는 내 의식 속에서 날마다 다른 모습으로 태어났다.

무언가를 엿보기 위해서는 자신을 철저히 감추어야만 한다. 아무것도 간섭받지 않고 누구도 상대하지 않는 일상은 평온과 공포를 오가며 몽상을 부풀리기에는 더없이 좋았다. 축대에 가려 대낮에도 어두한 골방에서 나는 바위산을 통째로 조각한 용문석굴의 불상들을 떠올렸고, 고대의 유적 카타콤을 연상했다.

내가 앉아 있거나 누워 있는 이대로 몇 세기가 흐른다면 이곳 역시 지하묘지가 되지 않을까. 세상의 멸시를 받으며 이곳을 드나드는 사람들도 그런 상상을 하지 않을까. 그들 역시 잉카의 유적이나 앙코르와트의 아름다운 조각상을 꿈꾸지 않을까. 어쩌면 여기가 박해를 피해 피신한 사람들의 은신처일지도 모른다. 그렇다면 밖으로 나갈 비밀통로를 찾아야 하지 않을까. 평온과 공포를 가로질러 자주 그런 생각을 떠올렸다.

밤이 되면 발자국 소리, 물 내리는 소리, 현관문 여닫는 소리, 그릇들이 부딪치고 떨어지는 소리 … , 그런 일상의 소리들이 기계음처럼 들리고 그 소리들에 섞여 여자의 개들이 짖어 댄다. 개들이 짖어 대는 소리는 나에게 말을 걸어온 유일한 소리였다. 짖는다는 것은 살아 있다는 것. 밤이면 개 짖는 소리가 너무도 인간적으로 들렸다.

복도를 울리는 둔탁한 발걸음. 오늘밤 여자는 긴 스커트를 입었을 것이고 검은색 구두를 신었을 것이다. 역시 육감이다. 여자의 움직임이 가까워지고 문을 여는 소리와 함께 개들이 자지러지게 짖어 댔다. 그리고 개들은 밤을 새워 앓았다. 한 마리가 짖기 시작하면 일제히 떼를 지어 한꺼번에 짖기도 하고 또 순서대로 짖어 대기도 했다. 때론 그 소리가 지하에서 옆집으로 옮겨갔고, 위층에서 반대편 방으로, 급기야 내 방에서 짖는 것 같은 도착증상을 일으켰다. 밤이 깊을수록 개들이 앓아 대는 소리는 격렬했고, 격렬할수록 혼란스러웠고, 혼란스러울수록 개들은 더욱 더 격렬하게 짖어 댔다.

소리에 밀려 밖으로 나가면 적막했던 골목은 완전히 달라졌다. '남성휴게소' 혹은 '남성 전용 이용원'의 회전간판이 쉼 없이 돌고 도는 골목, 안내와 유혹이 뒤섞여 출렁거리는 골목으로 변했다. 밤이 깊을수록 번쩍이는 싸인볼은 마치 방아깨비가 방아를 찧듯 잽싸고, 쿨럭이는 해소기침 환자처럼 숨차다. 어쩌자고 나는 이 골목에다 나를 풀어놓았단 말인가. 방을 구하던 날 왜 이 불빛을 보지 못했을까. 헝클어진 욕망처럼 번쩍이는 저 싸인볼과 미로처럼 지하로 스며드는 출입문들을.

안마와 마사지가 서로를 휘감고 돌고 도는 저 싸인볼은 누구의 밤을 안내하는가? 뒷골목처럼 어둡고 눅눅한 남자의 머리카락을 자르고, 남자의 심신을 쉬게 할 텐가? 골목은 쥐 죽은 듯 고요하다. 쥐도 새도 없는 거리에 쥐도 새도 모르게 드나드는 사람들을 위해 저 혼자 빛나는 싸인볼. 밤이 되면 빛들은 미치도록 강렬해지고 그 강렬함으로 골목은 더욱더 신산스러웠다. 저 싸인볼이 보내는 싸인을 알아채는 사람들은 지하 혹은 지상의 방으로 드나들며 안마를 받고 마사지를 받을 것이다. 요란하게 불빛들만 밤을 지새우는 골목을 돌아 다시 방으로 돌아오면 여자의 개들은 여전히 웅얼거렸다.

'등신 같은 놈!'

잠들거나 깨어있거나 아버지의 목소리는 시시때때로 출몰한다. 기억의 봉쇄는 완벽한 기억의 다른 방식이다. 숨기고 감출수록 기억은 더욱더 선명하게 되살아난다. 기억 속에서 사고를 목격하는 것은 내 공포의 평안이 등신 같이 꺾어지는 순간이다. 이미 통과해버려 다시는 돌이킬 수 없는 지점. 그래서 통증은 절대적이다. 생의 모든 길을 잃어버릴수록, 고통은 고통을 만들고 고통은 기억에 휘몰리며 무한 번식한다. 이 무책임한 기억의 횡포. 기억의 소환은 드디어 둘 중에 누군가 죽어야 끝이 날 것처럼 맹렬하다. 끝내 나는 아버지를 죽이고, 아버지는 나를 죽일지도 모른다.

나는 이제 어디로 향해 가야 하나, 어떤 삶을 살아야 하나…. 나는 나 자신으로 존재하는가, 나는 나를 찾을 수 있을까, 나는 무언가를 욕망할 수 있을까, 나는 정말 행복해질 수 있을까, 나는 무엇을 보고 무엇을 보지 못 했던가….

지금 내겐 오직 고통뿐. 세상의 모든 고통이 욕망에서 비롯된다면 아무것도 욕망할 수 없는 지금, 나의 고통은 끝나야 할 것 아닌가. 그러나 내 욕망은 욕망할 수 없기에 그 고통은 가장 고통스러운 고통이 되고 말았다. 고통은 이제 파국으로 치달을지도 모른다. 나로 존재하지 않는 세상에서 내가 무엇을 찾을 수 있겠는가. 만약 누군가가 나에게 위로를 한다면 그것은 모욕 그 이상이 될 것이다.

그날 아버지는 나와 함께 그 차에 타지 말아야 했다. 차가 뒤집히고 차 밑에 짓이겨진 나를 꺼내지 말았어야 했다. 마지막으로 척수를 빼내고 목숨과 내 몸을 맞바꾸어 버린 아버지는, 아버지의 울분은 내 운명의 비극에 있지 않았다. 내 존재 자체가 아버지의 비극이 되고 말았다.

비극의 광배를 두르고 부지불식간에 덮친 사고는 내가 의식을 되찾기 전 모든 것을 끝내 버렸다. 아버지는 나에게 어떤 설명도 해명도 하지 않았다. 만약 선택의 여지가 있었다면 그건 순전히 내 몫이어야 했다. 그가 누구든, 무슨 연유에서든, 어떤 긴박한 상황에서의 선택이었든, 그것은 중요하지 않다.

나에게는 여전히 불구자라는 것만이 치명적인 사실일 뿐이다. 세상의 모든 장애는 장애에 불과할지라도 자신의 장애는 장애에 불과하지 않다. 그것은 생의 모든 것이 되고 만다. 이 치명적인 사실에 사로잡혀 있는 한 나에게 어떤 일이 일어날지는 나도 모른다. 내게 닥친 불행을 무기로 휘두르기 위해 나는 더 불행해야 될지도 모른다. 이 모든 건 내 탓이 아니니까.

아버지가 나를 향해 소리치던 '등신 같은 놈'이 '병신 같은 놈'으로 바뀌어 들리는 동안 나는 아버지를 정말 죽이고 싶어졌다.

이 어두운 골방에서 헤매는 사이 호르몬의 장난은 심각해질지도 모른다. 몸의 아주 은밀한 곳에서부터 털은 다시 돋지 않을 것이고, 가슴은 뭉실해지고 턱과 사지는 매끈해지고, 이러다 목소리까지? 내가 카스트라토? 어쩌자는 거야. 기어이 불가마 옆까지 나를 끌고 가겠다는 건가!

고통이 절정에 달하면 고통의 감각은 측정할 수 없어진다. 통증이 사라진다 해도 고통에서 헤어날 길은 없다. 남들과 다른 나를 견뎌야 하는 이 고통이야말로 형벌이 아니고 무엇이겠는가. 사람들이 그토록 하찮게 여기는 평범한 삶이 나에게는 목숨을 걸 만큼 간절히 원하는 삶이 되었다면, 이 고통을 짐작이나 할 수 있겠는가. 탐탁지도 마뜩하지도 않은 삶을 간절히 원하는 나의 고통을.

밤마다 출구가 없는 밀림 속에서 나는 수백 년 후의 미라처럼 꼼짝없이 누워 있다. 여자가 들어온다. 긴 치마를 끌며. 개들의 술렁임이 순식간에 멈춘다. 개들은 남자가 들어올 때를 확실히 구분한다. 개들이 조용한 것은 남자가 왔다는 것이다. 나는 마치 겁탈을 감행하듯 벽에다 바짝 귀를 댄다.

생의 어느 순간부터 반응하기를 거부하던 내 심장이 갑자기 뛰기 시작했다. 성적 욕구를 일으키는 뇌는 지금 지극히 정상적이다. 참을 수 없는 욕구는 척수장애의 어떤 영향도 받기를 거부한다. 내 몸의 모든 감각은 뇌 속에 존재하고 있는 흥분 상태를 기억해 낸다. 나의 전 존재가 마치 어떤 쾌락을 갈구하듯 열이 오르고 흥분하기 시작했다. 옆방의 침대가 삐걱거리기 전 내 목에서 먼저 신음이 터져 나왔다. 이 공포와 평온, 고통과 울분이 산산조각이 날 때까지 옆방이 요동치기를 기다렸다.

남자의 완력이 벽을 울렸다. 일순간 세상이 조용해졌다. 모든 시작과 끝은 침묵이 필요하니까. 그때 여자의 신음소리가 터져 나왔다. 거칠고 막힌 쾌락의 소리가 고통스럽게 높아질수록 내 몸 구석구석의 미세한 감각들이 비늘처럼 일어섰다. 표현할 길 없는 낯선 슬픔과 고통이 뒤엉키고, 여자의 입술과 가슴과 엉덩이가 내 몸을 휘감으며 격렬하게 물결쳤다.

나는 지그시 나의 아랫도리를 누르며 먼 기억의 바다로 흘러가

버린 요람에서 여자의 젖무덤을 어루만졌다. 여자가 흐느끼고, 흐느끼고… 그 흐느낌과 동시에 나에게 도달한 알 수 없는 통증. 여자는 쾌락의 흥분이 절정에 이른 듯 더 크게 비명을 질렀다.

그때였다. 속수무책 어떤 예감에 사로잡히게 된 것이. 여자와 나는 오래전부터 연결되어 있었던 것 같은, 아주 묘연하고 무구한 바람이 꼬리를 물고 다가왔다. 모든 관계로부터 단절되어도 그녀만은 나의 절망을 알 것 같은, 출처가 모호한 근거 없고 어리석기 짝이 없는 유혹이 내 몸을 휘감았다. 그 순간 복구될 수 없는 내 절망은 희망의 끈을 붙들려 안간힘을 썼다. 목덜미가 축축하게 젖어 왔다.

이건 아니야, 이건 아닌데, 하면서도 꼼짝없이 갇히고 만 덫처럼 나는 그 속에서 밤새도록 몸부림쳤다. 무수한 것들을 쓰러뜨리고 뒤엎고, 다시 매달리고 싶은 밤이 흐르고 고양이가 울었다. 눈을 떴으나 나는 문을 열지 않았고, 고양이를 확인하지 않았고, 죽여 버리겠다고 소리치지 않았다. 다만 소리 죽여 울었다.

그 밤은 나에게 어떤 속절없는 기다림을 남겨두고 달아났다. 그것이 무엇인지는 정확히 알 수 없었으나 그야말로 막연한, 그러나 강렬하기 짝이 없는 집요한 것이었다. 이 느닷없는 예감은 분명 내 작위가 개입된 것이 틀림없다. 하지만 한순간의 뜨거움으로 죽음에 먹히고 말지라도 나를 향해 겨눈 방아쇠를 당기고 싶었다면 그건 밤의 가학일 뿐이었겠는가. 내가 '행복한 원룸'에 사는 것은 사람들이 '바른 눈 안과'에 가는 것과 '속 편한 내과'에 가는 것과 무엇이 다르단 말인가. 행복해질 수만 있다면 그 어떤 불가능도 가능으로 믿고 싶었다. 그 밤에 나는.

치자꽃이 달큼했던 여름날의 첫사랑. 희디흰 그녀의 빰이며 목덜미를 바라보며 나는 치자꽃잎 같을 그녀의 속살을 그려 보았다. 달큼한 향이 코를 스치고 입술을 스치고 목을 타고 내려가 가슴으로 번지면서 급기야 온몸이 숯덩이처럼 열이 오르던 그 여름의 경이로움을. 이제 다시는 돌이킬 수 없다.

집 주인은 수차례 여자에게 집세를 독촉했고, 짖어 대는 개들도 문제 삼았다. 개들이 짖는 만큼 남자의 출입은 잦아졌고 난폭했다. 나는 아직 여자를 본 적이 없다. 물론 저 싸인볼이 안내하는 곳으로 들어가는 사람 또한 본 적이 없다.

희미하게 뇌세포가 의식을 건드릴 때마다 여자는 미친 듯 울었다. 나는 내 의식을 다시 잠결 속으로 밀어 넣었다. 그런데 불길에 휘말리듯 갑자기 몸이 뜨거워졌다. 의식과 무의식의 중간 상태에서 나는 옆방의 헐떡거림을 감지하려 했다. 쿵쾅거리며 무겁고 불길한 움직임이 빠르게 다가왔다. 무언가가 둔탁하게 벽을 치자 내 방이 심하게 흔들렸다. 뜨거워진 몸이 산산조각으로 분해되고 사지가 흩어지면서 미끈거리는 여자의 몸으로 스며들었다.

공중 부양을 하듯 몸이 의식에서 완전히 이탈되어 서서히 여자의 속으로 빨려 들고 있었다. 아! 이 강렬한 충동. 나는 의식을 집중하여 이 낯선 감각에 집착했다. 그런데 그때 날카로운 것이 허리를 쉼 없이 내리쳤다. 타격을 가할수록 내 허리는 아무런 감각도 느낌도 없어졌다. 공격이 더해질수록 의식이 몸에서 빠져나가려고 할 뿐 어떤 쾌감도 흥분도 일어나지 않았다.

안 돼, 난 절대 그렇게 되면 안 돼! 누구란 말인가. 내 허리를 쳐내어 못 쓰게 만들려는 사람이! 희미한 의식 속에서 모든 신경을 곤두세워 파괴하는 것을 인지하려 몸부림치는 그때 옆방이 통째로 깨어지는 소리를 냈다. 찢어지는 목소리가 내 방으로 흘러들었다.

분명 이것은 환각 증상이 아니다. 남자가 여자를 휘두르고 여자가 짐승처럼 휘몰리고 있는 게 분명하다. 헉헉거리는 남자의 거친 숨소리와 쿵쾅거리는 발소리가 점점 더 광포해졌다. 개들은 어디로 갔는가. 떨어지는 소리, 내리치는 소리, 깨어지는 소리에 묻히는 여자의 소리가 점점 더 고통스러워지고, 더 세게 더 빠르게 옆방이 무너져 내렸다.

그러나 사방은 쥐 죽은 듯 조용했다. 이 삭막한 도시의 한 귀퉁이에서 쥐도 새도 모르게 여자가 죽을 수도 있구나. 나는 벌떡 자리에서 일어났다. 그리고 현관문을 열어젖혔다. 복도는 여전히 컴컴했다. 맞은편 방의 사내가 빠끔히 고개를 내밀고 염탐의 눈길을 거두었을 뿐, 옆방도 그 위층도 조용했다. '행복한 원룸'에서 행복해지기 위해 우리는 서로를 상관해서는 안 되는 거였다.

그때였다. 전속력으로 달려오던 자동차가 급브레이크를 잡듯 옆방이 폭발음을 냈다. 무언가 사정없이 휘두르고 그리고 완전히 파괴되고 있다는 걸 나는 느꼈다. 그 긴박한 순간에 내 몸에 갇혀 있던 이상한 열기가 솟구쳐 올라 격렬하게 카타르시스를 불러일으켰다. 폭발하듯 몸이 부풀어 올랐다. 숨을 조이던 억압이 한꺼번에 터지는 순간 쾅, 하고 옆방 문이 닫혔다.

순식간이었다. 여자가 내 방으로 뛰어 들었다. 동시에 무의식적으로 내 몸이 문밖으로 튕겨 나왔다. 황급히 현관문을 닫으며 쓰레기봉투를 잡았다. 위기감 때문이었다. 남자가 옆방의 현관문을 거칠게 열어젖혔다. 환멸에 찬 남자의 눈초리는 쫓기듯 휘청거렸다.

그런데 이게 웬일인가? 남자의 손은 피투성이가 되었고 온몸은 모든 나사가 풀어질 대로 풀어져 흐느적거렸다. 그렇다면, 이건 뭔가? 나는 애써 태연했으나 무력감과 함께 밀려오는 모욕감을 떨칠 수 없었다. 남자가 이쪽을 한 번 훑어보는가 싶더니 재빨리 방향을 바꾸었다.

현관문을 다시 열었을 때 여자는 짐승처럼 웅크리고 있었다. 지금 내가 목격한 여자는 이미 낯선 여자가 아니었다. 이해할 수 없는 혼돈 속에서 나는 여자를 안았다. 마치 오랫동안 기다렸던 것처럼. 풀어헤친 머릿결이 내 품에서 버둥거렸다. 당혹감과는 달리 표현할 길 없는 고통과 섞이던 낯선 슬픔. 뭔가 팽팽하게 당기던 줄을 놓아버린 듯, 혐오감이 차츰 지독한 슬픔으로 변해가고, 사랑이라는 이름으로 행해지는 이 극단적인 가학과 피학. 나는 여자를 더 힘껏 안았다. 이 우연한 사건의 전말을 나는 여자에게 묻지 않았다.

주변이 다시 소란스러워지고 경광등 벨이 울리고 남자와 경찰이 복도에서 실랑이를 벌이는 동안 우리는 밖을 내다보지 않았다. 여자의 절망이, 그녀의 고통이 총체적으로 우리를 지배하도록 내버려뒀다. 귀를 막고 눈을 감았다. 비탈길에서 굴러 떨어지기 시작한 돌멩이가 중력에 의해 한없이 굴러 내려가는 것처럼 아래로 아래로 나는 한없이 굴러 내려갔다. 이미 내 본능과 충동은 그것을 끌어 올릴 힘을 잃었다.

여자는 젊지도 작지도 않았다. 인류가 진화되기 전의 모습을 그대로 간직한 얼굴을 하고 여기 나에게로 왔다. 상상과는 달리 짧은 머리, 젖가슴과 엉덩이 역시 출렁이지 않았다. 예쁠 것 없는 낯익은 모습. 여자는 감당할 수 없는 연민과 향수를 불러일으켜 나의 이성을 통째로 흔들어 놓았다. 상처라는 모태에서 출생한 숙명적인 연인인 것처럼 나는 아무 말 없이 여자를 바라보았다.

여자가 문을 열고 나간 밤, 대기는 온통 미세먼지로 자욱했다. 이렇게 대기가 불안정해지면 바다에선 뜨거운 수증기가 피어오를 것이다. 태풍은 이 뜨거운 수증기를 만나 다시 강렬하게 북상할지도 모른다.

내 안쪽으로 굳게 닫힌 문을 사정없이 두드렸던 밤이 지나고 나를 무참히 짓밟으며 흔들었던 욕구는 더욱더 맹렬해졌다. 그녀만이 내 이야기를 들어줄 것 같은, 이 어처구니없는 믿음은 어디에서부터 비롯되었던가. 그것이 더 혹독한 고독과 마주하게 될 것이라는 것을 미처 몰랐다. 혼란은 언제나 상상 그 이상의 공포였지만 때론 그 공포가 또 다른 방식으로 살아갈 수 있는 새로운 충동을 일으킨다는 것 또한 나는 알지 못했다.

개들이 짖고 다시 여자가 외출하는 밤이면 남자가 들어왔다. 다시 옆방이 술렁이기 시작했다. 날이 갈수록 그들은 더 날카로워졌다. 그 날카로운 소리는 나 스스로를 더 고립시키고 나머지 모든 의식을 흡수해버렸다. 그 고통의 소리는 막다른 길로 내몰기에 충분했다. 저들은 목숨을 걸고 서로를 부수고 있는 거야. 깨어지고 깨어지다 종국엔 서로를 죽일지도 모르지. 깨어지는 소리는 내 안의 수많은 소리와 공명해 더 크고 더 웅장한 소리로 변해갔다. 그 소리를 견디는 동안 그것은 온전히 나의 고통이 되어 버렸고, 나는 그들의 고통과 내 고통을 구분하지 못하는 지경에 이르렀다. 이 끝나지 않을 싸움. 더 이상 나아갈 수 없다면 돌아가야 하지 않겠는가. 돌아가는 일은 그 무엇도 아닌 자신에게 등을 돌릴 때 비로소 가능해지는 일이라는 것을, 막다른 길은 길의 끝이 아니라 돌아가는 길의 시작이라는 것을, 나는 까맣게 잊고 있었다. 여자는 다시 내 방으로 오지 않았다.

'한쪽이 썩어 문드러지든지 사지가 부러질 것이지, 이건 뭐야, 어쩌자는 거야!'

아버지의 분노는 하늘을 찔렀다. 사소한 일에도 극도의 흥분 상태로 치닫던 아버지의 눈빛은 마침내 살의를 품었다. 그런 아버지를 나는 용서할 수 없었다. 나를 이 지경으로 몰고 간 사람이 누구인가. 내 고통이야말로 고통 그 이상이라는 것을 모르는가. 이렇게 우리는 자신의 불행에만 사로잡혀 자신이 어떤 행동을 하는지, 어떤 짓으로 상대를 괴롭히는지 조금도 알지 못했다. 자기 생각에만 도취해 자신밖에 모르는, 그 누구도 생각하지 않는 사람. 그게 아버지와 나였다.

나를 외면한 것은 세상이 아니라 아버지라고, 목숨만은 살려야 했다던 아버지는 그때 나를 내버려 뒀어야 했다고 적어도 나는 그렇게 생각했다. 우리는 절대적인 위로와 격려가 필요했지만 서로를 고문하는 가해자가 되고 말았다. 나는 나에게 닥친 비극보다 아버지를 견디지 못했고, 아버지는 나를 견디지 못했다. 서로를 부수고 상처를 덧내면서 우리는 우리의 운명을 서로에게 던졌다. 사랑이라는 이름으로 자행되는 폭력이 최악으로 치닫고 말았다. 아버지의 울분이 급기야 자기 연민으로 변해갔다. 어디다 내놓고 한탄할 수 있는 일이기나 해? 천추의 죄악이지! 만취상태에서 아버지의 절규는 나를 집 밖으로 몰아내기에 충분했다.

작은 원룸에 들어 있던 짐이라고는 믿기지 않을 만큼 여자의 이삿짐은 작은 트럭에 가득했다. 여자가 양팔에 개를 안고 '행복한 원룸' 쪽을 바라보았다. 햇살에 눈을 찡그리며 살짝 웃어 보였다. 남자가 여자를 향해 소리쳤다. 여자가 급히 남자의 옆자리에 올랐다. 차가 서서히 골목을 빠져나갈 때까지 나는 여자를 내려다보았다. 여자에게 나는 무엇을 바랐던가? 무엇을 기대했던가? 나는 내 존재 자체에 아무런 의지도 없는 채, 외부를 향해 나를 떠넘기려고만 했던 것은 아니었을까?

차가 뒤뚱거리며 대로로 진입하고 차들의 물결에 휩쓸려 사라져가는 동안 나는 옥상 물탱크 뒤에 서 있었다. 이삿짐이 떠난 휑한 골목에는 싸인볼만이 돌고 돌았다.

"원 참, 별 희한한 인종도 다 있제. 저 멀쩡한 여자가 문제라네? 젊은 사내가 여편네 땜에 저리 자학을 해대니 명대로 살겄나?"

주인 남자의 궁시렁거리는 소리가 복도의 빈 공간을 타고 울렸다. 갑자기 내 몸이 움찔 흔들렸다. 나는 아무 대꾸도 없이 조용히 방으로 들어왔다. 손등 위에 이마를 얹고 눈을 감았다. 어둠 속에서 집요하게 대상을 쫓던 렌즈가 철컥, 하고 껌뻑였다.

아버지의 눈빛은 흐리고 아득하고 캄캄했다. 무언가 잘못되고 있는 게 분명했다. 퍼랬던 분노의 서슬이 사라진 눈은 공허했다. 다만 아득할 뿐이었다. 그 아득함이 스스로 고통을 내려놓은 것일까? 더 이상 고통스러워하지 않기 위해 스스로 정신의 한편을 놓아 버린 것은 아닐까? 감당하기 힘든, 그래서 서로에게 던질 수밖에 없었던 고통이 되돌아오리라는 것을 나는 전혀 예상하지 못했다. 허공에 멈추어 버린 아버지의 시선은 수천수만 번의 혼란을 거쳐 마침내 응시하게 만드는 참으로 두려운 침묵이었다.

아, 끝이구나! 나는 몸을 돌렸다. 그러나 서글픈 아버지의 눈빛을 피할 길은 없었다. 분노도 고통도 실제로는 존재하지 않는 것, 어쩌면 한순간 자취를 감추고 마는 물거품과 같은 것인지도 모른다.

정지된 아버지의 눈길은 정작 어디에도 머무르지 않았다. 아버지가 나를 바라보지 않는 것은 차마 바라볼 수 없기 때문이라고, 한 덩어리로 얽혀버린 고통의 실체를 차마 바라볼 수 없어 바라보는 것조차 허락하지 않는 것인지도…. 나는 그동안 내 운명의 고통에서 빠져나갈 용기가 없으므로 수없이 당신 탓이라고, 핑계 삼은 것이다.

인식이란 것은 모든 것이 사라진 뒤 마침내 깨닫게 되는 미련한 짓이었다. 먹먹해진 가슴이 쿨럭거리기 시작했다. 아무 말도 할 수 없는 그 순간 아버지가 고개를 돌렸다. 모든 것을 알고 있었던, 가혹한 인식의 미광이 희미하게 타오르는 아버지의 눈빛은 아물지 않은 상처를 그대로 간직한 채 세상을 향해 문을 닫는 중이었다. 질책과 비난이 사라진 눈빛이 품고 있는 것을, 나는 그것을 보고 말았다. 차마 말할 수 없는 그것을. 가슴 저 깊숙한 곳에서 쿵쾅거리며 달려들던 소리가 돌연 우주를 채우는 무시무시한 소리로 변하고, 푹 푹, 소리를 내며 폭발하던 것들이 일순간 싸늘하게 얼어붙었다.

바다가 점점 차가워지면 북상하던 태풍도 강력한 북태평양 고기압에 가로막히게 될 것이다.

달려온 속력만큼 튕겨져 나온 충격으로 나는 꼼짝달싹할 수 없었다. 나의 고통과 한 덩어리가 되어 버린 아버지를 나는 정면으로 바라볼 수 없었다. 결코 아버지의 고통과 한 덩어리가 될 수 없었던 나는, 지금껏 그 깜깜한 눈을 바라보며 따져 물었던 것이다. 그 어떤 것도 용납하지 않은 채 본능적으로 방어하던 내 몸에서 그때 아, 하고 외마디 소리가 새어 나왔다. 침묵 속에서 아버지가, 어린아이처럼 연약해진 아버지가 나를 향해 천천히 다가오고 있었다. 차갑고 뜨겁게 … .

차갑고, 뜨거움에 놀라 나는 얼른 이마를 들고 저린 손등을 뒤집었다. 아직도 여린 손바닥에는 보고 듣고 만지는 것만이 내게로 미치는 무수한 길들이 얽히고설켜 손등을 향해 뻗고 있었다.

오래된 밥솥

엄마의 아침은 엄마가 밤새 골아 대는 코골이만큼 숨차고 시끄럽다. 꺼억 꺽, 가쁘게 넘어가다 한순간 푸, 하고 터져 나오는 된 숨. 엄마의 코골이는 상습적이지 않다. 간헐적이다. 그래서 엄마 자신은 절대 코를 골지 않는다고 우긴다.

요즘 들어 나는 그 코 고는 소리에 뒤척일 때가 많다. 엄마의 코골이가 늘 그렇지는 않지만 때론 참기 힘들 정도로 심할 때도 있다. 몹시 피곤하거나 걱정거리가 많은 날은 더 많이 곤다는 걸 알기 전, 나는 한밤중 엄마의 방으로 뛰어들기도 했다. 보라고, 얼마나 크게 코를 고는지. 꼭 녹음을 해서 들려주어야만 믿겠어? 성깔을 부리려다 그만, 한쪽으로 꺾인 고개를 살짝 돌려놓고 나올 때도 있다.

자고 있는 엄마의 얼굴은 평온하지 않다. 마치 고뇌하는 연극배우의 얼굴처럼 일그러져 있고, 낭패 앞에 선 어찌할 수 없는 얼굴로 잠들어 있을 때도 있다. 잠든 엄마의 얼굴은 자신이 아닌 또 다른 누군가의 생을 연기하듯 슬프고 아프다. 마치 내가 엄마의 방으로 들어온 것을 아는 것처럼 잠깐 숨을 멈추었다 다시 몰아쉴 때면 도리어 내 쪽에서 놀라 뒷걸음질 친다.

끈질기고 집요하게, 내 예민한 잠버릇을 방해하는 날에는, 정말이지 그럴 땐 미칠 지경이다. 엄마의 하루가 고달프다 못해 괴롭기까지 한 날이라는 것을 알아챘으면 좋으련만, 나는 그런 엄마가 부담스러워 더 크게 투덜거리거나 아예 외면한다. 요즘 엄마의 방은 거실이다. 불면증에 시달리는 아빠를 배려한 잠자리라고 우리 모두는 그렇게 믿고 있다. 그러나 엄마가 거실로 나오게 된 이유를 말한 적은 없다.

엄마가 하루를 시작하는 순간은 내가 달콤한 잠 속으로 더없이 빠져드는 시간이다. 건넛방 오빠 방에서 한 차례 쓰레기를 수거하는 소리가 요란하게 들리고 이윽고 벌컥, 내 방문이 열린다.

"이게 귀신 방이야, 처녀 방이야?"

어지럽게 널브러진 쓰레기와 나를 번갈아 노려보다 지난 밤 내가 저질러 놓은 불손함을 거두어 나간다. 곧이어 그 불똥은 영락없이 아빠에게로 튄다. 평생 그렇게 제 멋대로 살더니, 보고 배운 게 그것밖에 더 있겠어. 웅얼거리며 흘린 말의 첫 주어는 '당신'이고 다음 주어는 '애들'이라는 걸 우리는 다 안다.

엄마의 말에는 뼈가 있다. 뼈를 숨긴 독백이 끝나기도 전에 아빠의 기선제압은 날카롭다.

"또 시작인 거야? 신새벽부터!"

아빠는 일단 볼륨이다. 엄마는 다른 건 다 몰라도 남의 눈을 제일 두려워한다. 아빠는 그걸 이용하는 거다. 어디를 봐도 할 말 없는 아빠를 누가 봐도 좋은 아버지로 만들어 놓은 사람 역시 엄마다. 그래서 아빠는 자신을 제법 괜찮은 사람으로 알고 행동한다.

집안이 순식간에 조용해지면 뒤 베란다에선 엄마의 코골이가 절정에서 잠시 멈추듯 돌아가던 세탁기가 순간 잠잠해진다. 세탁을 끝낸 세탁기가 막 물을 빼내기 시작했다. 게으르고 제멋대로인 가족을 질책하는 잔소리 대신 종종걸음 치는 엄마의 발소리가 더 크게 쿵쿵거리면 그건 이제 일어나라는 강력한 신호다.

그동안 쌀이 밥이 되는 전 과정이 실시간으로 생중계된다. 취사가 시작되고 쌀이 익고 뜸이 들고 드디어 밥이 되는 그 모든 과정을 나는 자면서도 훤히 안다. 완벽하게 차진 밥이 되기 위해 압력밥솥은 마지막 숨을 토해 낸다. 쏴~. 밤새 자신의 생을 날것으로 익혔던 엄마의 된 숨소리가 터져 나오고 나서야 갓 지은 밥 냄새는 온 집안으로 퍼진다. 밥이 차지기 위해 갇혀 있던 공기는 엄마의 가슴에 갇혀 있는 공기와 닮았다. 엄마는 차진 밥을 짓기 위해 평생 가슴에 공기를 가두었다.

내가 오래 낙담하지 않고 별 갈등 없이 재수를 선택할 수 있었던 것도 엄마의 작품이다. 청춘의 1년은 앞으로 살아갈 날들에 비하면 아무것도 아니다, 청춘의 실패는 돈 주고 사서도 한다, 값진 도전을 해 보지 않고 소중함의 의미를 어찌 알겠는가…. 뭐 그런 말들을 한 사람도 엄마다.

우리 집 형편? 내가 염려하기 전에 엄마는 먼저 그걸 무마시키는 기술도 가지고 있다. 돈이란 말이다, 왜 귀하게 쓰고 검약해야 하는가 하면 이럴 때 잘 쓰기 위해서란다. 엄마가 지킨 분수와 뼈아픈 검약은 순식간에 내 재수를 정당화시켰고, '이럴 때'는 내가 맞은 위기라는 것을 대신 말해 주었다. 나뿐만 아니라 오빠가 자퇴를 하고 전공을 바꾸었을 때도 아빠가 실패를 했을 때도 어김없이 그것은 명약으로 쓰였다.

피는 못 속인다고 나는 아빠를 꼭 빼닮았다. 생김새뿐만 아니라 생각까지. 속속들이 억지이고 막무가내인 내가 때로 군더더기 없이 산뜻해지거나 날씬해졌다면, 그것은 두말할 나위 없이 엄마의 가슴에 불어난 공기의 대가일 것이다.

압력밥솥으로 못하는 요리는 없다. 된밥 진밥 영양밥 잡곡밥 … . 밥은 물론이거니와 떡, 죽, 찜, 탕, 전골, 장조림, 튀김에 이르기까지 온갖 일품요리가 뚝딱 이 솥 하나로 완성된다. 그뿐인가. 전기압력밥솥은 보온과 예약에 이르기까지 친절하게 안내한다. 그것은 공기의 과학이며 공기의 철학이며 공기의 인문학이며 공기의 경제학이며 나아가 공기의 정치학이기도 하다. 밥의 종류가 왜 다양해야 하는지, 차진 밥이 인간의 미뢰를 어떻게 유혹하는지, 따스한 밥 한 그릇이 인간을 얼마나 따뜻하게 만드는지, 또 얼마나 빠른 시간 안에 허기를 메울 수 있는지, 더운 밥 앞에 녹지 않을 마음이 있는지 … . 시쳇말로 만능 엔터테이너이다. 엄마가 그렇다. 엄마의 가슴에 공기를 가둘수록 안 되는 일은 없다. 만약 누군가 밥상을 뒤엎는 몰상식한 행동을 했다면 그것은 염치없는 자신을 견디지 못해 부리는 행패이지 밥이 문제가 아니다.

요즘 엄마는 곧 어디론가 떠날 사람처럼 틈만 나면 나에게 밥 짓는 법을 일러 준다. 꿀맛 같은 밥을 지으려면 말이다, 화력조절이 관건이야. 밥물이 끓을 때까지 센 불로 가열해야 하고, 추가 돌아가면 불을 낮추어 뜸을 들이고 10분 정도 기다리다 불을 꺼야 해. 추에서 김이 완전히 빠진 후에 뚜껑을 열어 밥을 푸면 전혀 눋지 않은 차진 밥이 된단다. 엄마가 하는 말이다. 매번 귓등으로 흘리지만, 너도 이제 밥을 지을 때가 됐다는 말이다. 물과 불과 공기가 만들어 내는 무시무시한 압력으로 지어내는 밥. 나는 그 압력밥솥이 만든 아니 엄마가 만든 그 밥을 20년 동안 먹어 치웠다.

20년, 그 이전부터 엄마의 가슴에 가두어 온 공기를 생각해 본 적은 별로 없다. 우리는 모두 약속이나 한 듯 모른 체한다. 그것이 깊은 늪이라도 되는 것처럼 혹 빠지기라도 할까 봐 우리는 지레 도망친다. 어쩌면 중간에 공기가 빠진 설익은 밥을 씹는 것과 같은 것일지도 모르기 때문이다.

엄마는 남의 말을 전혀 듣지 않는 아빠와는 달리 남의 말을 잘 듣는다. 아빠는 자신의 판단만으로 모든 일을 처리하고 결정하지만 엄마는 다르다. 다른 사람의 말을 경청하고 참조한다. 몇십 년을 끓여 온 된장찌개도 다른 방법이 있다면 조리법을 바꾼다.

그런데 요즘 들어 엄마는 가족들의 말을 건성건성 별로 귀담아듣지 않을뿐더러 대체로 믿지도 않는다. 그러나 남들이 하는 말이나 TV를 통해 들은 말들은 철석같이 신봉한다. 신봉하는 것이 자주 바뀌는 걸 보면 어떤 신념이나 목적이 있어서가 아닌 것 같다. 주로 심신과 관련된 정보인데, 옳은 걸 믿는다기보다 믿는 걸 옳게 만들려는 게 엄마의 목표인 것 같다. 전에 없이 맛들이 싱거워지고 국물이 사라지고 거칠어지고 퍽퍽한 밥상이 최고의 밥상이라 우긴다. 어쩌면 곧 압력밥솥도 사라지는 것은 아닐지 모르겠다.

그동안 누누이 우리 집 음식이 너무 맵고 짜다고, 양이 너무 많다고 모두 투덜거렸지만 반찬투정이나 하는 양으로 깡그리 무시했던 엄마가 뒤늦게 밖에서 들은 말들을 무슨 복음인 양 되씹고 또 되씹는다. 그럴 때 우리는 듣는 시늉조차 않는다. 독립적인 사람이 되기를 바라면서 또 자기 말을 잘 듣지 않는다고 괘씸해하는, 엄마의 일관성 없고 중심 없는 주관에 우리는 가차 없이 비난을 퍼붓는다.

아침은 밥 대신 건강 주스로 대신하자고 엄마가 제의했을 때 우리는 모두 일거에 반대했다. 우리에게 필요한 것은 더운밥일 뿐이라고. 요즘 세상에 삼시세끼 밥솥에 불을 넣는 집이 어디 있느냐고 말했을 때도 우리는 모두, 우리 집, 이라고 말했다. 전에 들은 적 있는 말을 또다시 끄집어내거나 혹 마음에 두었던 벼르고 벼른 말이라도 할라치면 우리는 싹둑 싹을 잘라 버린다. 한 사람이 같은 말을 여러 번 반복한다는 것은 그만큼 힘들다는 말이라는 걸 모르지 않는다.

엄마 쪽에서 보면 공감은커녕 '개무시'를 당하는 꼴이 되고, 우리는 천하에 못된 자식이 되는 것이다. 하지만 그렇게 냉정하게 거부하지 않고는 엄마의 부풀어 오른 공기를 감당할 수 없다. 오히려 무안해진 엄마는 새어 나오려는 공기를 다시 밀어 넣는다. 아무런 가책도 없이 우리는 매번 그와 같은 횡포를 저지른다. 무한정한 사랑을 담보로 함부로 할 수 있는 상대가 엄마인 것처럼. 엄마의 가슴에 공기가 팽창하고 있다는 사실을 깡그리 잊어버린 채 말이다.

엄마는 대체로 공정하고 공평한 사람이다. 누구에게나 한결같이 대하려 하고 신뢰를 저버리지 않으려 애쓴다. 적어도 내가 느끼기로는 그렇다. 구태여 사람을 밀어내거나 애써 끌어들이지 않는다. 그 점은 좀 약은 느낌도 없진 않다. 일이나 사람에 엎어지지 않고 감정에 흔들려 섣부른 장담을 하지 않으려는 것도 그렇다. 엄마의 생색내지 않는 선의는 결정적일 때 책임을 피하기 딱 좋은, 연마된 기술처럼 고단수만이 할 수 있는 처사가 분명하다.

그에 비해 아빠는 내놓을 건 다 내놓고도 원성을 사기 딱 좋은 형이다. 결정적인 한마디가 판을 흩어놓는다. 아빠의 사랑이 아무리 크다고 해도 지나친 응징에는 맞대응하거나 반항하고 싶어진다. 말이 없는 아빠는 참다 참다 못해 매를 들 수밖에 없다는 것이다.

하지만 엄마는 갈등해결의 최후가 체벌이 아니라 설득이라는 데는 변함이 없는 것 같다. 언제라도 안아 줄 품을 우리는 만만하게 대하는 거다. 엄마에겐 특별한 아군도 없지만 그렇다고 적을 만들지도 않는다. 적이 없어서이겠는가. 갈등을 최소화하자는 전략이 아니었을까 싶다.

엄마는 고마움과 감사함을 깊이 간직하는 사람이다. 사소한 물건 하나도 소중하게 간직하며 의미를 되씹는다. 받은 것은 언젠가는 반드시 갚을 줄 아는 자신만의 윤리를 만들어가는 사람이라고 나는 믿는다. 특히 내가 존경해 마지않는 점은, 지난 일을 기억했다 꼭꼭 들추어내지 않는다는 점이다. 상대의 잘못을 쉽게 용서하지도 않지만 그렇다고 이미 지나간 것을 지적하는 법도 없다. 엄마의 마인드다. 그런데 엄마 스스로는 결벽증이 있고 완벽을 추구하는 사람이라고 말한다. 때론 쓸데없는 배려가 지나쳐 자신이 감당할 수 없을 정도로 곤란에 빠지기도 하고 피곤함을 자초하기도 한다는 거다. 그러나 시간이 지나고 나면 절대 소용없는 일이 아니라는 것을 알게 된다고 한다. 아이러니는 어디에나 있기 마련이다. 배려라면 남을 위한 것처럼 보이지만 실은 엄마 자신의 결벽과 완벽함에 충실한 것이 아니었나 싶기도 하다.

농부가 소몰이를 하듯 우리를 앞세우고 등을 미는 사이 엄마는 소위 말하는 명품이라는 걸 가져 본 적이 없다. 생각은 복잡한데 스타일은 초라할 정도로 비어 있다. 시대를 읽지 못한 것이다. 내가 보기엔 이미 철 지난 옷을 입고, 폐기된 방식을 붙들고 사는 것 같다. 어떨 땐 오직 그 방식만이 옳다고 믿는 것처럼 보인다. 엄마는 마땅히 해야 하는 일이 좋은 일이라고 여기며 살아간다. 그러나 우리는 하고 싶은 일을 하고 좋아하는 일을 하고 살고 싶은 거다. 엄마와 충돌하지 않을 수 없는 지점이 여기다. 엄마가 수용하고 공감하는 것을 미덕으로 알고 있는 것과 달리 우리의 방식은 다분히 배타적이다.

니들은 하늘에서 뚝 떨어진 줄 아냐? 엄마는 또 다그친다. 먹고 사는 일이, 죽고 사는 일이 모두 관계 속에서 이루어진다는 말이다. 철저히 개인적인 나는 그런 엄마를 맞받아친다. 엄마는 아직도 시대를 잘못 알고 있다고. 아무튼 결정적으로 한마디, 엄마는 촌스럽다.

나는 속은 비어 있어도 겉치장을 선호한다. 대학 수시 시험을 보러 갈 때도 인터넷에서 옷부터 샀다. 친구들은 누렇게 뜬 얼굴로 노심초사 긴장의 끈을 늦추지 않는 판에 나는 '깔롱'을 부리느라 바빴다. 팬티 위에 덧입은 속바지가 다 보이도록 짧은 치마를 입고, 수천 년을 견딘 신전의 기둥만큼 튼실해진 다리를 드러내고 집을 나섰다.

그때 엄마는 이미 낙방을 예견했는지도 모른다. 낙방하고 맞은 졸업식은 면목도 없거니와 기분도 나지 않았다. 무엇보다 엄마의 축하가 더 부담스러웠다. 엄마가 졸업식에 오지 않기를 바랐던 것은 사실이다. 내 실패보다 더 부끄럽게 직면해야 할 엄마의 모습.

아무리 내가 싸가지가 없어도 엄마가 신은 구두나 엄마가 들고 온 가방 때문에 부끄러웠던 것은 아니다. 엄마의 시간과 엄마의 에너지를 다 뺐고 내가 바친 것은 입시에 실패한 학부모라는 것. 졸업식장에서 엄마는 자신의 실패처럼 미안함을 조용히 참으며 마음껏 졸업을 축하했고, 나는 내 실패보다 엄마를 활짝 웃게 만들지 못한 죄책감으로 부끄럽고 아팠다. 그래서 더 차갑고 불손하게 굴었다. 마치 엄마 때문에 부끄러운 것처럼. 엄마가 들고 있는 가방과 구두가 부끄러운 것처럼, 엄마를 따돌리며 화를 냈다.

만약 엄마가 저 가방을 들고 저 오래된 구두를 신고 이혼 법정에 들어선다면 사람들은 엄마의 결혼생활보다 훨씬 더 엄마를 불행하게 볼 것이다. 감히 값어치를 따질 수 없는, 오랜 시간 갈고 닦은 엄마의 존엄 앞에 내가 할 수 있는 일은 고작 화를 내는 일이었다. 그 화는 좀체 풀리지 않고 그날 밤 나는 마침내 시위하듯 내 방문을 걸어 잠그고 말았다.

오빠는 엄마의 구두나 가방 따위로 나처럼 엄마를 무시하지 않는다. 오빠가 엄마의 심정을 좀더 헤아려서가 아니다. 오빠는 엄마가 어떤 구두를 신고 어떤 가방을 들고 있는지조차 모른다. 그가 아는 것은 오직 '여친'의 기호다. 그의 마음은 온통 그쪽으로 향해 있다. 그녀가 얼마나 크게 웃는가, 그녀가 얼마나 서글프게 우는가, 또 그녀가 얼마나 반짝이며 무엇을 원하는가. 그녀의 감정이 어떻게 표현되는가에 따라 오빠의 향방이 결정된다.

오빠에게 엄마의 웃음과 눈물과 한숨은 과거형일 뿐이다. 그의 영혼과 시간은 오직 그녀의 손에 달려있다. 오빠가 내 졸업식에 오지 않은 것은 그날이 '여친'의 생일날이었기 때문이다. 나도 뭐 별로 상관하지 않는다. 내 휴대폰으로 짧은 축하와 쿠폰을 보낸 이상 더 바랄 게 없다. 우리 가족이 양은냄비로 지은 설익은 밥처럼 푸설푸설 따로 노는 것은 그리 생소한 일이 아니다. 오히려 결속하자고 들면 그것이 더 어색한 일일 게다. 일방통행, 규칙만 지킨다면 매우 효율적이다. 번잡치 않고 사고 날 위험도 적다.

그런 오빠는 지난 날 엄마의 가장 뜨거운 존재였다. 첫 아이였고, 엄마에겐 지금껏 경험하지 못한 세상이었으니까. 그만큼 두려웠고 그만큼 기대했고 믿었던, 말하자면 엄마 자신이 만든 세상의 첫 신神이었던 셈이다. 있는 힘을 다해 바친 뜨거운 밥상이었다. 그래서 엄마와 오빠는 많이 닮아 있다. 목젖이 다 보이게 크게 웃고 뚝, 뚝, 운다. 엄마가 입을 크게 벌리고 활짝 웃는다면 오빠는 소리를 지르며 목젖이 훤히 들여다보이도록 웃는다. 엄마가 뜨겁게 눈물을 흘렸다면 오빠는 북받치는 감정을 주체하지 못해 엉엉 소리 내어 눈물을 쏟는다. 첫사랑과 이별했을 때다. 우리는 무슨 큰물이 진 줄 알았다. 가관이었다. 그리고 휴학을 하고 세상을 떠돌았다. 그때 비로소 엄마의 가슴에 큰물이 졌다. 오빠가 돌아왔을 때 우리 집은 세계대전이 종식된 듯 평화의 시대를 맞았다.

졸업식장에 잠깐 얼굴을 내밀고는 벌써 주차장 차 속에 앉아 있었을 아빠는 아싸리 쌈박하다. 아빠의 아이러니는 늘 이렇다. 자신의 소심함과 무능함을 침묵과 볼륨으로 해결한다. 엄마가 조목조목 일의 앞뒤를 밝힐라치면 단칼로 자른다. 침묵이 얼마나 무서운가 하면 배 째라, 식과 맞먹는다는 거다. 말하지 않겠다는 것은 때론 할 말이 없다는 것을 반증하기도 한다.

그래서 아빠는 일단 볼륨이다. 스스로 강한 척 내질러 놓고 본다. 나지막한 엄마의 저력을 선제공격하거나 기선제압하는 방법을 택한 것이다. 엄마가 실패와 축하를 구분할 수 있는 데 비해, 아빠는 낙심함을 감추고 흔쾌히 축하할 인물이 아니다. 실패를 정면 대결할 힘이 없으므로 쿨, 하게 피하는 거다. 남자답다고? 비겁한 거다. 이게 딸이 아빠에게 보낼 찬사가 아닌 줄 안다. 공공연히 쉬쉬하는 정곡을 찔러 보는 거다.

시대를 못 읽기는 아빠도 마찬가지다. 아빠는 안과 밖을 확실히 구분한다. 그렇다고 완벽하게 밖에 충실한 것 같지도 않다. 한 번 크게 쓰러지고는 그 고통이 온전히 엄마에게 전가되었다는 것만 봐도 그렇다. 표현은 강하고 쿨, 하다못해 다소 독하기까지 한데 배포나 의지는 그에 미치지 못하는 것 같다. 실제로 행동에 비해 말수가 적으므로 신중해 보이기도 하지만 정확히 말하면 가시 돋친 준열함이다. 자신에게 엄격하다기보다 타인에게 엄격함을 요구하는 것이다.

나는 그런 아빠를 쏙 빼닮았다. 거두절미하고 자르는 내 표현방식에 비해 모든 게 허술하고 허실하다. 엄마의 유전인자를 더 많이 물려받았다면 자신에게 엄격하고 지루하지만 신중할 수는 있었을 텐데. 적어도 수시 시험을 치르던 날, 첫 출사표를 던지는 날의 자세는 좀더 단정했을 것이다.

'쿨'한 아빠는 지금까지 줄곧 화를 자초했는지도 모른다. 노국공주가 죽자 공민왕은 슬픔에 빠진 나머지 다른 부인들에게 자신의 호위부사들과 동침하게 했다. 그것이 화를 자초하고 말았다. 물론 노국공주는 엄마가 아니다. 비유가 너무 치욕적이고 극단적일 수도 있지만, 그만큼 엄마의 인생에 외로움과 괴로움을 주었던 사람이 아빠임엔 분명하다.

아빠는 엄마에게 연인도 친구도 남편도 아닌, 강력한 주인이 되고 싶었던 걸까? 엄마의 생일은 물론 어떤 기념일을 기억했다는 말을 한 번도 들은 적이 없다. 마음이 동하지 않는 일은 죽어도 하지 않는다. 아빠에게 싫은 건 싫은 거다. 왜 그걸 기억해야 하는지조차 모르는 건지 알려고 하지 않는 건지는 나도 모르겠다. 그러나 자신이 옳다고 생각하는 것은 끝까지 고수하는 사람이 아빠다.

엄마는 아빠의 사전에는 의논이나 타협, 설명과 같은 단어는 없다고 했다. 한마디로 독주라는 말이다. 불통의 아이콘이라고 해야겠지. 그러나 할아버지는 아빠를 정확하고 확실하고 담백한 사람이라고 믿었다. 남에게 폐를 끼치지도 신세를 지지도 않으니 사람들은 아빠를 주관이 뚜렷한 사람으로 신뢰하는 것 같다.

내가 아무리 아빠 편을 들고 싶어도 엄마의 외로움을 대신할 말은 아무것도 없다. 모르는 사람들은 엄마가 화초처럼 남편의 손길에 보호받았을 거라고 믿는데, 어림없는 말이다. 그건 엄마의 완벽한 연기다. 우리가 먹은 차진 밥의 대부분은 엄마의 괴로움과 외로움의 압력으로 지어낸 밥이라는 사실. 그것을 우리는 단지 모르는 척할 뿐이다. 엄마는 내가 이 사실을 알까 봐 지금도 전전긍긍 연기를 한다.

연기가 아무리 리얼해도 연기는 연기일 뿐이다. 그게 엄마이고, 그런 사실조차 염두에 두지 않는 사람이 아빠다. 이런 사실을 알고 있으면서도 나는 겉으로 아빠의 둘도 없는 딸이다. 아빠는 단순하고 나 또한 복잡한 걸 가장 싫어한다. 아빠의 의사는 나를 통해 가족들에게 전달될 때가 많다. 아빠는 흔히 남들이 말하는 '딸 바보'

다. 그런데 나는 나도 모르는 사이 맡게 된 배역, '아빠 바보'다. 나와 오빠와 아빠는 공범자다.

내가 재수를 시작하던 그 역사적인 첫날, 우리 집 압력밥솥은 첫 새벽부터 요란하게 돌았다. 증기 배출구를 통해 터질듯 높아진 압력이 터져 나오고 나서, 갈비찜이 나오고 찰밥이 나오고 잡채가 나오고, 도시락으로 고들고들한 약밥이 나왔다. 연하고 부드럽고 윤기 나는 음식. 엄마의 응원은 갈비찜과 찰밥처럼 영양가 있고 든든했으며, 엄마의 충고는 잡채처럼 다양하고 약밥처럼 달콤하기까지 했다. 나는 엄마와 압력밥솥에 힘입어 힘차게 도전을 시작했다.

일반 밥솥으로 지은 밥은 '베타 글루코스' 덩어리로 단맛을 못 느끼는 딱딱하고 밋밋한 맛인 데 비해, 압력밥솥으로 지은 밥은 높은 온도에서 쌀의 주성분인 전분이 '알파 글루코스'로 변해 단맛을 더 낸다는 것이다. 아무튼 과학적 원리는 잘 모르겠지만 이것이 압력밥솥의 최대의 포인트임엔 틀림없는 것 같다. 만약 내가 간절히 원하는 대학에 합격한다면 그것은 내 노력에 '알파 엄마 밥'의 힘일 것이다.

그런데 요즘 엄마는 밥을 너무 많이 한다. 밥도 국도 넘치도록 담아 준다. 아무리 압력밥솥이 만능이라 해도 가끔은 질거나 된 밥이 밥상에 오르기도 한다. 우리를 지치게 한 것은 그 밥이 아니라 엄마의 지나친 간섭이다. 그것마저도 엄마는 사랑과 관심이라고 말할 것이다.

내가 과체중인 건 순전히 엄마 때문인 것처럼 틈만 나면 나는 억지를 부린다. 아, 소도 아니고, 아침부터 고봉밥이야! 제발 좀! 이래저래 지친 재수생의 화살이 엉뚱한 곳으로 날아갔다.

엄마는 일일이 대응하지 않는다. 먹고 남겨. 그렇게 무심하게 응수했지만 엄마의 뜻은 많이 먹고 더 힘내라는 것이다. 그 강력하고 선명한 메시지는 내게 그대로 전달되지 않고 자주 엉뚱한 곳으로 튕겨 나갔다. 곰곰 생각해 보니, 요즘 엄마의 문제는 국과 밥이 아니었던 것 같기도 하다. 불안이 아니었던가 싶다. 곧 허물어질 것 같은 불안, 모든 걸 잃어버릴 것 같은 불안, 영영 회복될 것 같지 않은 불안, 또다시 떨어지고 말 것 같은 불안. 그 불안들이 질거나 되거나, 혹은 고봉밥처럼 커져 갔을지도 모른다. 엄마의 불안이 커질수록 엄마의 가슴속 공기도 부풀어 올랐을 것이다. 엄마는 북한도 무서워한다는 중2 사춘기가 아니라 그보다 더 무서운 갱년기가 아니던가.

대학 새내기로 한껏 들떠 있는 친구들과 달리 내가 재수생의 비애를 온몸으로 느끼고 있을 무렵 엄마의 갱년기는 소리 소문 없이 엄마를 허물어뜨리고 있었다. 갑자기 늙고 무기력해진 엄마를 보며 알아챘어야 했다. 자주 질고 된 밥이 밥상에 오르고, 해가 중천에 뜨도록 우리를 기다리며 식어 버리던 밥상과 함께 엄마의 한숨이 잦아질 때, 우리는 만사가 귀찮아지고 있는 엄마를 눈치챘어야 했다. 엄마가 모든 걸 포기하고 싶다고 말했을 때, 그 말은 모든 걸 포기하고 싶지 않다는 말이라는 것을 알아들어야 했다.

아, 살고 싶지 않아. 사는 게 왜 이리도 재미가 없지. 그렇게 내쉬던 한숨은 제대로 살고 싶다는 말이라는 것을. 엄마가 내뱉던 그 푸념은 재미있고 싶다는 마음의 소리라는 것을 왜 몰랐을까. 앞뒤가 꽉 막힌 벽처럼 우리는 제각각 매순간 엄마를 냉정하게 따돌리며 실망시키기에 바빴다.

어느 날 거실을 닦던 엄마가 들고 있던 걸레를 사정없이 던져 버렸다. 다 집어치우고 싶은 표정이었다. 그때 우리는 어느 것도 집어치우고 싶지 않다는 역설의 말을 알아들어야 했다. 엄마의 충동을 모른 체하면서 우리의 안녕을 도모하는 것이야말로 얼마나 위험한 짓이었던가. 고무패킹이 헐거워진 밥솥에서 취사 중에도 자꾸만 증기가 빠져나가는 소리를 내는 것처럼.

내가 태어났을 때 엄마가 한 첫말은 아, 이제 나는 죽을 자유도 없구나, 였다. 이모가 전했다. 당신의 딸이 또 딸을 낳을 때까지 지켜주고 싶다는 거였으리라. 이미 오래전 탯줄은 갈라놓았으나 심리적 탯줄을 끊을 수 없는 엄마와는 달리 나는 끊임없이 엄마를 끊어냈다. 끊임없이 도움을 받으면서 끊임없이 밀어내고 거부했다. 나에게 일어나는 문제들이 마치 엄마 때문인 것처럼 엄마를 몰아세웠다.

간섭하지 말라, 기다리지 말라, 알려고 하지 말라, 제발 좀 캐묻지 말라, 급기야는 가만히 쳐다보지 말라고. 설득하고 타이르고 기다리는 엄마를 향해 나는 소리쳤다. 그냥 좀 냅둬! 사랑을 구속으로 치부하는 딸을 바라보던 어이없는 엄마의 눈빛. 엄마는 나를 자신의 인생이라 여겼고 나는 강요하고 지시하는 것으로 받아들였다. 나이에 비해 급속도로 나빠진 엄마의 시력은 그런 딸년이 보기 싫어서였는지도 모른다. 받되 돌려주지 않겠다는 이기심. 그건 나뿐만이 아니었다. 오빠와 아빠도 별 다르지 않았다.

아빠가 또 여행을 떠났다. 사업상이라고 했지만 내 눈에도 일탈이었다. 골프 가방과 선글라스와 모자와 옷과 구두가 '깔맞춤'으로 패셔니스타를 방불케 했다. 보무도 당당하게 아빠가 현관문을 나서고 난 뒤 엄마를 보았다. 오빠가 입던 티에 내가 입었던 바지 차림의 엄마. 늘어지고 색 바랜 다 큰 자식들의 헌옷을 입은 엄마는 의외로 패션테러리스트처럼 떳떳했다.

근데 하필 그 날, 보지 말아야 할 것을 볼 게 뭔가 말이다. 어느 날 내가 재수생이 되고 말았듯 삶의 도처에는 예측 불가능한 것들이 항시 잠복해 있었다. 모처럼 집에 있는 오빠를 위해 압력밥솥에서는 갈비탕이 끓고, 우리는 여행 대신 받은 보상처럼 먹게 될 한우 갈비탕을 기다리고 있었다. 구수한 냄새가 퍼지고 있을 때쯤, 압력추에서 이상하리만큼 큰 소리가 났다. 순식간에 국물이 사방으로 솟구쳤다. 마치 거대한 분수처럼 걷잡을 수 없이. 놀란 엄마가 허둥지둥 불을 껐지만 분수는 좀체 멈추지 않았다. 국물을 다 토해 버린 갈비탕은 다시 물을 붓고 끓였지만, 온 집안을 난장판으로 만든 미끌미끌한 국물을 닦아내느라 엄마는 땀을 뻘뻘 흘렸다.

낭패로구나! 엄마가 그 말을 토해 낼 때 비로소 나는 그것이 낭패라는 것을 알았다. 갈비탕은 압력밥솥의 매뉴얼에 없는 음식이었고 취사 용량을 초과했던 것이다. 엄마는 더 많이 먹이고 싶어 하고 우리는 그것에 질려 더 멀리 달아났다.

엄마의 노고에도 불구하고 오빠는 갈비탕을 먹지 않았다. 약속이 생겼고 급하게 외출을 했다. 오빠가 엄마의 마음을 몰라준다고 해도 진국이 빠진 갈비탕을 먹기 싫어 나간 것은 아닐 것이다. 피치 못할 약속일 거였다.

그러나 엄마는 달랐다. 그 밥상을 뒤로하고 아무 말 없이 안방으로 들어갔다. 그리고 얼마 후 나는 소리 죽여 울고 있는 엄마의 울음을 들었다. 흐느끼는 울음은 당장의 감정이 아니었다. 그 울음의 긴 서사를 절실히 가늠할 길도 울음을 막을 길도 없었다.

나는 안방으로 뛰어들지 않았다. 위로의 어떤 말도 하지 않았다. 엄마를 무시하거나 미워해서가 아니다. 울 땐 울어야 한다고, 울만큼 울면 맺혔던 게 풀릴 수도 있다고, 기다렸던 것이다. 그게 아빠와 나의 방식이다. 엄마는 달랐다. 가족이 서로 모른 체하는 것, 방관이야말로 두 번 죽이는 거라고 했다. 가족이라면 모름지기 알은 체하는 관계여야 한다는 거다. 그래서 엄마는 늘 지나치리만치 간섭하고 관여했는지도 모른다. 엄마의 방식이다.

엄마는 계속 오래된 압력밥솥과 씨름 중이다. 요모조모 뜯어보고 다시 끼우고, 밥솥의 안팎은 물론 증기 배출구의 구멍들을 닦아내고, 다시 쌀을 물에 불려 보고 쌀과 물의 양을 줄여 보고 …. 오랫동안 사용하던 밥솥의 사용설명서를 다시 꺼내었다. 압력밥솥의 공기가 빠져나가는 구멍이 바늘구멍보다 작은데 거기를 끈적끈적한 국물이 막아버릴 수도 있다고 엄마가 말했다. 그러나 한 번 빠지기 시작한 공기는 시도 때도 없이 피식피식 빠져나갔고 결국 모래알 같은 푸석한 밥이 밥상에 올라왔다.

아빠가 돌아왔다. 검게 그을린 피부가 한결 건강해 보였다. 전에 없이 부풀어 오른 가방을 들고 들어왔다. 미안한 듯 슬쩍 엄마 쪽을 한 번 보고는 짐을 부렸다. 많이 미안하면 말 못하는 거라는 걸 나는 알고 있었다.

아빠는 다른 사람들에게 신뢰를 저버리지 않기 위해 엄마의 신뢰를 저버렸다. 옷과 양말과 수건과, 약과 칼과 베개와 공과 음료수와 티켓 등등이 줄줄이 쏟아지고, 그리고 그뿐이었다. 참, 나에게 똥이 나오지 않는 볼펜과 열대 건과일을 건네긴 했다. 새로 사온 약과 칼과 베개는 출처도 수신인도 없는 우편물처럼 오랫동안 거실 구석에 방치되어 있었다. 엄마의 말대로 아빠는 그 물건들에 대한 어떤 설명도 없었다.

더 무서운 건 엄마가 일체 알은체를 하지 않는다는 거다. 이건 뭐냐, 어디에 쓰는가, 누구 건가, 내 선물은 없는가, 따위의 일체의 말이 없었다. 나는 이제 엄마가 달관한 사람이 되었을 수도 있다고 생각했다. 아빠는 마음에 있는 것은 결코 말로 표현하는 것이 아니라고, 그러니까 말로 표현되는 것은 좀더 가벼운 것이라 치부했을 수도 있다. 그보다 아빠에겐 말로 설득하는 것이야말로 어려운 일이었는지도 모른다. 근데 그 방식이 엄마에겐, 때론 화자話者도 없고 기표記標나 기의記意의 관계를 파괴한 뉴웨이브 시인들의 시처럼 소통되지 않을 뿐이었다. 누구나 다른 방식을 인정하긴 어려운 모양이다.

이런 모순과 부조화를 견디며 어떻게 부부로 살아가는지 두 사람의 거리가 때때로 나에겐 의문투성이였다. 일방적인 남편과 부딪치기만 했을 뿐 받아들여지지 않는다는 것을 알아 버린 아내. 성격과 취향은 물론 가치관이 다른 두 사람에게 끈끈함과 단단한 결속을 기대하는 건 무리인 것 같았다. 만약 생사고락을 함께하지 않았다면, 가장 나쁜 방식이긴 하지만, 전우애와 같은 것도 없지 않을까 의심해 보았다. 어쨌든 일방적으로 희생을 강요할 자격은 아무에게도 없지 않는가. 그런데 참 이상한 건 엄마 아빠의 사랑이 미화될 수도 없지만 쉽게 허물어질 것 같지도 않았다. 두 사람이 비극적이고 불가피한 이별을 경험한 것도 아니고 무엇보다 오랜 친구였다는 사실 때문에 말이다.

아빠에게 최후의 변론이 허락된다면 이렇게 말하지 않을까? 내가 뭘 그리 잘못했는가. 그 말은 곧 치명적 사실의 가해자가 아니라는 주장일 터이다. 내가 아는 것은 거기까지다. 엄마의 공기 속에 부풀어 있는 낱낱의 분자는 알 수 없는 노릇이다.

사람들은 흔히 재수를 필수라고 말하는데 그거야말로 피해야 할 필수 항목이다. 스무 살의 혼란은 세상에 아름다운 시는 단 한 편도 없는 것으로 만들었다. 시적 언어들은 문장부호 하나, 조사 하나, 띄어쓰기 하나도 음악이 될 수 있는 것인데, 이제 그것들은 시어의 의미를 새기고, 시의 상황과 화자의 정서와 태도를 살피고, 주제를 가늠하고, 시에 쓰인 표현법을 알아내는 지문에 불과했다. 그러니까 결국 무엇을 은유하는가, 함축적 의미는 뭔가, 가 문제였으며 시적 화자의 심상을 요약하는 데 그쳤을 뿐이다.

여름에 들면서 심리적 부담은 최고조에 달했다. 좌절과 회의와 유혹이 번갈아가며 애써 다잡아 놓은 의지를 무너뜨렸다. 병든 닭같이 시들해진 나는 낮과 밤을 거꾸로 기면과 불면의 상태에서 벗어나지 못했다. 처음 재수를 시작할 때의 다짐과 분발심은 새는 증기처럼 피식피식 빠져나가고, 근근이 유지해 오던 모의고사 성적은 곤두박질쳤다. 자존감은 바닥으로 떨어지고 스스로의 능력에도 확신이 없어졌다. 좌절감과 죄책감으로 나는 더욱 엄마를 신경절적으로 대했다.

그 여름 낮잠을 자던 엄마가 벌떡 일어나 앉았다. 엄마의 코골이는 이제 낮잠까지 침범해 버렸다. 더 이상 우리에게 기대도 그리고 제어도 할 수 없게 된 것처럼. 자신의 코골이에 놀라 일어난 엄마는 큰물이 지나간 들녘을 내다보듯 한참을 그 자리에 앉아 있었다.

아마도 그 후부터였던가? 엄마는 뒤돌아보는 일 따윈 하지 않았다. 그것은 대대로 내려오던 분청사기 병이 아니면 제주를 담지 않았던 우리 집의 가례가 스텐리스 주전자로 바뀐 것처럼, 변하지 않는 본질이 있다고 믿었던 자신의 믿음을 깨어 버리는 것과 같은 것이었다.

내가 말이다, 그때 용기를 냈어야 했는데 … , 처음부터 아니다 싶은 건 시간이 지나도 아니었어. 일찌감치 백기를 들 걸 그랬나 봐. 그런 말들을 다시는 하지 않았다. 아빠를 향해, 좋은 부모가 되기 위해선 우선 부부가 좋은 관계여야 한다는 설득도 더 이상 하지 않았다. 과거는 과거일 뿐, 과거는 흘러갔다, 는 식의 유행어를 빌리지 않더라도 엄마는 더 이상 지난 일을 들먹이지 않았다. 그것이 아무 소용없어졌음을 깨달았던 것일까? 아니면 엄마의 세월을 전적으로 받아들인 것일까? 우리가 진정 몰랐던 것은 엄마의 어제가 아니라 엄마의 내일이라는 사실이다. 우리에게 내일이 중요하듯 엄마에게도 그렇다는 것을.

아빠의 실패와 오빠의 가출과 나의 낙방과 같은, 엄마를 실망시킨 무수한 것들과 우리가 저지른 거절과 무시와 무관심들이 맞부딪치며 압력을 상승시켜 엄마의 가슴속 배출구를 막아 버릴 수도 있음을 왜 생각하지 못했을까? 그렇게 매번 엄마의 애정 어린 관심을 지나치다고만 몰아세웠을까? 왜 모든 게 귀찮기만 했을까? 엄마에게 그것이 불안과 공포를 불러왔을 수도 있을 텐데 말이다. 시시때때로 밀려오는 거센 물살을 온 몸으로 막아내는 동안 엄마에게 앞질러 불안이 왔다면 득달같이 뒤따라 온 것은 다름 아닌 감성이 아니었을까 싶다.

코골이가 심해질수록 엄마의 감성은 날로 더 예민해지고 풍부해졌다. 멍하니 앉아 있는 시간이 많아졌고, 먼 곳으로 향해 있는 눈빛은 자주 아득하고 충혈되어 있었다. 눈빛이 아득하든 붉게 물들었든 우리에게 엄마는 엄마일 뿐이다. 엄마의 첫사랑이 아무리 절절했어도 엄마가 바라보는 풍경이 아무리 아름다워도 엄마에게 불변의 아름다움은 우리라는 것. 그렇게 서슴없이 '갑질'을 해 대며 우리는 엄마에게 불변의 갑이었다. 확고한 기득권은 무례하기 일반이지 않는가.

우리가 엄마를 막 대하는 것은 엄마를 무시해서가 아니다. 엄마를 그만큼 믿기 때문이다. 우리가 아무리 막돼먹은 행동을 해도 엄마는 이해할 것이고 용서할 것이고 덮어줄 것이기 때문이다. 엄마는 영원한 우리 편이니까. 아빠가 겉과 속이 다르게 엄마를 대했다면 나 역시 그랬다. 호의와 냉정이 거꾸로 가긴 마찬가지였다. 엄마에게 더 따뜻하게 대하고 싶었지만 점점 냉정한 딸이 되었으니. 아마 언젠가는 청개구리처럼 비오는 강가에서 한없이 울어야 할지도 모를 일이다. 이상하게도 지금까지 나는 아빠 편인 꼴이 되었는데 실은 그렇지 않다. 단지 아프고 괴로운 곳을 의식적으로 피했던 것뿐이다. 차진 밥을 짓기 위해 화력이 더 세야 하듯 엄마의 가슴 속 공기가 차오를수록 우리는 더 매몰찼고 더 모른 체 외면했던 것이다. 어쨌든 복잡해지는 건 딱 질색이니까.

내가 두 번째 수능을 치른 다음날, 기다렸다는 듯이 우리 집 압력밥솥이 다시 일을 내고 말았다. 오랜만에 맞은 평온한 저녁이었고 그날의 메뉴는 삼계탕이었다. 외출에서 돌아온 엄마가 늦은 저녁을 차리느라 동분서주했다. 우리는 배가 고프다고 저녁을 재촉했고 엄마는 화력을 최대한 끌어올렸다. 압력밥솥의 밥은 고열에서 적은 시간 안에 조리되어야 더욱 맛있어진다. 압력 상승으로 인해 내부의 온도가 높아지기 때문이다. 화력이 셀수록 삼계탕은 더 부드럽고 연해질 것은 분명하다. 시장기가 식욕을 부추기고, 긴장에서 풀려난 나는 자꾸 하품이 나고….

그때였다. 펑, 하고 우리 집이 통째로 터지는 폭발음을 냈다. 우리는 일제히 거실로 뛰쳐나왔다. 밥솥이 폭발했다. 뚜껑이 날아가면서 순식간에 주방을 산산조각 냈다. 분리된 닭의 살과 뼈들, 찹쌀과 인삼과 대추와 마늘이 튀고 넘쳐 흘러내렸다. 가까스로 수습해 놓은 충동이 마치 일시에 분출하듯 눈앞의 광경은 놀라웠다. 모처럼의 평온을 일순간 엉망으로 헝클어 버린 저녁, 무시무시한 무기로 변해 버린 밥솥 앞에 엄마가 무방비 상태로 서 있었다. 엄마가 우리를 제지하며 혼잣말을 흘렸다. 낭패로구나!

다음 날부터 우리는 당분간 차진 밥에 질린 사람처럼 보글보글 숭늉이 있는 냄비 밥을 먹게 되었다. 어쩐 일인지 엄마는 밥솥을 새로 사지 않았다. 우리는 구수한 숭늉의 맛에 끌려 차진 밥을 잊어버릴 것 같았다. 며칠 후 밥솥 대신 전에 본 적 없는 가방을 보게 되었다. 크고 깊숙한 가방은 우리들이 들고나는 엄마의 방, 거실에 방치되어 있었다. 우리는 그 가방에 대해 아무도 물어보지 않았다. 그때까지 우리는 버려야 함이 다시 살고 싶음의 다른 언어라는 것을 아무도 알아채지 못했다. 그리고 얼마 후 우리는 밤이 이슥토록 엄마를 기다리고 있었다.

엄마는 돌아오지 않았다. 엄마가 돌아오지 않았을 때 우리는 모두 새 밥솥을 기다렸다. 그런데 시간이 지나면서 나는 짐작하게 되었다. 엄마의 가슴 속 공기가 찰 대로 차 버렸다는 것을. 가두기만 할 뿐 빠져나가지 못했다는 것을. 내부의 압력이 지나치게 높아 배출구를 막아 버렸다는 것을. 용량을 초과한 내용물이 통째로 터져 버렸다는 것을.

우리에게 차려지던 매일의 밥상이 그렇게 따뜻했는지, 또 그렇게 촉촉하고 윤기 나고 기름진 밥상이었는지 미처 몰랐다. 엄마가 돌아오지 않는 동안 나는 생각이 많아졌다. 견디는 사람은 견디기 마련이고 부리는 사람은 부리기 마련이라는 말은 지독한 언어도단이라는 것을 생각했다. 지나치게 믿는 것은 학대와 다르지 않다는 것도 많은 생각들이 불러온 생각이었다. 설익고 탄내가 나는 흩어지는 밥알을 씹으며, 나는 매일 물과 불과 시간과 맞서 싸우다 망가진 엄마의 밥솥을 떠올렸다.

엄마와 함께 사라진 압력밥솥은 뒤 베란다 세탁기 옆에 널브러져 있었다. 주방에서 볼 때와는 달리 반쯤 뚜껑이 열린 채 얼룩지고 녹슬고 부풀어 있었다. 누가 봐도 고치기보단 새로 구입하는 편이 나을 것처럼 보였다. 압력밥솥을 발견한 아빠는 밥솥의 행방이 엄마의 행방인 것처럼 착각하는 듯했다. 어른들은 무엇에서든 의미를 찾기 좋아한다. 쓸데없이 유추하는 버릇이 있다. 훤히 보이는 것도 말이다. 엄마는 집으로 돌아오지 않는 게 아니라 떠났다는 것.

만능 압력밥솥의 밥맛을 믿었던 것처럼 우리는 엄마를 만년 고장

나지 않는 밥솥으로 여겼는지도 모른다. 이제 엄마는 첫사랑을 찾아 새로운 생을 시작할 수도 있고, 보란 듯이 우리를 따돌리고 깔끔하게 잊을 수도 있다.

그런데 이상한 것은 우리를 그렇게 끔찍이 여기던 엄마의 사랑도 압력밥솥처럼 믿을 건 못 된다는 거다. 엄마가 진정으로 우리를 사랑했다면 우리는 어떤 경우에도 긍정적으로 변해야 하지 않는가. 엄마가 떠난 후 아빠는 왜 혼자서는 아무것도 할 수 없게 된 걸까? 왜 다시 일상으로 복귀하지 못하는 걸까? 더 분명한 것은, 엄마가 가족을 위해 자신을 버렸건, 자신을 지키기 위해 또 다른 결정을 했건, 그것은 엄마 혼자서 선택한 것이 아니라는 점이다. 선택할 수밖에 없는 것은 다시 말해 포기할 수밖에 없는 것이 아니던가. 그럴 수밖에 없는 불가피한 선택이었다면 그 선택의 주체는 엄마가 아니라는 것. 그런 생각이 내 안의 좁고 긴 통로를 뚫고 빠져나갔다.

엄마가 없는 집은 제목을 붙이지 않은 추상화를 마주하듯 의미를 찾기 힘들 뿐이다. 여기저기 얼룩지고 녹슬고 부풀어 오른 것들이 번지고 녹으며 얽혔다. 곧 큰비가 쏟아질 듯 적막한 엄마의 방에는 표정을 드러내지 않는 침묵의 말들만이 떠돌았다. 냄새라고 할까, 향기라고 할까. 엄마 대신 남아 있는 익숙한 향과 철지난 가방과 구두와 옷가지들. 나는 지금 그것들을 붙들고 따질 여념은 없다. 그러나 오래도록 거기에 앉아 있어야 할 것만 같다. 당연했던 것들이 낯설어질 때까지.

여전히 나는 귀찮은 건 딱 질색이다. 그러나 앞으로 엄마 집과 아빠 집을 오가며 나는 서로의 안부를 전해야 할지도 모른다. 이제 내가 전하는 안부는 실제의 사실과 다를 수도 있고, 새롭게 재구성될 수도 있을 것이다. 드러난 것들과 드러나지 않는 것들을 알아듣는 동안 칙칙거리며 압력밥솥에선 김이 새는 소리가 들리고, 쿵쿵쿵, 우리를 깨우던 엄마의 아침 발걸음 소리가 더 세게 들릴지도 모른다.

한참 뒤에야

기어이 아침부터 빗방울이 뜨기 시작했다. 부산항 연안여객터미널에 도착할 즈음 빗줄기는 제법 세찼다. 희선과 나를 태운 차가 여객터미널 입구 쪽으로 들어가는가 싶더니 내처 달아났다. 아차, 싶었지만 나는 입을 닫고 말았다.

날 한 번 잘 받았수! 액셀러레이터를 밟고 있는 다리를 떨어 대며 희선의 아들이 퉁명스럽게 내질렀다. 나는 앞좌석의 백미러를 통해 궁시렁거리는 그를 슬쩍 쳐다보았다. 마치 입구를 찾지 못하는 것이 비가 오기 때문이기라도 한 듯 그는 운전대를 툭툭 치며 연거푸 짜증을 쏟아냈다.

에이씨, 도대체 입구가 어디라는 거야. 표지판 하나 없는 게 무슨 국제터미널이야! 짜증이 욕지기로 번지고 차는 입구에서 점점 더 멀어지는 듯했다. 표지판 대신 명품 아웃도어의 '파격 세일' 플래카드가 항구의 벽을 덮으며 펄럭였다. 차가 유턴 신호를 받아 다시 터미널 쪽으로 차머리를 돌렸을 때, 무심한 눈길에 '파격'이란 단어가 선명하게 박혔다. 파격이라면 도대체 어느 정도일까? 금기에 대한 도전? 신성에 대한 모독쯤? 희선의 아들처럼 삐딱한 시선으로 나는 다시 플래카드를 쳐다보았다.

지금까지 나를 꼼짝달싹하지 못하게 붙들어 매었던 것들이, 나를 지탱하고 있다고 믿었던 그것이, 어쩌면 과감히 깨뜨려야 할 금기가 아니었던가? 그렇게 살지 않으면 안 되는 것처럼 살아온 방식이 이미 누군가에 의해 조종되고 지배되었던 것은 아닌가? 시선을 창밖에 둔 채 머릿속으로 어지럽게 생각들이 떠다녔다.

달리던 차가 방향을 바꾸자 빗방울이 더 세차게 유리창을 때렸다. 유리창이 깨질듯 빗줄기는 거세지고 일렬로 서 있는 가로수들이 사방으로 몸서리를 쳐 댔다. 바람이 비를 거세게 몰자 펄럭이던 플래카드가 도로변 가드레일에 척척 감겨들었다.

희선이 처음 여행을 제의했을 때부터 나는 빠져나갈 구멍을 찾고 있었다. 그녀가 고까워하지 않도록, 될 수 있는 한 완곡한 방법을 찾아야 했다. 서로에게 충실하기로 약속한 것은 아니지만 지음지교를 꿈꾸는 우정에 금을 그을 수는 없는 노릇이었다. 이상적인 관계를 바라는 것이야말로 현재의 상태를 그만큼 신뢰하지 않는다는 말일지도 모른다.

단짝 혹은 절친, 둘도 없는 사이. 만약 그들 서로가 서로를 잘 안다면 그건 서로의 장점이 아니라 치명적 단점일 수도 있다. 그래서 더 쉽게 지치고 더 깊은 상처를 내는지도 모른다. 가까운 사이일수록 거리가 필요한 것은 그 때문이리라. 너무 뜨거우면 데기 쉽듯 너무 가까워도 보이지 않는 법이니까. 희선과의 우정도 다르지 않았다.

매사 빈틈없이 똑 부러지는 희선은 상대를 자주 지치게 만들었다. 내게는 없는 그 확실함이 현실적 강점이기도 했지만 좀더 인간적이거나 넉넉함은 아니었다. '예'도 '아니요'도 아닌 그 비슷한 얼굴로 서 있는 나. 도무지 자신의 의사가 무엇인지 스스로도 혼동하고 있는 불명확한 태도. 승낙도 거절도 제대로 하지 못하는 나의 이어정쩡함을 그녀는 엉큼함이라 비웃었다. 그러나 나는 흔쾌히 혹은 담박하게 자르는 것은 오랜 신뢰를 저버리는 것이라 믿었다. 그래서 투명해질 수도 정확해질 수도 없는, 그만큼 더 이중적일 수밖에 없는 존재로 나를 내몰았다. 그 물러빠진 정의가 오랜 화를 키웠다. 이번만큼은 제대로 거부하리라 다짐했다. 그러나 시간이 갈수록 마음은 더 복잡하고 불편하기만 했다. 그녀의 호의를 거절할 두말할 필요조차 없는 이유는 어디에도 없었다. 익숙하지만 불편하다고? 그게 이유가 될 수는 없었다. 오히려 내 쪽의 약은 속내를 드러낼 뿐 불편함만 더했다.

"야, 내일 모레가 환갑인데 언제까지 뒷바라지만 하다 말거니? 개도 간다는 해외여행, 그것도 단 이틀인 걸. 너, 내 말 명심해! 팔자대로 사는 것 아니다, 사는 대로 팔자 되는 거지. 헌신한답시고 가족들한테 희생하며 궁상떨고 살지 마. 요즘 아이들 그런 부모일수록 만만하게 대하는 것 모르니!"

전화기 속 희선의 목소리는 쨍쨍했다. 각자가 경비를 부담할 여행인데도 그녀의 강압적 태도는 마치 공짜 여행이라도 시켜줄 태세다. 굳이 이 겨울에 왜 터무니없이 값싼 패키지여행을 선택했을까? 그녀는 한심하기 짝이 없는 나를 위한 동행이라고 끝까지 우기는 어투였다. 선부른 위로를 받는 것보다 슬프지는 않았지만 그것 역시 배려는 아니었다. 나를 위한답시고 자식들까지 한 무더기로 넘기는 건 넘치는 짓이었다. 순간 훅, 하고 머리끝까지 화가 뻗쳤다. 그녀의 다그치는 기세에 말리지 않으려면 내 쪽에서 더 세게 질러야 했다. 그런데 입 속의 말들을 정리할 사이도 없이 그만 군색한 변명이 튀어나오고 말았다.

"내 기운은 늘 비를 몰고 다녀. 내가 움직이면 날이 궂어."

결국 좋은 여행 망칠 수 없다는 나의 변명은 먹히지 않았다.

그동안 수없이 일탈을 꿈꾸었지만 꿈꿀수록 더 멀리 달아나는 게 현실이었다. 앞뒤 볼 것 없이 통째로 집어던지고 싶은 순간들이 어디 한두 번이었겠는가. 그러나 아프거나 슬프거나, 외롭거나 괴롭거나, 바쁘거나 급하거나…, 생활은 늘 그런 거였다. 불편하고 복잡한 일들이 매순간 발목을 잡았다. 그렇게 내 차례는 밀리고 또 밀려나 끝내 우울함이 비를 부르고 말았다.

희선이 멋진 놈이라고 침이 마르도록 떠들 아들은 아닌 것 같았다. 건성 손을 한 번 올리고는 인사도 없이 급하게 창문을 올려 버렸다. 들어온 구멍으로 차 꼬리가 빠져나갈 때까지 나는 몸을 돌려 고마움을 표했다. 하기야 배웅도 전화도 한 번 없는 내 새끼들에 비하면 멋진 아들이지.

여권을 내밀던 손이 가늘게 떨렸다.

담임선생님은 모두 손을 머리 위에 올리고 눈을 감게 했다. 그리고 사라진 물건을 훔친 자 조용히 손을 들게 했다. 교실 안은 한여름 정오처럼 적막했고, 아무도 손을 들지 않았다. 지은 죄도 없이 사시나무 떨듯 떨었던 그때처럼 얼굴이 화끈화끈 달아올랐다. 남편과 아이들이 차례로 여권에 도장을 찍어 대는 동안 그들이 돌아올 곳은 그 어디도 아닌 나인 것처럼 그 자리에 앉아 그들을 기다렸다. 살림살이는 그렇게 불공평을 조장했다.

처음 만든 여권은 깨끗했지만 내미는 손은 왠지 송구스러웠다. 내가 정말 잘못 산 건가. 최선을 다했다고 말하기엔 희선의 말투가 비난에 가까웠다.

"지 발등 지가 찧는 짓이야."

그 말은 곧 새끼들이 돌아올 곳은 너, 가 아니라는 말로 들렸다.

예상보다 훨씬 작은 배는 쾌속선이라는 말을 무색케 했다. 낡고 어둡고 불쾌했다. 퀴퀴한 냄새가 사람들이 게워내는 토사물 냄새와 함께 섞여 울렁거렸다. 나눠준 도시락을 열 엄두를 도저히 내지 못할 만큼 비위가 상했다. 비는 무겁게 내리고 바다는 심하게 출렁거렸다. 울렁거리던 속에서 맑은 물이 울컥 올라왔다. 비틀거리며 화장실로 들어가 변기에 고개를 처박자 눈물이 먼저 쏟아졌다. 뭐, 여행도 인생도 다 산을 오르는 맛이지. 그렇게 의미를 찾기에는 나는 너무 늙어 있었다. 고깝게 생각해야 할 것이 너무 많았으므로.

낭만적인 풍경은 고사하고 부옇게 낀 성에가 시야를 가두었다. 바다 위라는 사실을 알려주는 건 출렁거림뿐. 첫 해외여행의 기대나 설렘은 어디에도 없었다. 칠흑 같은 밤은 아니었지만 현해탄을 넘는 기분은 이상하게 비장미가 있었다. 희선은 거울을 꺼내 입술화장을 고치고 있었다. 누구도 그녀를 눈여겨보지 않지만 언제 어떤 시선이 날아올지 모를 일이라는 듯. 나는 고개를 돌렸다. 궂은 날씨에 번쩍이는 보석이 박힌 그녀의 선글라스가 계속 눈에 거슬렸다.

객실의 맨 끝자리, 엔진소리와 함께 덥덥한 공기가 올라왔다. 바로 앞줄의 노인과 대각으로 앉은 남자의 정수리가 유난히 반짝였다. 같은 모양으로 벗겨진 두상의 생김새로 보아 그들이 남이 아니라는 것쯤은 알아챌 듯했다.

"부자지간인가 봐."

희선을 향해 말했을 때 중년의 여자가 흘끗 뒤돌아보았다. 모두가 일행인 듯 보였다.

하카타항에서 여행사의 버스로 옮겨 탈 무렵 비는 눈으로 변했다. 함께 버스에 탄 사람은 대머리 부자의 일행과, 동창인지 동호인인지 모를 남녀로 얽힌 단체 팀, 노모를 모시고 온 가족, 그리고 희선과 나, 이렇게 네 팀이었다. 서로 자리를 잡느라 왁자한 가운데 왠지 모를 위태로움이 감돌았다.

부자의 언성이 앞자리까지 울린 것은 버스가 후쿠오카 시내로 접어들 때였다. 다 집어치워! 노인의 쨍쨍한 목소리는 위악으로 깨질 듯했다. 반사적으로 뒤돌아보았다. 이제 그만 편안해질 때도 된 노년은 철통같은 방어로 근접을 허용하지 않았다. 난감한 낯빛을 한 중년의 남자는 이 상황이 자신과는 무관한 듯 냉소를 머금고 있었다. 그는 아버지를 외면하는 게 역력했다. 이미 오래전 터진 것을 봉합하기 위한 여행일지도 모른다는 짐작이 스쳤다. 나도 모르게 심장이 덜컹거렸다. 그들이 눈치채기 전 나는 얼른 고개를 돌렸다. 창밖의 도시는 한적하고 차안은 싸했다.

이미 차는 불안한 기미를 품고 출발했다. 버스를 타기 전 어수선한 실랑이가 한 차례 오고갔다. 아들은 부탁을 했고, 아버지는 간섭이라고 얼굴을 붉혔다. 그러다 영영 외톨이가 될 거냐고 노인을 향해 다그치는 여자의 목소리는 낯설지 않았다. 남자의 냉소도 여자의 지친 목소리도 부지불식간에 닥친 상황이 아닌 듯 보였다. 저 노인도 시아버지처럼 관계 속으로 들어가면 관계가 더 힘들어진다는 것을 미리 알고 있었던 걸까?

그때 바로 옆 좌석에 아들과 나란히 앉은 노모가 흘깃 뒤돌아보며 말을 흘렸다. 여기까지 와서 꼭 저래야 돼! 새끼들을 나쁜 자식들로 만들면서까지 …. 노모의 말은 어쩐지 자연스럽지 않고 오히려 연극조의 대사처럼 느껴졌다. 상대의 불행 앞에 느끼는 안도감이랄까, 뭐 그런 것쯤으로.

밑 빠진 독이지. 이젠 난 모르는 일이야! 시아버지는 어느 때보다 단호하고 냉정했다. 그런 어른 앞에서 나는 아주 비굴한 방식을 택했다. 나는 비굴한 자의 속성을 유감없이 이용했던 것이다. 파산은 재산뿐 아니라 관계도 자존감도 모두 깨어 버렸다. 그때 시아버지가 끝까지 지켜야 했던 것은 무엇이었을까? 가족이었을까? 재산이었을까? 자신이었을까?

난관에 부딪쳤을 때 사람들은 제각각 다른 선택을 한다. 나는 언제나 좌절을 먼저 선택했다. 싸울 자신이 없으므로. 그런데 이번은 달랐다. 내 의도가 적에게 먹히지 않기 위해서 나는 몸을 바꾸었다. 변장일 수도 학대일 수도. 이를테면 몸을 크게 부풀리거나 단단히 조이는 것이었다. 내 자의적인 선택의 숨은 의도는 두말할 것 없이 시아버지의 재산이었다.

돈줄을 쥐고 있는 시아버지가 남편으로부터 마음이 완전히 떠나 버렸을 때, 나는 시아버지의 가장 뜨거운 곳을 건드렸다. 힘으로 대항할 수 없다면 먼저 무릎을 꿇을 수밖에. 난 시아버지의 전에 없는 지지자가 되었다. 결코 파격적인 방법이 아니었을지 몰라도 그 속엔 교묘하리만치 교활함을 품고 있었다. 나는 며느리가 아닌 좋은 딸이 되는 것이었다. 각별한 것들의 뒷면에는 때론 무서울 정도로 조작된 숨은 의도가 있다는 사실. 시아버지가 자식을 놓아 버렸을 때 자식을 위해 나는 나를 놓았다.

비가 눈으로 변하고 눈이 다시 비를 흩뿌렸다. 그러다 비는 차츰 폭설로 변했다. 겨울의 푸른 숲을 배경으로 깨끗하게 정돈된 전원이 언뜻언뜻 차창 너머로 비켜갔다. 나무들은 온통 침엽수림. 울창한 삼나무와 편백나무가 이국의 풍경을 실감케 했다. 차가 속도를 낼수록 낯선 마을과 짙푸른 나무들과 반듯반듯한 논밭과 길들이 차례로 지워졌다.

노인의 목소리가 또다시 날카롭게 깨어졌다. 그건 분명 잊고 있었던 목소리였다. 몸을 바꾸면서까지 교활했던 시간을 지울 수만 있다면 … 통째로 오려낼 수만 있다면 … 사라지는 창밖 풍경처럼 그 기억을 흘려보낼 수만 있다면 …. 시선을 다시 차창 밖으로 돌렸다.

차가 긴린코를 거쳐 히지로 이동하는 길목에서 눈길이 멈추었다. 마을의 한가운데 있는 묘지들이었다. 죽음과 삶이 분리되지 않고 이웃처럼 함께 섞여 있는 풍경이 눈에 들어왔다. 죽음 후에도 삶과 연결되어 있는 영혼의 집. 여전히 가족과 이웃들과 대화를 나누며 살고 있는 따뜻한 집이었다. 아마 저 죽음들은 죽음 앞에서 비굴하지 않았을지도 모르지.

시아버지는 병이 깊어질수록 생에 더 집착했다. 더 움켜쥐었다. 기력이 탈진하고 기억마저 혼미할 때까지 아무것도 놓지 않았다. 그렇게 함으로써 자신이 당할 고통의 시간까지 연장하고 있었는지도 모를 일이다. 죽음 후에도 당신의 힘에 의해 관계가 유지될 거라고 기대했는지도. 그는 마지막 순간까지 자신이 과연 어떤 사람이었는지, 어떻게 살아왔는지, 생의 마지막 질문을 놓치고 있었다.

시아버지는 죽음을 두려워하며 죽음 앞에 비굴했고, 살려고 애쓸수록 나는 삶 앞에 비굴했다. 죽음 이후까지 당신을 모실 자손은 장남이지 않느냐고. 그렇게 온몸으로 말하며 더 착한 딸이 되었다. 나는 죽어가는 시아버지 앞에서 점점 더 절실하게 비굴해졌다.

그러나 시아버지는 끝까지 아무것도 넘겨주지 않았다. 아무것도 놓지 않았기에 품위 있게 생을 마감하지 않았지만, 그는 자식들을 효자로 만들고 말았다. 뿔뿔이 흩어졌던 자식들이 끝까지 아버지 곁을 지켰다. 무엇 때문이었을까? 아버지의 목숨이었을까? 아버지가 지켜낸 유산이었을까?

결국 시아버지는 재산뿐만 아니라 생명 처분에 관한 유언도 없이 의식을 잃고 말았다. 가족들이 모두 서로 눈치를 보며 결정을 미룰 때 연명치료에 동의하지 않은 사람은 남편이었다. 그 죽음에 유일하게 맞섰던 사람은 어쩌면 남편이 아니었을까. 남편이 형제들의 서슬 앞에서 아버지의 남은 유산을 깔끔하게 포기했을 때, 내 변장은 더없이 빛이 났다. 마침내 나는 시아버지의 딸이 되었고, 자식들에게도 부끄럽지 않는 부모가 되었다. 나는 누가 보아도 칭찬할 만한 일을 해낸 것이다. 내 숨은 의도가 불발에 그쳤듯, 시아버지의 자취는 그의 유산과 함께 흔적도 없이 사라졌다.

히지의 료칸은 낡고 오래된 호텔이었지만 놀라울 정도로 깨끗했다. 복도를 따라 사열하고 있는 사진을 통해 사무라이의 계보가 한눈에 들어왔다. 무사들의 힘은 더 이상 무사일 수 없는 시대에도 여전히 끈끈하게 연결되어 있었다. 죽음에 맞섰던 그들의 에너지가 아직도 끝나지 않는 삶을 만들어 내고 있는 듯 보였다.

“저 무사들이야말로 죽음을 축제로 만들고 만 사람일지도 모르지. 모든 걸 던질 수 있다면 삶의 에너지를 새롭게 만들어 낼 수 있을 텐데, 우린 너무 꼭 쥐고 있어.”

복도를 따라 걸어가며 희선이 중얼거렸다. 나는 아무 대답도 하지 않았다. 우리와 노인 일행의 방은 맨 위층의 마주 보는 방이었다. 문을 열면 서로의 방이 훤히 들여다보였지만 방 안에서 내다보는 풍경은 전혀 달랐다. 그들은 히지의 남쪽을 볼 것이고 우리는 반대편 북쪽을 내다 볼 것이다. 서로의 반대편은 볼 수 없는 방이었다. 오래된 료칸은 역겨운 물 냄새도 소독제 냄새도 나지 않았다. 다다미방은 쾌적했다. 나무로 만든 오래된 욕조도 세면대도 솜이불도 모두 햇살에 말린 듯 보송했다. 현관 옆에서 짐을 부리던 희선이 신발을 벗어던지며 훌쩍 말을 던졌다.

“넌 요즘 불안하지 않니?”

느닷없었다. 나는 잠시 희선의 눈동자를 일별했다. 불안은 감출 수도 꾸며낼 수도 없지 않은가. 나를 여기까지 끌고 온 숨은 의도가 그럼 불안이었단 말인가? 불온한 우정은 의심과 경계의 끈을 바짝 당겼다. 모두가 인정하는 ‘절친’은 서로를 그렇게 잘 몰랐다.

이제 푸근해질 때가 되지 않았느냐, 더 편해지고 더 너그러워질 때가 되지 않았느냐, 나이는 그렇게 삶의 통찰을 부추겼다. 나이

들면 신체는 삐걱거리더라도 사물을 바라보는 관점은 다양해지고 상황에 대처하는 힘은 길러질 것이라고. 들꽃 한 송이 풀 한 포기의 아름다움도 눈여겨 볼 때에 값진 우정이야 두말할 필요조차 없을 것이라고.

그러나 나이 들수록 편해지고 둥글어진다는 말은 맞는 말이 아니었다. 시시콜콜 따져 묻게 되고, 전에 없이 고집스럽고 완강해지고, 고까워할 것 없는 그저 예사로운 말에도 날이 섰다. 감수성이 풍부해진 만큼 말이 많아지고, 기억을 새롭게 구성해 가며 과거에 살기 일쑤였다. 결국 고수할 중심이 이런 거였나? 살아 내기 위해 자신을 버렸던 비굴함이 이런 모습으로 드러난다는 건가? 이러다 점점 더 불통이 되어 버린다면 끊임없이 불화했던 어른들의 모습 그대로가 아닌가?

히지의 밤은 더 멀리 떠나도록 부추겼다. 저 멀리 도시를 가로지르며 네온사인이 점멸등처럼 번쩍이며 흘러가고, 그 빛들은 마치 기차가 지나가는 듯한 착시를 일으켰다. 홋카이도행 열차가 이 도시를 통과한다면 나는 무작정 몸을 싣고 싶었다. 아주 멀리 돌아올 수 없는 곳까지. 짐을 풀고 샤워를 하고 캔 맥주를 딸 때까지 우리는 서로 말이 없었다. 잡다한 걱정에서 벗어나 자신만의 시간이 필요했던 사람들처럼. 그때 우리는 잠시 후 쏘아 댈 총알을 장전하고 있었는지도 모른다.

실제 중심을 잡고 흔들리지 않으려 해도 일탈은 어딘가 모르게 과잉을 불러일으켰다. 없던 비밀도 털어놓고 싶은 밤이었다. 모든 감정들이 무장해제 되듯 헐거워지는 반면 또 알 수 없는 감정이 불쑥불쑥 날카롭게 솟구쳤다. 잠복해 있던 것들이 꼭 일을 낼 것 같이 위태위태하고, 한 잔 더, 원 샷! 술이 들어가자 완강했던 편견들이 마치 정의正義처럼 불타기 시작했다.

"넌 너무 뜨거워. 그 불에 주위가 덴다는 거 모르지?"

취기가 오르는 뺨처럼 내 정의는 붉어지고 있었다.

"강한 척 옳은 척 공정한 척, 한다고 그게 공정할 수 있겠어? 그건 말이야, 위선이야. 아니지, 지나친 횡포야!"

정중앙을 조준하는 것은 금기사항이었다. 그러나 이미 나도 모르게 방아쇠를 당기고 말았다.

"넌 말이야, 언제나 너 자신이 제일 옳은 줄 알지? 근데 넌 모르는 게 너무 많아."

나이 든 여자의 우정은 중심을 피해야 했다. 어떤 식으로든 이해하는 척해야 했다. 그러나 나는 더 노골적으로 유치해지고 있었다.

"불안? 그거, 너처럼 생기발랄하고 자유로운 인간들이 즐기는 멜랑콜리가 아니야. 바나나맛 우유와 바나나 우유는 달라, 원재료부터. 더러운 것에 매여 본 적 없는 너 같은 사모님은 욕망이라고 말해야 되지 않나? 욕망의 과잉!"

이 느닷없는 용기를 나는 오래된 우정이라고 그날 밤 정의했다. 그리고 그 오래된 우정은 자신의 진면목을 봐야 한다고 말하고 있었다. 수위는 점점 높아졌다. 무언지 알 수 없는 것이 북받쳐 올라오면서 순간 목소리가 흔들렸다. 뒤섞이는 감정을 비집고 올라오는 날선 말.

"넌 도대체 뭘 믿는 거야, 뭐가 그리 대단해! 돈인 거야?"

그러나 그 말만은 억지로 쑤셔 넣어야 했던 거였다. 어이없는 표정으로 나를 노려보던 희선의 눈에 갑자기 핏기가 돌았다.

"너 미쳤구나. 취중진담이라더니, 너 그렇게 꼬였어? 그게 너의 본색인 거야? 너야말로 척, 하는 짓거리 집어치워! 고상한 척, 위하는 척, 참는 척. 야, 그게 더 아니꼽고 더러워. 복잡하고 궁상스러운 게 고상이라고 잘못 알고 있는 것 같은데, 그게 바로 자의식 과잉이라는 거야!"

희선의 응수가 단칼처럼 휙 지나갔다. 우리는 상대의 진면목을 보느라 자신을 보지 못했던 것이다.

'넌 말이야, 너 자신을 세우기 위해서만 상대가 필요한 거지.'

정작 하고 싶은 말은 발설되지 못한 채 입 안에서 웅얼댔다. 우정이나 선의는 아무 조건이 없어야 해. 누구에게는 금기인 것이 누구에게는 권리라면 그건 공정한 관계가 아니지 …. 취기처럼 올라온 말들이 어지럽게 머릿속에서 맴돌았다. 희선에 대해 나는 그만큼 꼬여 있었다.

무슨 짓을 해도 아무런 조건을 달지 않는 그런 우정은 다 어디에 있는가. 애당초 우리에게 무조건의 신뢰는 없었던 것이다. 나도 희선도 서로를 담보할 만큼만, 상황에 따라 깨어질 수도 있는, 서로 손해를 보지 않을 만큼의 신용만을 유지해 왔던 건지도 모른다. 틀림없다, 딱 그만큼만 지켜 왔던 것이다. 몇십 년 단짝의 우정이 이 정도로 감정적이라니. 감정의 골은 이미 발효점을 넘었다. 오래되면 익기도 하지만 썩기도 한다는 사실. 역시 무거운 나는 예나 지금이나 구겨진 바지를 던지고 청바지를 선택할 만큼 자유롭지 못했다. 문을 열고 내가 먼저 밖으로 나왔다.

사람들은 왜 인간의 속성이 거기서 거기인 것을 알고도 그 통념을 깨고 싶어 할까? 굳이 남편이나 아내가 아닌 마음을 나눌 친구

하나를 간절히 원하고 있을까 말이다. 그것 역시 환상에 지나지 않을까. 희선과 나는 그런 친구이길 간절히 원하면서 서로를 인정하고 이해하는 척, 여태 간을 보았을 뿐이었다.

마치 싸우기 위해 감행한 여행인 듯 맞은편 방에선 부자의 언성이 다시 높아졌다. 어릴 적 삼촌은 명절이나 제삿날이면 꼭 판을 뒤집어 놓았다. 못마땅한 자신의 인생이 마치 가족 때문인 것처럼 매번 가족들의 가슴에 불을 질렀다. 싸워야만 진짜 가족인 것처럼. 우리는 그런 삼촌이 무서웠고 못마땅했다.

노인의 목소리와 중년 아들의 목소리가 한 치의 양보도 없이 드높아질수록 그것이 남의 일 같지 않게 느껴졌다. 묵혀 놓은 갈등을 여기까지 끌고 와서 기어이 터뜨릴 게 뭔가. 나는 1층 휴게실로 내려왔다. 동창인지 동호인인지 모를 팀이 시끄럽게 호텔 출입문을 빠져나갔다.

'묻지 마 관광?'

그렇다면 저 중년의 남녀들은 혹시? 내 시선은 희희낙락하는 그들보다 더 불온했고, 불온한 것은 뜨거워서 더 위태로웠다.

희선은 왜 불안한 걸까? 모든 걸 갖춘 그녀가 해결하지 못할 게 뭘까?

남편의 사업이 회생불가 상태에 이르렀을 때 우리는 파산 신청을 하지 않았다. 신뢰만큼은 깨고 싶지 않았다. 우리의 실패가 다른 사람의 시간과 노력까지 무효화시킬 자격은 없기 때문이었다. 무능력과 뻔뻔함은 다르지 않던가. 그즈음 어느 쪽이랄 것도 없이 누가 먼저랄 것도 없이 우리의 오랜 우정은 그 존재를 감추어 버렸다. 파산을 신청하지 않은 것처럼 절교를 선언한 적 역시 없었다.

중요한 것일수록 돈 때문에 깨어진다는 것, 중요한 건 돈으로 살 수 있는 게 하나도 없다는 것. 이 둘 중 희선과 내가 택한 것은 어느 쪽이었을까? 선의를 돈으로 환산할 때 관계는 위험해지기 마련이니까. 무 자르듯 그렇게 연락마저 두절되었던 시간. 우정도 선의도 부재했던 그 시간을 희선은 다만 뜸했다고 기억할지도 모른다. 여행 가방을 싸면서 나는 생각했다. 이번 여행이 우리에게 흔적도 없이 달아난 시간을 연결할 기회가 될지도 모른다고. 그 시간을 지나간 이야기로 만들 수 있을지도 모른다고. 별안간 호텔 문을 빠져나가는 저 동창인지 동호인인지 모를 사람들보다 더 불온하고 더 위태로운 생각이 머리를 스치고 지나갔다.

혹 파산? 희선이 필요로 하는 우정의 지점이 지금인가? 아닐 거야, 그건 아닐 거야. 속물스러움에 놀라 나는 세차게 고개를 흔들었다. 가이드가 커다란 엉덩이를 출렁거리며 다가와 불편한 게, 아니 필요한 게 있느냐고 물었다. 나는 아니라고 고개를 저었다.

친정아버지는 상추쌈을 연거푸 입 속으로 밀어 넣었다. 아무리 씹어도 음식물은 목구멍으로 넘어가지 않았다. 아버지는 또다시 상추쌈을 싸서 손에 들고 계셨다. 아버지는 자꾸 먹으려 하고 나는 음식물을 자꾸 빼앗고…. 옥신각신하다 깨어났다. 오지 말았어야 할 여행이었다고 밤을 꼬박 새웠던 것인데 깜빡 잠이 든 모양이었다. 희선은 모로 누워 있었다.

노인은 일행과 함께 벌써 식당에 내려와 있었다. 여전히 일체를 거부하는 게 역력했다. 삶의 모든 권위와 능력을 잃어버리고 저렇게 시위함으로써 자신의 존재를 알리려는 듯했다. 오히려 힘이 없음을 무기로 가족들을 휘두르는 것 같은 추측마저 들었다. 그 나약함이 권력으로 행사되어 여전히 자식들을 속박하며 지배하는 게 아닌가. 만약 그 힘에 의지한다면 노인은 죽을 때까지 불행할 수밖에 없을 것이다. 턱까지 올라온 구부정한 어깨와 꽉 다문 입은 비뚤하게 처졌지만 눈빛만은 시한폭탄처럼 위태로웠다. 머리가 빠지면서 넓어진 이마는 조금도 너그럽지 않았다. 대항하듯 돌출해 머리와 눈썹의 거리를 멀게 할 뿐, 처진 볼 살과 위로 치받고 있는 턱선은 타협을 거부하듯 고집스러웠다. 내가 어떻게 살아왔는데, 지금 너희가 이만큼 사는 것도 다 누구 덕인 줄 알아! 그렇게 다그치는 듯 보였다. 평생 가족을 위해 살아왔건만 그런 자신을 인정하지 않는 자식들을 향해 그는 지금 불같은 화를 내고 있는 것 같았다.

자고 나면 씻은 듯 새 얼굴이 되는 아이와 다르게 노인의 얼굴은 외양간처럼 컴컴했다. 아무리 씻어 내어도 깊게 밴 김칫독이나 장독이 품고 있는 냄새처럼 오래된 것은 완고했다. 노인에겐 오직 자신뿐이었다. 그에게도 최선을 다한 젊은 날이 있었을 테고, 가족을 위해 혼신을 다한 시간이 있었을 것이다. 자신이 저토록 무분별한 행동을 할 거라고 생각이나 했겠는가. 단호하지만 불안정한 눈빛. 위엄은 사라지고 날카롭게 대립하는 것의 정체가 무엇인지 궁금했다.

가족들이 식사를 권하자 노인은 또 고함을 질렀다. 아까운 자식들을 천하의 못된 놈들로 만들면서 노인이 지켜 내야 하는 것이 무엇인지 안타까웠다. 낯선 사람들 앞에서 투정이 더 심해지는 어린아이처럼 노인의 행동은 점점 더 주변을 당혹스럽게 했다. 그런데 놀라운 것은, 노인이 드러내는 저 민낯이 숨겨진 우리의 민낯과 다르지 않다는 거였다. 그래서 더 당혹스러웠다.

우리는 노모와 아들이 나란히 앉아 있는 옆자리에 앉았다. 아들이 노모 앞으로 뜨거운 국을 당겨 놓자 노모는 아들에게 어서 먹으라고 고갯짓을 했다. 그러고 보니 출발할 때부터 며느리와 손자들은 데려온 자식들처럼 겉돌았다. 모자의 모습은 보기 좋았으나 맞은편 며느리는 불편해 보였다. 불편하다고 느낀 것은 다만 내 쪽의 시선일 뿐이었을까. 사물을 바르게 판단하지 못하는 것은 자신이 보고 싶은 대로 혹은 의도적으로 왜곡해서 바라보기 때문인지도 모른다. 내가 바라보는 것이 실재의 실체인 것으로 보는 것이야말로 얼마나 위험한 일인가. 그것이 아무리 객관적인 시선이라 할지라도 그 뒤에는 이미 익숙한 또 다른 시선이 자신의 의식을 지배하고 있다는 사실. 저 가족을 바라보는 내 시선 역시 그러하리라.

연극의 한 장면처럼 다정하게 밥을 먹고 있는 노모 역시 어쩌면 자식이 아프기도 전에 먼저 걱정하면서, 너희들이 우리의 고생을 감히 짐작이나 하겠느냐고 말하지 않을까. 쉽게 이해한다는 말은 어쩌면 도저히 이해하지 못한다는 말일지도.

호텔 측에서 제공하는 아침 식사는 기대 이상이었다. 일식과 한식이 적절하게 섞인 여행객을 배려한 식단이었다. 노인은 가족들이 식사를 끝낼 때까지 수저를 들지 않았다. 내가 멀미약을 먹기 위해 다시 식당으로 들어갔을 때, 노인은 혼자 앉아 밥을 먹고 있었다. 아마도 치매 초기이거나 노인성 우울증일 게 분명하다고 나는 짐작했다.

평생 소식을 하며 건강관리를 하셨던 친정아버지는 유난히 음식에 집착했다. 치매는 아버지를 낯선 존재로 만들어 버렸다. 자식들은 그런 아버지를 감당하지 않았다. 누구랄 것도 없이 하루 빨리 요양원으로 모셔야 한다는 데 이의가 없었다. 모든 것을 내어 주고 빈 껍데기가 되어 버린 아버지는 쓰레기 분리배출하듯 그렇게 평생 앉아 있던 자리에서 치워졌다.

삶의 모든 자율성을 상실해 생각도 몸도 자기결정능력을 잃어버린 아버지는 자식들을 위해 당신 스스로 요양원으로 걸어 들어가셨다. 녹슨 양철 지붕처럼 입속이 헐어내리고, 검은 목구멍으로 혀뿌리가 빨려 들어가던 마지막 순간을 지키지 않았던 자식들은, 아버지의 죽음 앞에 제각각 부의금을 챙기기에 바빴다. 자식들에게 아버지의 생은 부의금의 액수로 환산되었다. 우리가 살고 있는 자유주의 세상은 그만큼 자유롭지 못했다. 인격의 존엄성은 물론 인간의 본성마저 때론 돈 앞에 꼼짝 못하게 했다. 나는 머리가 복잡해졌다. 아버지가 요양원으로 들어갈 때처럼. 이리도 저리도 갈 수 없이 엉거주춤 노인을 바라보았다.

벳푸로 이동하는 차 안에서 나도 모르게 중얼거렸다.

그러니까 결국 이런 거지. 숨겨져 있던 한쪽 면이 적나라하게 제 얼굴을 드러내는 거야. 억눌렸던 것들은 언젠가는 터지기 마련이니까. 너그럽고 인자했던 그 안쪽의 인색함과 사악함 같은 거라고 해야겠지. 대범한 척 의연했던 모습 뒤의 옹졸함과 경박함 같은 것. 참고 견딘 그 이면의 억울함이거나 바르고 깨끗함 속에 감추었던 추악함이지. 지나친 친절함이 숨긴 격분 같은 것, 그런 것들이지. 처음부터 싸울 자신이 없었던 거야. 점잖은 척 양보했던 것들이 무분별하게 튀어나온다고 봐야지 않겠어. 이젠 더 이상 참아야 할 것이 없으니까. 죽도록 참고 기다렸지만 종국에는 아무것도 아니라는 것. 결국 꽝이라는 거지. 마땅히 분노해야 할 것들이 뒤늦게 뒤통

수를 치는 셈이랄까.

나는 혼잣말처럼 내뱉었다.

"넌 예나 지금이나 지나치게 편견이 많아. 그게 피해의식이고 열등의식이야."

고개를 차창 밖으로 돌린 채 희선이 쏘아붙였다.

"노년이 그렇게 적나라할 것만 같니? 단지 하기 싫은 것을 안 할 뿐이야. 아무것도 안 할 자유, 그것 누구에게나 있는 거 아니겠어."

예나 지금이나 그녀는 신랄했다. 툭 툭 던지듯 쏘아 대는 말투가 참을 수 없는 모욕감을 불러왔다. 올라오는 감정에 휘말리지 않으려 나는 길게 숨을 내쉬었다. 감정을 삭이는 것이야말로 억누르고 있을 뿐, 전체를 바꾸지 않겠다는 의도가 아닌가. 나는 희선의 말에 즉각적으로 반응하지 않았다. 그런데 희선의 어조가 갑자기 침착해졌다.

"우리 친정 숙모님은 자신의 죽음을 연출한 사람이야. 너 알지? 그 유명한 축구 선수 K. 이제는 감독이잖니. 그의 할머니 말이야. 천성처럼 순하게 자는 듯 숨을 거두었는데, 죽고 난 자리가 그렇게 훌륭할 수 없었어. 난 그 죽음을 통해 완성이라는 단어를 실감했어. 언젠가 너에게 말했지 않나? 그 옛날 미도상회 여주인이셨다고. 우리 시에서 그 집 그릇으로 밥 먹지 않은 사람 없었을 걸. 돈을 가마니로 벌어들였어. 대목에는 돈을 셀 수조차 없었다고 했잖아. 그런데 운명은 공평한 건가 봐. 숙모님에겐 자식이 없었거든. K의 아버지는 양자였고 딸은 숙부님이 낳아서 데려온 자식이었어. 결국 자식들이 그 많던 재산을 빼앗듯 하여 다 흩어버린 거야. 말년에 숙모님은 친정 동생 집 문간방에 혼자 살았어. 비참하고 쓸쓸했다고?

아니야, 끝까지 깨끗하셨어. 자식들을 원망하거나 팔자를 탓하지 않았거든. 모든 게 시절인연일 뿐이었다고 그렇게 말씀하셨어. 숙모님 자신이 준비한 장례는 소박했지만 말할 수 없이 아름답고 경건했어. 숨을 놓기 전 이미 준비가 끝나 있었던 거야. 장례 기간 동안 먹을 쌀과 찹쌀이 한 말씩 준비되어 있었고, 나물거리는 손질해 냉장고에 얼려 놓았어. 고기와 떡은 모자라지 않게 정육점과 방앗간에 미리 부탁해 놓았더라구. 자신이 쓰던 물건들은 버리고 태울 것과 남겨야 할 것들을 정리해 놓았는데, 버릴 것도 남겨야 할 것도 하나 같이 깨끗이 씻고 다려 놓았어. 자신의 시신을 태우고 버릴 비용이 준비된 봉투와 함께 장례를 치르고 돌아갈 사람들의 차비까지 따로 준비되어 있는데, 그 사이에 또박또박 써 놓은 부탁의 말은 경구와도 같았어. 이미 이생에서 받아야 할 복록을 다 받았노라고 고마움과 함께 제사는 지내지 말라는 유언이었어. 죽음의 순간 숙모님은 자신의 삶을 완성하신 거야."

희선의 이야기를 듣는 동안 내 속에서 무언가가 둔탁하게 떨어지는 소리를 냈다.

"숙모님은 인생이 부질없다는 것을 미리 아신 거야. 쌓아 오고 노력한 것들을 드러내거나 탓하지도 않으셨으니. 타고난 성품 또한 선했지만 살아온 자신의 삶조차도 객관화할 수 있는 인품을 가꾸어 오신 거지. 그래서 아무것도 없었던 말년에도 참 곱고 당당하셨어."

희선의 목소리가 귓전에 윙윙거리고 몸이 점점 요동치기 시작했다. 격한 활동 후의 떨림처럼 여진은 좀체 가라앉지 않았다. 희선이 눈치채지 못하도록 나는 멀리 아소 활화산의 검은 연기를 바라볼 뿐이었다.

눈은 그치고 다시 빗방울이 떴다. 광활한 목장 지대 띄엄띄엄 말과 소들이 건초를 뜯는 모습이 눈에 들어왔다. 비가 내리자 바람은 더 심하게 불었다. 억새 숲이 이리저리 흔들렸다. 그때 무언가 나를 흔들었다면 그건 필시 말하지 않는 것들의 진실이었을 것이다. 희선이 내 어깨를 툭 쳤다. 나이를 망각한 발랄한 원색의 패션이 오늘따라 더 강렬했다. 그에 반해 내 검은 옷은 두껍게 뭉쳐 있는 대기의 습기를 빨아들여 한층 무거워 보였다. 습한 기운이 몸을 가라앉게 하고 마음까지 더 어둡게 만들었다. 이렇게 어두운 모습을 하고 나는 지금까지 다른 사람의 시선으로부터 한순간도 자유로울 수 없었다. 지금도 여전히 흔들리며 시시때때로 견디기 힘든 두려움을 느낀다. 다른 사람을 위해 모든 에너지를 소진하는 동안 흔들리지 않는 나 자신의 견고한 중심을 만들지 못했다. 노심초사 외부로 향해 있는 시선을 나는 안으로 거두어들일 수 있을까.

자신의 의사는 없는, 다른 사람의 말에 섞여 갈팡질팡하는 나와는 달리, 중심을 잃지 않는 희선의 저 자신감은 어디서 비롯된 걸까? 원색의 저 강렬함과 거침없음은. 젊음이 결코 줄 수 없는 기품을 포기하면서까지 그녀가 택한 것이 젊음이었을까? 남에게 보이기 위해 그녀의 욕망이 저처럼 화려하게 표출되었던 것일까? 문득, 저 당당함이야말로 저 뻔뻔함이야말로 불안의 역설이 아닐까, 하는 생각과 동시에 희선의 화려함 역시 남들의 평가에서 자유롭지 못했던 것은 아닐까, 하는 생각이 들었다. 그렇다면 그녀 역시 남들에게 비친 나로 살기에 급급했다는 말이 아닌가. 오히려 남의 시선에 사로잡혀 꽁꽁 자신을 동여매었던 나야말로 어쩌면 자신밖에 모르는 사람이지 않았을까…. 머릿속이 뒤죽박죽 얽혔다.

고개를 돌려 다시 희선을 쳐다보았다. 빨간 안경테 아래 희선의 얼굴도 몰라보게 주름져 있었다. 영원히 내 것인 양 애지중지 키운 새끼들이 무용지물이 된 물건처럼 대하게 될 우리의 노년이 그리 멀지 않았다는 생각이 들었다.

"저 노인에겐 이 여행이 마지막 여행이 될까, 아니면 좀더 적극적인 치료 과정이 될까?"

내가 말했다. 희선의 시선은 여전히 창밖을 향하고 있었다. 그러나 그녀는 이미 내 수를 다 읽은 듯했다.

"이제 그 칙칙한 때깔 좀 벗어 던져!"

옷? 얼굴? 생각? 그중에 하나이거나 모두이거나, 어쨌든 내 때깔은 칙칙했다.

"단순해져. 매여 있지 말고. 답이 없는 건 시선을 밖으로 돌릴 수밖에 없어. 우린 가족이라고 서로를 너무 옭아매었던 게 문제야. 서로를 잘 알고 있다고 생각하는 건 서로를 잘 몰라서 하는 소리야. 내 자식, 내 부모, 내 것, 내 편, 내 방식, 내 가치관…. 근데 뭐? 폭발하기밖에 더 하겠어. 그래서 깨지는 거지. 남 보듯 데면데면했다면 지치지 않고 바라볼 수 있지 않겠어. 내 새끼들? 천만의 말씀. 상복을 벗기도 전에 고깃집으로 달려갈지도 몰라. 난 특별한 관계란 없다고 봐. 어떤 경우에도 가족은 사랑해야만 한다? 그것 무지막지한 억지야. 웃기지 않니. 그거야말로 환상이거나 신화적인 얘기일 뿐이야. 죽도록 미워하는 관계라는 것을 수용할 수 있어야 정상적인 가족이 되는 거 아니겠어. 요즘 사람들 밥 먹듯 믿는다 사랑한다 말하는데 그렇게 말하지 않으면 곧 부서질지 몰라서 하는 말 아닐까. 그만큼 취약한 관계라는 것을 반증하는 거지. 믿고 사랑하는 것, 그게 노력하고 실천할 문제인가."

직설적인 그녀의 어투가 오늘따라 더 낯설게 들렸다. 이 오래되고 낯선 관계. 희선과 내가 여기까지 온 것은 이런 관계였기에 가능하지 않았던가 하는 생각이 문득 들었다. 오래된 우정은 시간으로 혹은 이해나 위로만으로는 가늠할 수 없는 거울과 같은 것인지도 모른다는 생각. 서로의 불완전함을 비추는 거울. 한쪽으로 치우쳐 볼 수 없었던 반대편을 보게 하는 거울. 상대를 향해 있던 시선을 자신으로 돌릴 수 있도록 하는 거울.

내리막길에서 차가 갑자기 한쪽으로 쏠렸다. 기운 몸을 당겨 앉으며 창밖을 내다보았다. 저 멀리 벳푸만이 한눈에 들어왔다. 안개에 싸인 항만이 흰 연기와 섞여 꿈을 꾸듯 자욱했다. 솟구치는 온천의 뜨거운 수증기가 쉼 없이 흰 연기를 피워 올리고, 그 흰 연기에 덮인 벳푸가 마치 비현실적인 세계처럼 느껴졌다.

매번 일탈을 꿈꾸었으나 나를 더욱 옭아매었던 것은 과연 무엇이었을까? 어쩌면 그것은 내 생각과 감각이 만들어 낸 것일 뿐, 객관적 실체는 존재하지 않는 것인지도 모르지. 내가 만든 틀은 단지 내 욕망이 만든 허상일 뿐이며, 내가 믿고 있는 체계 또한 허구일지도 모른다. 사랑의 방식도 우정의 방식도 우리가 살아갈 노년의 방식도 결국은 자신이 체화하는 방식으로 구성될 수밖에 없다는 사실. 지금이라도 잘못된 척도를 인정하지 않는다면 여전히 그대로 살아가겠지. 의식의 심연에 단단히 굳어버린 그 고정된 틀을 깨야만 해. 스스로 변형되는 것, 지금과는 다른 낯선 방식을 받아들이는 것, 그것이야말로 파격이 아닐까…. 생각들이 꼬리를 물고 연기처럼 피어오르고, 나도 모르는 사이 내 손이 다른 손을 더듬고 있었다.

천천히 그러나 더 세게 나는 희선의 손을 잡았다.

창밖은 여전히 비가 내리고 우리를 실은 차는 억새 군락이 끝없이 펼쳐져 있는 화산 지대를 가로질러 달렸다. 화산이 폭발하는 동안 땅은 모양을 바꾸어 새로운 땅이 되었을 것이다. 가장 황폐하지만 또 가장 비옥한 땅. 화산재는 어떤 생명체도 살아남지 못하게 만들었지만 한참 뒤에는 가장 비옥한 땅이 될 것이다. 저 황폐한 땅에 맨 처음 뿌리를 내린 억새가 칼데라를 둘러싸고 대평원을 뒤덮었다. 눈 속에서 비를 맞고 있는 묵은 억새는 제 몸을 거두지 못한 채 올봄 새순을 올릴 것이다.

아소 활화산 나카다케 분화구에선 여전히 화산재 연기가 솟구치고, 유메 오오츠리바시로 향하는 야마나미 하이웨이에서 나는 다시 벳푸를 내려다보았다. 집집마다 저녁밥을 짓는 듯 굴뚝에선 흰 연기가 피어올랐다.

아무 곳에도 없지만 어디에도 있는

문을 열자마자 은수는 멈칫 뒷걸음을 쳤다. 훕, 갇힌 공기가 부풀어 오를 대로 부풀어 올라 터질 듯했다. 좁은 집이 품고 있던 냄새는 고약하고 역겨웠다. 거실이랄 것도 없는 공간에 주방이 있고 화장실이 있고, 작은 방에 딸린 화장실이 있고 환기통이 있는 집. 그 속에 있는 동안에는 냄새를 의식하지 못했다. 자신이 냄새 속으로 스며들었는지 냄새가 자신을 빨아들였는지는 알 수 없는 일이었다.

현관문을 열어둔 채 은수는 창문 쪽으로 걸어갔다. 쓰레기 더미처럼 쌓인 잡동사니들을 발로 툭툭 밀어내며. 창밖은 온통 부옜다. 세상이 모두 연무 속으로 자취를 감췄다. 겨울부터 시작된 미세먼지와 함께 봄기운이 들면서 황사와 안개까지 뒤섞였다. 은수는 창문을 열던 손을 당겨 도로 닫아 버렸다. 환풍기 스위치를 올리며 아들의 방을 흘긋 쳐다보았다. 방문은 굳게 닫혀 있다.

저 굳게 닫힌 방에서 자유 대신 안전하게 사는 법을 익혀 버린 아들은 이제 긴 몸을 최대한 접어 예쁘고 통통한 기생충이 되었다. 수고하지 않고도 사방에 포진한 먹이가 있고, 내일을 위해 담보하지 않은 오늘이 있고, 원한다면 세상 어디에나 접속 가능한 창이 있는, 저 안전하고 풍요로운 세계. 그 속에서 소리를 죽인 채 백해무익한 존재가 되어가고 있다. 그런 아들이 공포스럽기만 하다.

기생충? 밥풀 몇 톨 정도의 영양분을 뺏어갈 존재라고? 아, 난 벌써 만성빈혈과 피로감에 질려 버렸다고! 윙윙, 돌아가는 환풍기 소리가 어지럽다. 냄새를 배출해야 할 환풍기는 다른 집의 냄새까지 불러들여 실내는 한층 더 탁해지는 것 같았다. 은수는 혼잣말을 내뱉었다. 어쩌면 이 지독한 냄새의 근원이 사람일지도 모르지.

'예술은 주체와 타자의 갈등에서 시작하지요⋯.'

낯익은 목소리가 먼저 당도하고 나서야 패널의 얼굴이 화면 속에 나타났다. 그런데 곧 바로 또 다른 남자의 얼굴이 덧씌워졌다. 서초동 세 모녀 살해 사건 긴급 뉴스였다.

아내와 두 딸을 목 졸라 죽이고 달아난 사람은 40대 중반의 가장이었다. 그는 자신의 휴대전화로 119에 신고를 했고 그리고 도주했다. 비극의 전말은 실직으로 인한 생활고라고 보도됐다. 그는 3년 전 직장을 잃었으며 새 직장을 구하지 못했다. 가족들에게 들키지 않으려 여기저기를 전전하는 생활을 했다. 더 이상 갈 곳이 없어지자 고시원을 얻어 낮 시간을 보내며 재기를 꿈꿨다. 돈은 바닥을 드러냈고 결국 살던 아파트를 담보로 대출을 받았다. 대박을 꿈꾸며 주식을 하고 마지막엔 도박에 나섰다. 대박의 꿈은 쪽박을 차고 말았다. 그러나 겉으로 드러난 남자의 모습은 외제차를 타고 다니며 화목했고 경제적으로도 전혀 문제가 없어 보였다. 가족을 살해한 후 도주하던 남자를 반대 방향으로 운행 중이던 순찰차가 발각해 검거했다.

은수는 쓰레기 더미에서 리모컨을 찾아 얼른 홈쇼핑 방송으로 채널을 돌렸다. 여기저기 쌓이고 널브러져 있는 물건들과 방치해 놓은 세간들. 만약 집이 폭발한다면 냄새가 아니라 과적 때문일 것이다.

그런 생각을 하면서도 홈쇼핑 방송에서 눈을 뗄 수 없다. 판매 종료시간이 임박할수록 한 발자국도 옮길 수 없다. 점점 더 긴박해지고 숨이 가빠지고 손발이 떨리고…, 외제차를 타고 다니는 남자와 직장을 잃은 남자와 고시원을 전전하는 남자와 대박을 꿈꾸는 남자와 가족을 살해하고 도주하는 남자와 반대 방향의 순찰차를 향해 돌진하는 남자가, 순간 꾹, 구매 버튼을 눌러 버렸다. 외제차를 탔고 직장을 잃었고 대박을 꿈꾸었고, 그러나 살해되지 않은 여자가. 대형 전골냄비다. 제대로 된 전골을 만들어 본 적이 언제쯤이었는가, 생각하기도 전 띠링, 하고 카드 결제 메시지가 도착했다. 후우, 그러나 반품할 수도 있다.

우리는 혼자가 아닙니다. 우리 몸은 수많은 세포와 그 속의 화학분자와 박테리아와 같은 어마어마한 미생물들이 응집해 있는 말하자면 생명공동체입니다. 이런 생명체들의 치열한 각축장이 우리 몸이며 나아가 우리가 사는 지구인 셈이죠. 몸 안팎의 지구가 서로 부단히 싸우며 공생하며, 수십억 년 동안 격변의 환경 속에서도 살아남은 생명체, 그중의 하나가 지금의 나, 라는 말입니다. 그러니 살아 있다는 것, 그건 위대한 일이 아닐 수 없습니다. 위대하다는 것은 다른 대상에 대응하는 위대함이 아닙니다. 바로 지금 살아 숨 쉬고 있는 나, 자체입니다. 우리 몸은 절대 그저 주어진 것이 아니라는 말입니다. 지구상의 수많은 역병과 천적, 기생충을 이겨 내고 여기까지 온 몸이라는 거죠. 어떤 변화에도 결코 꺾이지 않고 새롭게 다시 물려줄 생명체가 바로 나, 라는 것입니다.

환우들을 위한 특강은 매달 둘째 주 금요일에 있었다. 그때까지 은수는 그 병원의 환자가 아니었다. 몇 해 전 정신과 상담을 한 번 받은 적이 있을 뿐이었다. 그러나 병원은 세금 고지서도 후원회 미사 안내장도 아닌 특강 안내서를 그녀에게 친절하게 보내왔다. 처음 특강을 신청하게 된 것은 그 친절한 안내서 때문이 아니었다. 쉬쉬하던 지환의 은거가 공공연히 기정사실화 될 무렵이었다. 회유도 설득도 명령도, 더 이상 아무런 소용이 없는 상태가 되었을 때, 은수는 그 병원을 떠올렸던 것이다. 공교롭게도 특강이 있던 금요일로 예약이 잡혔다. 결국 지환은 의사와의 상담을 거절했고, 예약된 시간에 은수는 혼자 의사 앞에 앉아 있었다. 의사는 자칫하면 아들보다 엄마의 상태가 더 위험해질 수 있다고 경고했다.

강사의 열의에 비해 수강자들의 반응은 신통찮았다. 약이 조제되기를 기다리는 나른한 환자처럼, 습관적으로 약을 복용할 뿐 차도가 없는 만성질환자처럼 모두 시들했다. 강사는 환자들의 우울증에 대해서 말하지 않았다. 생명의 위대함에 대해서, 그러니까 자살 방지 프로그램 같은 뭐 그런 강의였다.

남자를 본 것은 거기였다. 맨 뒷자리, 출입문 반대편 창가 쪽에 남자가 앉아 있었다. 조용하고 신중한 인상이었다. 냉정함이 다소 신경질적으로 예민해 보였다. 그런데 남자를 본 그 순간 의식의 수면 위로 무언가 불쑥 올라왔다. 예기치 않은 일이었다. 잊어버린 줄도 모르고 잊어버린, 어떤 얼굴이 되살아나는 듯한 착각을 일으켰다.

저 아시겠어요? 하마터면 은수는 남자에게 그렇게 물을 뻔했다. 그녀를 당황케 했던 그 남자의 얼굴은 차창 밖으로 무심히 사라져 가는 풍경이 아니라, 기억 속에 단단히 박음질된 생생한 풍경과 같은 것이었다. 그가 환자인지 아니면 보호자인지 특강을 듣기 위해 온 사람인지 알 수 없었으나, 평일 오후 4시 중년의 남자가 여기에 앉아 있다면 그건 고뇌의 시간일 게 분명하다고 느껴졌다. 강의가 끝나고 사람들이 다 빠져나갈 때까지 남자는 그대로 앉아 있었다.

회전문을 밀고 병원을 빠져나오며 은수는 유리문에 비친 자신을 보았다. 주변을 배척하는 어둡고 침울한 인상 아래 몰라보게 늙어버린 얼굴이었다. 아무런 왕래도 없이 경조사 때나 만나는 먼 친척 혹은 당고모에게서 보았던 얼굴이 거기에 있었다. 가까이서 지켜보진 않았지만 그들이 겪었을 세월을 가늠하기엔 충분한 얼굴이 아니던가. 표정은 생이 만든 숨길 수 없는 얼굴이다. 얼굴이란 그런 거였다. 버스 정류장 쪽으로 걸어오면서 은수는 입을 다문 채 입꼬리를 살짝 올려 보았다. 아무도 눈여겨보지 않겠지만 또 누구라도 읽을 수 있는 표정. 자신도 모르는 사이 자신이 만들어 버린 얼굴이 아니던가. 순간 연민 같은 것이 복받쳐 올랐다.

저녁 뉴스는 세 모녀 살해 사건을 집중 보도했다. 가족을 살해한 피의자의 얼굴이 클로즈업된 화면에 불현듯 병원 특강에서 본 남자의 얼굴이 잠시 겹쳐졌다. 피의자는 명문 사립대 출신의 엘리트였다. 대출금을 갚고도 남을 집이 있고 그는 아직 젊다. 그런데 왜 그는 스스로 파멸을 선택했을까?

은수는 가슴을 쓸어내렸다. 차려놓은 밥상이 식고 나서야 지환이 방문을 열고 나와 화장실로 들어갔다. 짧은 셔츠 아래 여전히 잠룡이 꿈틀 대고 있다. 한때 지환의 호기심은 오직 금기를 깨는 데 있었다. 먹고 또 먹었고 싸우고 또 싸웠다. 흡연과 음주를 했고 머리를 기르고 문신을 했고 폭주족이 되었고, 그리고 자퇴를 했다. 녀석의 팔뚝에는 과도하게 자신을 나타내었던 흔적이 아직도 선명하게 찍혀 있다. 문신은 난폭하고 격렬한 욕망을 불러일으켜 그를 다른 사람으로 만들었다. 보이지 않는 비밀스러운 힘과 소통하며 지환은 자신의 몸에 새긴 문신 속으로 그 자신이 들어가 버렸다. 그리고 집을 뛰쳐나갔다.

그런데 자신이 확보하고자 했던 권리가 자신의 능력을 넘어섰던 것일까? 결국 그는 숨이 막혀 죽을 것 같다던 그 공간으로 돌아와 스스로를 가두고 말았다. 눈을 감고 문을 잠그고 풀어헤쳤던 몸을 친친 동여매고 최대한 몸을 사려 세상과는 관련이 없는 사람이 되어버렸다. 세상을 향한 관심을 등진 채 통통하고 예쁜 기생충이 된 것이다. 어쩌면 그는 세상에서 가장 크고 뚱뚱한 기생충이 될지도 모른다.

지환이 통통한 기생충이 되는 동안 은수는 여섯 번의 이사를 했다. 욕망이 만든 공간은 다시 욕망을 만들었다. 사기만 하면 몇 배로 재산이 불어날 것 같은 투기 열풍이 그녀를 들쑤셨다. 한때 도쿄 중심가의 지요다구 하나를 팔면 캐나다 땅 전부를 살 수 있다는 농담처럼 부동산은 비정상적으로 가격이 치솟았다. 은수의 마음도 부글부글 함께 개어 올랐다. 상대적 박탈감은 상상 외로 컸다. 더 늦기 전에 달리는 말의 등에 올라타야 하나? 자신의 욕망이 무엇인지도 모르면서 다른 사람의 욕망을 욕망하는 것이야말로 얼마나 위태로운 짓인가.

모든 것은 경제적 요소로 환원되고 상품으로 교환되지 않는 것은 쓸모없는 것으로 버려졌던 시절, 지구 저 반대편에선 튤립의 구근 한 뿌리가 1만 평이 넘는 땅과 집 한 채와 맞먹는 가격으로 뛰어올랐다. 그 당시 그것을 사는 데 뛰어들지 않는 사람이야말로 어리석은 바보였다. 세 번의 이사를 거쳐 장만한 아파트는 교육 환경은 물론 투자가치를 의심할 필요조차 없는 입지 조건을 갖추었다. 좋은 학군은 좋은 학교를 보장해 줄 것으로 믿었다. 사람들은 스스로 생산하거나 확보할 수 없을 때 보장해 줄 수 있는 권력에 의지하기 마련이다. 그녀 역시 결사적으로 그것에 의탁했지만 정작 지환은 학교를 그만두고 말았다.

거품은 굳어 있으면 거품이 아니다. 꺼지지 않는 것 또한 거품이 아닐 것이다. 거품으로 부푼 집은 그녀를 보호하는 공간이 되지 않았다. 집값의 절반 이상이 대출이었고, 수입의 대부분이 대출 이자로 지불되면서 간당간당하던 가계가 휘청거리기 시작했다. 자본이 조종하는 덫은 욕망을 넘어 어느덧 시공간까지 점령해 버렸다. 부풀어 오를 대로 부풀어 오른 거품이 꺼지면서 그녀를 위협하기 시작했다. 은수는 흔히 주식 시장에서 말하는 상투를 잡고만 꼴. 집값이 속수무책 떨어지면서 부동산 시장이 서서히 얼고 있었다. 그리고 그녀는 실직을 했다.

튤립은 인간의 욕망을 이용할 줄 알았지만, 인간은 때론 식물보다 고등한 존재가 되지 못했다. 은수의 욕망도 시간과 때를 맞추지 못하고 바람처럼 사방을 떠돌았다. 우주의 질서를 위반한 그 바람은 갑작스레 방향을 틀어 그녀의 몸 안으로 침입했다. 얼어 버린 몸 속으로 침입한 뜨거운 외풍은 혈관과 살을 팽창시키고 머리와 몸을 부풀렸다. 팽창과 수축을 거듭하면서 시야가 흐려지기 시작했다.

정신이 몽롱해지고 사지가 나른해지면서 피부색이 바뀌고 급기야 몸의 모든 기능이 쭈글쭈글해지고 있었다. 두려움과 불안이 잠식해 버린 몸. 속을 들여다 볼 수는 없지만 살갗은 누렇게 뜨고 벌겋게 열을 올리며 알 수 없는 통증을 일으켰다. 이미 늘어질 대로 늘어진 피부는 몸을 보호할 수 없게 되었다. 병은 몸에서 느껴지거나 구체화되기 전에 이처럼 먼저 전조증상으로 나타났다. 그리고 복막에 주먹만 한 혹을 키웠다는 사실을 알게 되었다. 거품은 가라앉았지만 부풀어 오른 욕망은 몸 구석구석을 돌아다니며 상처를 내고 염증을 일으켰다.

보이지 않는 실체를 잡아낸 의사는 몸속 평활근을 이루는 세포 중 하나가 비정상적으로 증식했다고 말했다. 비정상적으로 부풀었던 욕망이 키워낸 비정상적인 세포. 은수는 의사에게 자신의 몸속에 또 다른 분노나 격분이 키운 혹들이 여기저기에서 돋아나고 있을 거라고 말했다. 의사는 지금 겪고 있는 정신적인 압박이 무엇인지 물었다. 은수의 진실은 말해질 수 있는 것이 아니었다. 현재의 부정적인 감정의 상태가 지속되면 건강 상태가 더 위험해질 수 있다고 의사는 한 번 더 경고했다. 질환이란 정신적 고통이나 충격, 스트레스에서 기인할 수도 있으며, 삶의 매우 위협적인 사건이나 기본적인 신념의 위반에서 비롯될 수도 있다는 것을 다시 상기시켰다. 의사가 원인을 되짚어 보라는 충고를 했을 때 은수는 자신도 모르게 씨익, 웃었다. 떨칠 수 없는 좌절감과 무력감이, 지속적으로 자신을 괴롭히는 모멸감이 감정적인 변조를 불러일으킨 것이다.

튤립파동이 나라의 경제를 위기로 몰아넣었듯 거품은 은수를 공허와 허탈로 내몰았다. 다시 두 번의 이사를 하고 작은 집으로 옮겨 오기까지 그 모든 것의 원인이 외부에 있지 않음을 은수는 잘 알고 있었다. 스스로 초래한 결과를 부당함이라 말할 수는 없지 않은가.

남자를 다시 만난 것은 외과병동 앞 대기실이었다. 남자가 옆자리로 옮겨 앉으며 은수에게 자리를 내어 주었다.

"안색이 좋지 않군요."

너무도 익숙한 표정, 익숙한 목소리, 익숙한 눈빛…. 순간 소름이 돋았다. 눈빛처럼 목소리도 오래전 그와 닮아 있었다. 남자가 비워 준 자리는 아직 체온이 남아 따뜻했다.

"우리 어디서 봤죠?"

은수가 남자를 바라보았다. 남자는 고개를 한 번 끄덕일 뿐이었다. 어디서 보았는지 누구인지는 고개만이 알고 있었다. 익숙하지만 낯선 남자가 익숙하지만 낯선 인사를 건넨 것이다.

안색이 좋지 않군요, 그가 던진 말은 인사에 불과하지 않았다. 무어라 형언할 수 없는 위안이 전해졌다. 안색을 살핀다는 것은 상대에 대한 관심과 염려이지 않은가. 사람의 마음을 들여다보지 않고는 안색을 읽어 낼 수 없듯 안색을 읽어 내는 것은 그 사람의 내부를 보는 일이다. 은수는 남자에게 뭔가 들켜 버린 듯한 느낌을 지울 수 없었다. 안색이 단지 얼굴에 드러나는 표정일지라도 그것은 인식과 지각의 대상을 넘어서는 것이었다. 의사가 환자의 표정만 보고도 병의 과정을 예언하는 것처럼, 은수는 자신의 몸 안에 마음 안에 숨겨져 있는 것을 남자가 보았을지도 모른다고 생각했다.

간절함과 조급함, 망설임이나 절망감, 욕망과 열패감까지도. 침묵으로 단단히 위장하여도 감출 수 없는 것들은 있기 마련이었다. 남자가 어딘가에서 있는 듯 없는 듯 지켜보고 있었을까? 그 생각을 하며 은수는 오싹 몸을 떨었다. 그녀 역시 그 남자에게서 어떤 얼굴을 보고 있지 않았던가. 사람들은 아무 일이 일어나지 않을 때조차 앞날을 단속하고 염려하지만 오히려 그건 사랑이 아니라 지나친 집착일 때가 많다. 지나친 것들은 모든 것을 제대로 볼 수 없게 만들었다. 그러나 지금 남자의 염려는 은수의 몸에 따뜻하게 감겨들었다.

남자는 창가에 앉아 있을 때와 마찬가지로 어딘가 모르게 위축되고 불안해 보였다. 삶의 무게에 눌린 흔적이듯 어깨가 조금 굽어 있었다. 은수는 다시 남자가 건넨 말의 의미를 되새겨 보았다. 낮은 목소리는 다소 차갑게 들렸으나 공격적이기보다는 신뢰감이 깃들어 있었다고. 신뢰란 상대를 무장해제 시키기도 하지만 때론 믿어 의심치 않았던 그 신뢰가 위장의 옷을 입을 때도 있다. 아내와 두 딸을 목 졸라 죽이고 달아난 남자는 가족들의 신뢰를 한몸에 받은 가장이었을 것이다. 그렇다면 그 죽음은 위장된 신뢰 때문이었을 수도 있다. 사랑이라는 이름으로 위장한 신뢰.

생의 모든 문제는 과도함과 결핍의 문제입니다. 건강도 마찬가집니다. 그것이 어떤 상황과 조건에 따라 유익할 수도 해로울 수도 있습니다. 어떻게 작용하느냐에 따라 양날의 칼과 같은 거죠. 많은 것이 좋은 것만도 아니고, 모자라는 것이 나쁜 것만도 아닙니다. 열망은 제거되어야만 활기찬 몸이 되고, 부정한 기운이 가득할수록 몸은 활력이 고갈된 상태가 됩니다. 생명의 진화 역시 이와 같은 양

면성을 가지고 있습니다. 진화의 과정에서 돌연변이는 나쁘면 살아남지 못하고, 좋으면 새 형질의 진화로 이어집니다. 그러나 지금 좋은 것이 다음 상황에서 유익하지 않을 수도 있고, 지금 나쁜 것이 다른 조건에서는 생존과 번식에 좋은 조건이 될 수도 있다는 것입니다. 만약 우리를 병들게 하는 유전형질이 진화했다면 그 이유는 인간에게 해를 끼치기 전에 도움을 줄 가능성이 더 높기 때문이라는 거죠. 환경에 대처하는 몸의 신비는 그야말로 경이로움 그 자체입니다. 지금 여러분들의 상황이 열악하다면 그게 나쁘지만은 않다는 거예요. 더 좋은 조건이 될 수도 있다는 말입니다. 잊지 마십시오. 지금의 상황이 앞으로 어떻게 작용할지는 아무도 모릅니다.

다시 남자를 만난 것은 병원의 특강이 있던 날이었다. 은수는 지환과 실랑이를 벌이다 늦게 도착했고, 남자는 역시 창가의 맨 끝자리에 앉아 있었다. 이번엔 은수가 그의 옆자리에 앉았다. 남자는 여전히 말이 없었다. 어쩌면 남자는 오래전 실직을 했을 것이고, 가족들에게 들키지 않기 위해 여기저기를 전전하는 중일지도 모른다. 고시원에서 재기를 꿈꿀 수도 있고, 가족들이 살고 있는 아파트를 담보로 대출을 받았을 수도 있다. 증권과 도박으로 대출금을 다 날렸을 수도 있고, 삶과 죽음의 충동에서 휘청거리고 있을지도 모른다. 그러나 가족들은 여전히 화목하고 외제차를 타고 전과 다름없는 나날을 보내고 있을지도⋯.

은수가 먼저 남자에게 가벼운 목례를 했다. 흐릿하고 짧은 눈썹 아래 눈빛이 맑았다. 홀쭉한 볼이 이마에서 미간을 타고 내려오는 산근을 더 굽어보이게 했다. 총명하나 굴곡이 많을 듯한 눈과 코. 저 남자는 한때 돈과 권력을 매개로 관계 속에서 활발했던 사람일 수도 있다. 그러나 지위나 체면을 내려놓고는 아무것도 할 수 없는 사람이 되어 버렸을 수도 있다. 그리고 그는 여기로 은둔했을 수도 …. 남자도 가벼운 답례를 했다. 모든 걸 포기해 버린 듯 나른한 남자의 표정 뒤로 슬쩍 엿본 것은 잃어버린 것의 흔적 같은 것이었다. 그런데 이상하게도 남자의 얼굴 위로 검거된 남자의 얼굴이 또 겹쳐졌다. 떠오른 영상은 좀체 사라지지 않고 점점 더 크게 다가왔다.

"그는 왜 가족을 살해했을까요? 그는 왜 부촌의 아파트에서 살기를 고집했을까요?"

은수가 남자를 향해 문득 말을 걸었다. 남자는 다소 놀란 듯 은수를 쳐다보았다. 느닷없는 질문 때문인지, 느닷없이 말을 걸어온 것 때문인지는 알 수 없었다. 남자는 한 번 은수 쪽으로 고개를 돌렸을 뿐 역시 말이 없었다. 허허로운 웃음기를 흘렸을 뿐이었다.

그런데 그 순간 느닷없이 놀란 건 또 은수였다. 이번엔 남자의 얼굴에서 설핏 지환의 얼굴이 비쳤기 때문이다. 더 이상 맞설 것이 없는 얼굴, 아무것도 나눌 것이 없는 얼굴, 치열하게 지향할 것이 없는 얼굴, 목적을 상실한, 그 어디에도 소속되어 있지 않은 사람의 얼굴. 이제 작은 희망도 없이 삶의 현장에서 주도권을 잃어버린 얼굴. 저 외따로 떨어진 체념이거나 달관인 세계 속으로 들어가 버린 사람의 얼굴 말이다. 아니다. 더 이상 맞서지 않고, 나누지 않고, 지향하지 않고, 소속되기를 원치 않을지도 모른다. 지환이 찾아 헤맸던 것처럼 남자가 찾고 싶었던 자유 또한 그 어디에도 없었을지도. 그는 이제 천천히 느리게, 사자의 탈을 벗고 비로소 제 안의 가장 친밀한 거처에서 자유를 되찾고 있을 수도 있다. 지환이 작은 방으로 들어간 것처럼. 어쩌면 이곳이 남자의 도피처가 되어 버렸을 수도 있다. 안전하고 풍요로운 보호처. 그래서 그 역시 이 병원을 벗어나지 못하는 것일지도…. 은수는 남자를 향해 다시 말을 걸고 싶었지만 사지의 힘이 풀리듯 맥이 풀렸다. 다시 가벼운 목례를 하고 일어서려는데 심장이 찢어지듯 조여 왔다.

행복하거나 우울한 것은 단지 마음의 느낌일 뿐, 우울하다고 불행하거나 불행해서 우울한 것만은 아니다. 우울도 때론 달콤할 때가 있지 않은가. 은수는 병원을 나서며 다시 남자를 생각했다. 어쩌면 남자의 우울은 행복에 대한 지나친 강박증일 수도 있다고, 남자는 단지 어딘가 불편하고 우울할 뿐이라고. 모든 증상은 상징일 뿐 결과가 아닌 것처럼.

병원을 다녀온 날 밤새 가슴이 쥐어짜는 듯 아팠다. 무거운 돌을 얹어 놓은 듯 무겁고 고춧가루를 뿌려 놓은 듯 쓰라렸다. 턱 아래까지 숨이 차고 팔이 저리고, 가슴의 통증을 견디지 못해 새벽에 눈을 떴다. 열이 오르고 동시에 한기가 몰려왔다. 몸을 떨면서 은수는 혼잣말을 했다.

빠지지 말아야 해! 열과 우울에. 분노와 좌절과 욕망과 그리고 사랑까지도, 모두 다. 빠지면 더 깊게 들어갈 수밖에 없잖아.

은수는 자리에서 벌떡 일어나 문을 열었다. 그리고 있는 힘을 다해 지환을 불렀다.

"넌 지금 맨땅에 머리라도 박을 청춘이야! 다시 맞서 봐! 정당하게 부딪쳐 봐! 왜? 펄펄 끓는 피를 가둬! 숨지 말고 직접 대면하라고! 헤쳐 나가라고!"

은수는 지환의 방문을 향해 고래고래 악다구니를 쏟았다. 그리고

양손으로 얼굴을 감쌌다. 악다구니는 오직 부당해지기 위해서 금기를 깨뜨렸던 아들을 향해서가 아닐 것이다. 은수는 자신을 향해 소리 질렀던 거다. 자신도 남자도 어쩌면 검거된 그 남자도, 한때 치열했으나 어떤 성과도 없이 자신 속에 고립되어 버린, 그 모두를 향해 소리쳤던 것이다. 숨만 쉬어도 숨이 막혔던 공간, 욕망의 거품이 꺼져 버린 공간이 터지도록 은수는 소리쳤다.

그러나 여전히 닫혀 있는 지환의 방. 달관으로 포장된 무기력이 잠식해 버린 저 방은 지금 고립되었을 뿐 아무 문제될 게 없지 않은가. 세상에 맞서지 않으니 아플 것이 없고 그러니 도전이나 목표는 아무런 의미가 없어졌다. 돈이란 단지 추억을 만드는 도구일 뿐, 누군가 시비를 걸지 않는다면 저 방은 가장 안전한 곳이 될 수도 있다. 그 속에서 욕심 없이 즐기기만 하면 되니까. 손가락 한 번의 터치로 세상 구석구석 아름다운 곳을 가고 온갖 일품요리를 즐기며 수많은 미녀들과 끊임없는 수다를 떨 수도 있는 것이다. 그러나 자기를 둘러싼 관계망을 모두 제거하고 자기 안에 자신을 가두는 것이 권리가 아니라는 것쯤은 지환은 알아야 한다.

지환은 잠잠하다. 한때 무분별하게 휘두른 칼에 자신이 찔려 버린 듯. 지환은 탈을 바꿔 써가며 다른 사람이 되었지만 그 탈 안에 똑같은 자기는 존재하지 않는다는 것, 탈 뒤에 진짜 자기는 없다는 사실을 알아 버렸는지도 모른다. 어쩌면 지환은 이제 가면을 쓰지 않은 채 진짜 자기를 만나는 중일지도 모른다는 생각이 순간 떠올랐다.

은수는 현관문을 열고 창문을 열었다. 집은 이미 발 디딜 틈 없이 꽉 찼다. 대형 전골냄비가 도착하고 여행용 가방이 도착하고 레인

코트가 도착하고 견과류가 도착하고 휴지와 비누가 도착하고 그리고 청소기가 도착하고 … .

반품할 택배 상자와 포장도 뜯지 않은 택배 상자가 신발장 앞까지 쌓였다. 집 안이 폭발할 듯 자욱하다. 구매하고 반품하고 다시 구매하고 … . 무한정 허용되는 세계란 욕망이 키워낸 세계일 뿐이다. 그녀는 이미 홈쇼핑 블랙리스트에 등재되었을 수도 있다. 곧 자동주문은 거절될지도 모른다. 은수는 급히 홈쇼핑 채널을 뉴스 채널로 바꿨다. 윙윙거리며 귓등으로 스치는 새로울 것도 없는 뉴스.

가족을 죽인 남자는 승용차를 타고 고속도로로 나온 뒤 자기가 어디로 가는지도 모르고 무작정 길을 달렸다고 말하고, 그는 자신도 죽으려 했다고, 심지어 자신이 검거된 장소가 어디였는지도 모른다고 말한다. 암세포를 죽이기 위해 일반 정상세포를 모두 죽이고 마침내 맞이하게 된 죽음. 섬뜩했다. 그는 가족을 죽일 만큼 빈곤하지 않았다. 층간소음이나 운전 중 우발적으로 일어나는 사건처럼, 충동적으로 분출하여 끝내 자신을 제어할 수 없도록 만든 그것은 무엇일까? 그것은 그 누구도 아닌 자신을 향한 분노 때문이 아니었을까? 가장으로서 신뢰를 잃는 것은 자신의 전 존재를 잃는 것과 같은 것이므로.

그가 왜 가족들에게 실직을 말하지 않았는지 모를 일이다. 그는 끝까지, 나 괜찮아, 라고 말했을 것이다. 혼자 모든 짐을 지고 그는 왜 벼랑 끝까지 가야 했던가. 왜 마침내 다른 선택을 했던 것일까. 집을 팔고 생활수준을 낮추면 충분히 생활이 가능할 텐데 말이다. 그들은 진정으로 서로를 신뢰하지 않았을 수도 있다. 그 남자를 이해하지 못하는 것처럼 은수는 지환을 이해할 수 없고, 이 도시를 벗어나지 않으려 발버둥 치는 자신을 이해할 수 없었다.

수천 배로 폭등했던 가격은 그만큼의 값으로 폭락하고, 사재기 광풍을 불러일으켰던 어리석은 사람들은 부와 권력의 상징이었던 그 튤립을 결국 꺾어 버리고 밟아 버렸다. 식물은 욕망의 노예가 되어 버린 인간을 결코 이해하지 못할 것이다. 이번엔 남자를 만나면 꼭 할 말이 있을 것 같았다.

생명 현상은 일종의 타협이고 절충입니다. 지구 전체의 생명체는 생존하고 번식하고 사멸하고 진화하도록 서로 영향을 주고받습니다. 그러니 어느 누구도 혼자일 수 없습니다. 우리는 더불어 살아가는 존재인 것입니다. 우리가 살고 있는 세계는 대자연의 수많은 몸들이 서로 섞여 함께 춤을 추고 있는 중입니다. 살아간다는 것은 각 개인만의 문제가 아니라는 거죠. 지구의 모든 생명체는 함께 어우러져 한통속으로 돌아간다는 말입니다. 몸의 역사에서 본다면 지금의 나는 진화의 최종 산물입니다. 나의 선조들, 그 윗대의 윗대가 끊임없이 겪어 내고 이겨 낸 격변의 역사가 고스란히 담겨 있는 최선의 몸인 것입니다. 그러니 이 무변광대한 우주의 신비 앞에 한 사람의 잘나고 못나고, 가 무슨 소용이 있겠습니까. 내 몸은 그 자체가 바로 고전이며 또 명품입니다. 가장 오래되고 최선인 지금의 나를 어떻게 함부로 할 수 있겠습니까.

강사는 마지막 인사를 다시 한 번 더 했다.

살다 보면 누구나 예기치 않은 사건에 놓이게 됩니다. 암이라는 진단을 받았을 때 환자는 암으로 죽는 게 아니라, 암이라는 사실에 놀라서 죽거나, 자신이 암환자라는 사실을 받아들일 수 없어 스스로 목숨을 끊는 경우가 많다고 합니다. 이 얼마나 우스운 일입니까? 많은 암은 치유 불가능한 병이 아님에도 불구하고 말이죠….

강사의 말이 윙윙거리며 귓전에 맴돌았다. 어쩌면 남자는 치명적인 병을 앓고 있을지도…. 은수는 그 생각에 골몰해 있었다. 그녀는 계속 남자를 생각하고 있었던 것이다.

남자는 보이지 않았다. 남자가 앉아 있던 뒤쪽 창가의 자리에는 모자를 쓴 소년이 링거를 꽂은 채 앉아 있었다. 복도에도 병원 로비에도 휴게실에도, 남자는 어디에도 없었다. 은수는 계속해서 남자에게 할 말을 궁리했고 또 남자의 안색을 떠올려 보았다. 누렇거나 벌겋거나 퍼렇거나…, 남자의 얼굴에서 그런 징조를 보았는지를 생각해 보았다. 그러나 이상하게도 도무지 그의 인상이 떠오르지 않았다. 너무 가까이 있어 늘 존재를 잊어버렸던 사람처럼. 그동안 남자는 아무것도 드러내지 않았다. 남자의 표면에서 읽어 내려 했던 것은 그가 보여 준 것이 아니라 그녀가 보아야 했던 어떤 모습이었을 뿐이었다. 남자의 낯빛은 결코 바뀌지 않았지만 그녀는 분명 잃어버린 무엇을 그에게서 찾고 있었던 게 분명하다.

은수는 버스 정류장을 향해 걸어가며 계속 남자를 떠올렸다. 그 길에서는 바다가 보이고, 굴지의 조선회사가 보이고, 그 회사가 운영하는 백화점이 보이고, 그 회사 소유의 호텔이 보이고, 그 회사의 사원들을 위한 예술회관이 보이고, 그 회사 사원들이 살고 있는 사택이 보이고, 또 그 길에는 공원을 끼고 그들 군주국에 엎드려 먹고 사는 상점들이 늘어서 있다. 늦은 오후의 거리는 술렁거림을 품고 있었다. 건조 중인 배 뒤로 검푸른 바다가 출렁거렸다. 파도에 출렁이는 배처럼 곧 길 위에는 사람들로 출렁거릴 것이다. 살아가는 일이야말로 출렁이는 일이 아닐까. 한때 몸과 마음을 다 바쳤던 가치가 꺾이더라도, 때론 욕망에 때론 공허함에 휩쓸리더라도, 거친 물결 위의 배처럼 출렁거릴 일이 아니던가.

퇴근 시간이 임박해지자 하나둘 사람들이 거리로 나오고, 한산했던 거리는 다시 수런거리기 시작했다. 은수는 물결에 휩쓸리듯 자신도 모르는 사이 정류장을 지나쳐 걸어갔다. 자신이 어떠한 구조물을 구성하고 있는지 전혀 알 수 없고, 자신이 거대한 군집의 일원이라는 사실조차 자각하지 못한 채, 수십만 마리의 긴 행렬을 따라 이동하는 개미처럼. 지금 자신이 어디로 이동하는지 전혀 알 수 없었다. 다만 걸어갈 뿐이었다. 어쩌면 남자와 가족을 살해한 남자와 지환은 이 군집에서 이탈되었을 수도 있다. 우리는 모두 자신의 집을 지키기 위해 기꺼이 목숨을 내놓았지만, 군집을 벗어난 개미처럼 먹이를 찾고 운반하는 일에 불과했는지도. 다른 개미의 흔적을 따라가거나, 혹은 다른 개미를 공격하는 일을 할 뿐, 그 길은 최선의 경로가 아니었으며, 마침내 죽음을 맞을 수밖에 없는 막다른 길을 걸어가고 있었던 건 아니었을까.

빽빽한 숲속을 헤치며 은수는 지환을 찾았다. 나무와 이끼와 풀들에 뒤엉켜 죽은 듯 누워 있는 지환을 둘러싸고 개미 떼들이 득실거렸다. 수십만 마리의 개미들이 서로 몸을 연결해 지환을 포위했다. 팔을 뻗어 먹이를 낚아채듯 개미들의 긴 행렬이 지환을 끌고 가고 있다. 은수는 개미의 먹이가 되어 버린 지환을 흔들다 잠에서 깨어났다. 눈을 떴으나 일어날 수가 없었다. 아주 미세한 진동이 은수의 몸을 흔들고 집을 흔들고, 급기야 모든 것들이 한꺼번에 무너지는 듯 흔들렸다. 은수는 흔들리는 것들의 균형을 잡으려 가만히 눈을 다시 감았다. 아, 무너지고 나서야 비로소 보이는 세계. 눈을 감은 채 은수는 지환이 그 세계를 볼 수 있기를 간절히 바랐다. 지환이 방문을 열고 나오기 전까지 결코 저 방문을 열지 않으리라.

지환은 지금 다른 몸에 붙어살면서 영양분을 빨아먹는 기생충이 아니라, 한 마리 개미처럼 더듬이를 뻗어 움직이는 것들의 냄새를 가늠하고 있는 중일 것이다. 지금까지와는 다른 언어로 어쩌면 언어가 아닌 진동으로 소통 중일지도 모른다. 아주 미세한 음파에도 반응하는 식물처럼 모든 살아 있는 것과 교감하고 있을지도 모른다. 생명의 에너지가 분출했던 빽빽한 어린 숲은, 이제 다른 나무들과 공존하기 위해 자신의 일부를 솎아 내는 중일지도.

동물 역시 식물들을 이해할 수 없기는 마찬가지다. 식물이 만든 유기물을 먹어 치우기 위해 너무 많은 물을 퍼부었다. 그것이 식물들로 하여금 숨 쉴 수 없도록, 그리하여 뿌리 내리지 못하도록 만들고 말았다. 식물들은 저마다 요구하는 햇빛과 물과 바람과 온도가 다르다. 물성이 다른 공기와 물이 서로 만나 뿌리를 내리고 숨을 쉬기 위해서는 적당한 시간이 필요하다는 것을 무시해 버렸다. 기다리는 일밖에 할 수 없다. 가벼워질 대로 가벼워지면 천천히 흠뻑 비를 맞기 위해 지환은 밖으로 나올 것이다.

평일 한낮의 도로는 여전히 막히고 사람들은 저마다 분주하다. 병원으로 향하는 버스 속에서 은수는 유독 자신만이 이 도시에서 유배당한 듯한 느낌을 떨칠 수 없었다. 창밖에는 흐드러졌던 꽃들이 지고, 꽃들이 진 자리에 꽃보다 더 싱그러운 잎들이 돋아나고, 그 잎들이 짙어져 숲이 완성되고 있었다. 계절이 흐르고 있는 창밖을 바라보며, 개미 떼가 끌고 가는 커다란 벌을 떠올리고 매미를 떠올리고 나뭇잎을 떠올리고, 주검을 끌고 가는 개미 떼 위에 떨어지는 더 큰 나뭇잎을 떠올렸다. 그리고 남자를 떠올렸다.

증축한 새 병동으로 옮긴 강의실은 더 밝고 넓었지만 남자는 보이지 않았다. 응급실과 장례식장과 약국 앞으로 일개미들이 분주히 같은 동선을 돌며, 자기 몸보다 몇 배나 더 큰 나뭇잎을 나르고 죽은 매미를 나르고 벌을 나르고 잠자리를 나르고… . 남자가 앉아 있던 자리에는 군집에서 이탈된 또 다른 개미가 지나간 남자의 흔적을 더듬으며 냄새를 맡고 있는 중이었다. 은수는 조용히 강의실을 빠져나왔다.

병원 로비의 대형 화면에는 주택 경기가 살아날 조짐을 보이고 있다는 경제 뉴스가 흘러나오고, 새로 짓는 아파트의 모델 하우스에 몰려드는 사람들의 모습을 비추었다. 단맛에 불개미 떼들이 까맣게 몰려들었다. 자신이 거대한 군집의 일원이라는 사실조차 자각하지 못한 채 긴 행렬을 따라 이동하는 사람들. 그 맹렬한 대열에 언뜻 스치고 지나가는 낯익은 얼굴. 병원 문을 나서며 은수는 계속 그 얼굴을 떠올렸다. 가물가물 그러나 도무지 떠오르지 않는 얼굴. 떠올릴수록 남자의 얼굴은 점점 더 멀어져 갔다. 멀어지는 시선 저 건너편으로 누군가 훌쩍 건너갔다. 거기 남자가 걸어가고 있었다. 호텔 주차장에도 백화점 앞에도 버스 안에도 커피하우스에도 편의점에도 그리고 골목길에도… .

거짓말 거짓말 거짓말

청각으로 감지할 수 없는 소리를 눈으로 보는 듯한, 소리라기보다 미세한 떨림이 전해졌다.

'*다시 돌아올 거라고 했잖아. 잠깐이면 될 거라고 했잖아. 여기서 있어라 말했었잖아. 거짓말 거짓말 거짓말…*.'

꽉 찬 침묵을 뚫고 들릴 듯 말듯 읊조리는 남자의 목소리가 마치 보이스오버 같았다. 테런스 맬릭의 〈천국의 나날들〉의 내레이션처럼, 영상과 사운드가 분리되어 서사를 전개하듯 남자는 내 귀에다 입술을 바짝 대고 속삭였다. 네가 믿고 있는 건 모두 거짓말이라고. 나는 귀속으로 더 깊숙이 이어폰을 밀어 넣으며 리플레이 버튼을 눌렀다.

다시 가사歌辭를 읽기 시작했다. 읽을수록 의혹은커녕 의혹에 대한 확신까지 들었다. 나는 왜 이 여성가사를 선택했던가. 더 이상 선택의 여지는 없단 말인가. 서늘한 그늘을 드리운 늦은 오후의 도서관. 참고도서를 찾는 동안 분주한 걸음으로 L이 내 앞을 지나갔다. 한 치의 흐트러짐 없이 사열하고 있는 인문학도서 책꽂이 옆으로 나는 바짝 의자를 당겨와 앉았다.

미루고 미루다 결국 맡게 된 발제였다. 고전도 근대도 아닌 개화기의 여성가사를 선택한 것은 두말할 것도 없이 문맹 때문이었다. 외국어는 물론 한자와 고어에 이르기까지 그 어느 것 하나 자유로울 수 없는 문맹자임을 나는 깊이 절감하고 있었다. 텍스트는 그 모든 언어가 아니었지만 그와 다를 바 없었다.

운문과 산문의 중간 형태. 오래전 들은 자장가나 한탄가 같기도 한, 아주 낯설다고는 할 수 없는 노래였다. 무엇보다 작가의 특수한 체험이라는 점. 삶의 도약이나 극복이라는 이름으로 치장된 욕망이 텍스트 밖으로 툭툭 튀어나왔을 뿐, 도무지 서사의 진실이 전해지지 않았다. 그러니까 정서적 미감을 자극하지도 문학적 완성도도 매혹적이지 않다는 말. 인간이 아름다움을 느끼는 것이 내용이 아닌 표현의 형식이라 할지라도 묵은 관념이 신 김치처럼 군내를 내며 그에 슬슬 시비를 걸어오기까지 했다.

가사가 시비를 걸어온다? 그렇다면 감응한다는 말? 그럴 리가. 내 문맹은 문자가 아닌 뜻을 못 읽어 내는 데 있었는지도 모를 일이다. 그러니 문제는 단지 문맹이 아니었던 거다.

버스는 꼼짝하지 않았다. 겨울 내내 촛불과 태극기의 물결로 출렁거렸던 광장에 무지개 깃발을 든 동성애자들의 퀴어 퍼레이드가 진행 중이었다. 갑자기 몹시 궁금해졌다. 불통의 통치자와 그녀의 사십 년 지기 여인. 그들은 과연 어떤 관계였을까? 탄핵의 정국 속에서 정작 내가 알고 싶었던 것은 그녀들의 사생활이 아니던가. 그렇다. 나를 불온하게 만든 것은 스멀스멀 올라오는 작가에 대한 불순한 호기심, 바로 그거였다. 나는 이미 이 발제문을 쓸 수 없을 거라는 걸 알았다.

L을 보자 마음과는 달리 먼저 피식 웃음이 새어 나왔다. 긴장 되는 순간 되레 반하는 행동을 하듯. 웃음을 참으려 지그시 아랫입술을 깨물었다. 그 난감한 순간, 또다시 웃음이 새어 나왔다. 이런 나를 간파한 듯 L이 냉정한 어투로 꼬집었다.

"미꾸라지처럼 빠져 달아나더니 이제 구렁이처럼 슬쩍 담을 넘는다 이거지?"

이미 발제를 못할 거라는 것을 알고 있는 듯한 눈빛. 꿰뚫어 보는 저 눈빛을 보고 있으면 나는 또 무너질 게 뻔하다.

"내가 누군가에게 웃으며 말하는 건 무관심하다는 거야. 만약 화를 내거나 냉정하게 말한다면 그 반대일 거고…."

언젠가 L이 말했다. 큰 키만큼이나 상대를 제압하는 말투. 그녀에게선 늘 상대를 사로잡는 어떤 에너지가 느껴졌다. 그게 눈빛이었는지 목소리였는지는 모르겠지만, 불합리를 경계하고 방어하는 태도라고 할까. 아무튼 L에게는 자신을 자신답게 만드는 강렬한 포스가 있었다. 내게 선택장애가 있다고 말했을 때, 그건 선택의 문제가 아니고 선택의 불확정성 같은 거지, 라고 그녀가 말했다. 그리곤, 어떤 선택을 하든 만족과 불만족은 상존하기 마련이거든. 만족은 쉽게 잊히고 불만족만 남는다는 게 문제야. 넌 그게 두려운 거지, 라고 덧붙였다. 친절하지 않지만 군더더기 없는 어투. 그녀가 그 말을 할 때 어딘지 모르게 무얼 겨냥하는 듯한 뒷맛이 느껴졌다.

그녀 앞에서 나는 왜 모든 것이 서툴까? 두서없는 말과 실수투성이 행동들. 그럼에도 불구하고 그녀와 공통분모가 있는 듯한 느낌. 잘 웃지 않는 것, 무뚝뚝한 것, 관심이 없는 것, 이해를 구하지 않는 것, 설명이 길지 않은 것 등등.

그러나 관찰자의 입장에서 보면 그건 확연히 다른 모습으로 보일 것이다. L은 자신을 향해 있고 나는 상대를 향해 있다는 것. 자신을 향한 L의 태도가 확고할수록 상대를 향한 내 방식은 오히려 나 자신을 드러낼 뿐이라는 사실 말이다. 말하자면 확고함과 비열함의 차이라고 해야겠지? 맞다.

내가 그런 척 행동하는 것은 열등감으로 똘똘 뭉친 나를 감추기 위한 피상적인 가리개에 불과하다. 감추려 들수록 드러나기 마련. 자기 관리에 혹독하거나 자기 부정이 심하거나, 우리의 공통분모는 이렇듯 양극단으로 극명하게 드러났다. 내게는 없고 L에게는 있는 것들.

나는 점점 L을 이상화시켰다. L에 대한 내 관심은 눈사람 같아서 굴리는 동안 한없이 커질지도 모른다. 내가 L에게 사로잡혔다면 L이야말로 나를 훤히 들여다보았다는 말. 기실 이 위험한 통찰을 무엇 때문이라고 꼭 꼬집어 말할 수는 없으리라. 어쩌면 그 모든 것 때문이 아니라 뭔지 모르게 이끌리는 자력 때문인지도 모르니까. 여전히 L과 나는 새 떼처럼 혹은 물고기들처럼 일정한 거리를 두고 있다. 서로는 부딪치지 않을 만큼의 간격.

아무도 없는 세미나실, 성큼성큼 L이 다가온다. 그녀는 침입자처럼 용의주도하고 겁먹은 나는 문 쪽을 주시한다. 햇살이 한쪽 벽면에 비스듬히 누웠고 그녀의 희고 커다란 손이 내 몸을 천천히 페팅하기 시작한다. 세상에서 허락하지 않은 사랑. 그래서 더 간절하고 순수한 사랑이 나를 적시고 무너트리고 후려치고, L은 더 강하게 파고든다. 저항은 불가능하다. 완전히 다른 두 개의 소리가 하나로 공명하듯 위반의 에로티시즘은 더 위태로워지고, 나는 아직 오지 않은 손길을 갈망하며 점점 그녀에게로 빨려든다. 햇살은 창문 쪽으로 비껴가고 급하게 몸을 틀어 그녀의 입술을 밀어내는 순간….

아, 이 홀림, 이게 뭔가. 눈을 뜬 채 환상에 사로잡혔던 게 아닌가. 나는 당혹감과 수치감으로 고개를 가로저었다. 온몸이 마비된 듯 꼼짝할 수 없었다. 칸막이 건너편 L에게서 여전히 믿기지 않는 에너지가 전해지고 내게서 그만큼의 에너지가 빠져나갔다. 그녀에 대해 모든 걸 알아버린 듯한 착각과 동시에 희망과 절망 양극단의 줄이 팽팽하게 당겨졌다. 그러나 L에게 말을 걸 수는 없다.

나는 왜 그녀에게 몰두하는가? 이 환각의 정체가 뭔가? 그녀와 나 사이를 운명적이라고 말할 수 있을까…? 아, 난 무언가 혼동하고 있는 게 분명하다. 책상 위 컴퓨터 모니터에서 순간 '에러'창이 번쩍이다 곧 화면 전체가 꺼져 버렸다. 에러, 하고 나도 모르게 낮게 내뱉었다. 맞은편에서 L이 뚫어지게 나를 쳐다보았다.

"오류와 거짓말은 다르지."

잠시 정적이 흘렀다. 그 정적은 조금 전 어떤 일이 일어났는가를 상기시켰다. 나는 마치 범죄자처럼 떨며 그녀의 다른 말을 기다렸다.

"있는데 없다고 생각하는 게 에러야."

몸을 타고 모호한 파장이 퍼져나갔다.

"없는데 있다고 믿는다면…."

난 담담하게 말했지만 그것 역시 오류, 라는 말을 하지 못했다. 여전히 몸은 미세하게 떨렸다. 일체의 혼동이 서서히 침묵으로 바뀌었다. 침묵 속에서 나는 물결에 흔들리는 달그림자를 잡으려 물 속으로 걸어 들어가고 있었다. 실내로 깊숙이 들어온 햇살이 금단의 유혹에 휘감긴 듯 자욱했다.

사고였다. 사고였음에도 내 정신은 비상식적으로 또렷했다. 변한 것은 아무것도 없다. 그러나 모든 것은 다른 모습으로 존재했다. 내가 뭘 잘못 인식하고 있는가, 아니면 인지 불가 상태인가…. 집요하게 나를 괴롭히는 것이 환상이 아닌 환상을 불러일으킨 요인이라는 점. 이 상황을 특별하게 인식하거나 다른 패턴으로 보게 만들 용기도 믿음도 없는 상태에서 나는 나를 의심하고 또 의심했다. 이건 상식이나 비상식의 문제가 아니지 않은가. 근데 왜 윤리의 틀 안에 구속되어야 하지? 만약 병적인 정신 상태라면, 그러니까 에러상태라면 게임은 더 이상 실행되지 않을 것이고 재부팅을 해야 할 것이다.

컴퓨터를 다시 켰다. 포털 사이트에는 무능하고 불통인 채로 권좌에서 밀려난 통치자와 무능하고 불통인 통치자를 통치한 또 다른 여자에 대한 뉴스뿐이었다. 대중에게 결코 속을 드러내지 않았던 군주와 욕망의 광기였을 뿐 그의 군주를 다치게 할 생각은 아니었을 여자. 그들은 한결같이 거짓말을 했다. 밖으로 드러나지 않도록 꽁꽁 닫아 버린 그들의 왕국에서는 위반, 그 자체에 대해 아무런 죄의식이 없었을까. 상대를 설득시키지 못하면 결국 힘을 쓰기 마련. 거짓말이야말로 가장 뻔뻔한 무기가 아니었을까. 온갖 상념들이 머릿속을 떠돌았지만 여전히 난 이상한 괴물이 된 느낌을 지울 수는 없었다.

어느 순간 불쑥 내 의식을 뚫고 들어와 엄청난 혼란에 빠트리게 한 사건. 증명할 수 있는 건 아무것도 없다. 설명할 수도 이해를 구할 수도 없는 수많은 의심들이 일어나고, 맞는가? 아닌가? 그 모든 의심에 대한 질문은 오직 L에게로 향했다. 나도 모르게 생기는 집착을 들키지 않으려 나는 앞으로 더 위험한 거짓말을 할 것이다. 그녀 앞에서 더 웃지 않고 무뚝뚝하고 관심이 없는 듯 이해를 구하지 않고 설명을 달지 않으며.

도서관 홈페이지를 통해 다음 학기 '고전문학 세미나'가 공지되었다. 난 고개를 가로저었다. 하지만 등록 마감일이 다가올수록 안절부절못했다. 기어이 등록 클릭을 해 버린 건 순전히 무기력증 때문이었다. 이유 없이 가슴이 두근거리고 까닭모를 불안감과 함께 알 수 없는 분노가 일었다. 무력증은 심각했다. 정신과 육체가 따로 노는 분리 상태가 지속되면서 나는 하나의 커다란 슬픔 덩어리로 변해 갔다. 심신의 균형이 깨진 상태에서 비정상적인 증상이 번갈아 일어났다. 무기력증만큼이나 한편으로 지나치게 격렬해졌다. 굳이 따져 묻는다면 까닭을 모를 리 없는 이상한 불균형이었다.

나는 환각의 이미지에 강박적으로 몰두했다. L의 사소한 말 한마디 행동 하나에서 의미를 찾으려는 편집증이 심해지면서 밤마다 사나운 꿈에 시달렸다. 이쪽도 저쪽도 갈기갈기 찢기고 만 싸움터였다. 무엇을 위한 전쟁인지도 모르면서 총알받이로 서 있거나 누군가를 향해 총을 쏘아 버린, 그런 꿈이었다. 아무것도 하지 않으면서 발작하듯 피로감이 몰려왔다. 삶의 가치나 목적을 잃어 갈수록 더 빳빳하게 고개를 쳐들고 올라오는 추잡한 본능. '커밍아웃'이 목숨과 직결되는 중대한 문제라면 '아웃팅'은 더 무서운 협박이 아니겠는가. 이쪽도 저쪽도 모호한, 그러나 그 모호한 정체는 생각이 반복되면서 점점 기정사실화 되었다. 거센 바람을 따라 휘어지는 나무처럼 내 몸이 L쪽으로 맹렬하게 방향을 바꾸었다.

인간은 자신을 설득하는 일에 수고가 많은 존재가 아닐까? 밤새 저린 다리를 끌고 화장실을 들락거리며 나는 생각했다. 이 비정상적인 무력감에서 헤어나기 위해선 지금과는 다른 내가 되어야 한다고. 나를 등질 때에만 나를 만날 수 있다고. 참으로 기이한 논리를 붙잡고 그 밤도 나는 혼성듀오의 노래를 듣고 또 들었다. 무심한 듯 간절하게 흩어지는 여자의 목소리. 눈을 감고 내밀한 소리를 쫓아갔다. '*물끄러미 선 채 해가 저물고, 웅크리고 앉아 밤이 깊어도, 결국 너는 나타나지 않잖아. 거짓말 거짓말 거짓말*….'

사랑의 감정에 도사리고 있는 비밀들. 모순을 내부에 가두어 둘 것. 내보이지 않을 것. 뻔뻔한 무관심으로 일관할 것. 여기서 밀려난다면 영영 관계 속으로 들어가는 일이 쉽지 않을지도 모르니까. 나는 한 마리 짐승처럼 웅크리고 있다. 우울과 불안으로 더 말이 없어진 나를 L이 날카롭게 쏘아붙였다.

"뭐, 정신이 육체를 다스린다고? 어림없는 소리야. 육체야말로 정확하게 정신을 말해 주지. 몸은 순간의 표정을 드러내기 마련이거든."

L의 말이 끝나기도 전에 나는 자리에서 벌떡 일어났다. 그의 곁에 머물러 있어서는 안 된다고, 끝없이 추락할지도 모른다고. 골목길을 돌아 달아나면서 정작 스스로 경계를 확정할 수도 그녀를 경

계할 수도 없다는 사실을 깨달았다. 그러니까 적당한 거리를 유지할 수도 달아날 수도 없다는 생각을 했던 것이다.

그녀는 벌써 알고 있었던 거다. 이미 내가 이상한 불균형의 상태라는 사실을. 내 입에서 나오는 말이 거짓말이라는 것을. 아니, 악취를 풍기는 괴물로 쳐다볼 다른 사람들의 시선이 무서운 거라는 것을. 그렇다. 나는 두려웠다. 다른 사람에 의해 치워 버려질 잉여물이 되지 않을까, 하는 불안에 짓눌려 있었다. 무력감은 차츰 패배감과 자괴감으로 변했다. 만약 다른 선택을 한다면 지금의 상황보다 더 나쁜 쪽으로 한없이 추락할지도, 다시는 제자리로 돌아올 수 없을지도 모른다는 위기감마저 들었다. 그러나 머릿속은 온통 L 생각밖에 없었다.

한밤중에 L에게 전화를 걸었다. 나는 미안하다는 말을 되풀이했다. 작가에 대한 의심이 작품을 덮어 버려 더 이상 텍스트로 삼을 수 없다는 변명을 늘어놓았다. L이 신경질적으로 말을 끊어 버렸다.

"뒤집는 거야. 그러니까 다르게 뒤집어!"

L의 어조는 마치 선동자 같았다. 아무 근거도 없이 무얼 뒤집으라는 건가? 수화기를 든 채 딴생각을 하고 있는 사이 L의 반응이 맹렬하게 전해졌다.

"물줄기가 바뀌는 거지, 물의 방향이. 내용이든 형식이든 무슨 상관이야."

L의 선동은 작품이든 작가든 구분할 게 아니라는 말 같기도 했다. 문학작품은 작가의 경험의 산물이라는 것. 뭐, 영 틀린 말은 아니다. 문제는 발제 텍스트로 삼은 가사에 대해서 조금도 관심이 없다는 데 있었다. 내가 오리무중인 작가의 사생활만을 들추어낸다면

그건 마땅히 가십거리일 뿐, 더구나 확실한 근거도 없는 것을. 근데, 조금 후 L의 말이 다르게 해석되었다.

'뭐가 문제야? 다른 사람들의 혐오와 차별이 문제라는 거야. 사랑은 혐오보다 강해.' 그 생각에 미치자 나는 순간 공격적으로 돌변했다.

"뭘? 어떻게? 그게 가능하다고 봐?"

한참동안 L은 말이 없었다. 툭 던져 놓고 아무런 상관도 하지 않는 것처럼. 그녀의 반응이 즉각적이지 않은 것만으로도 우리 사이를 의심하기에 충분했다. 나는 뭔가 더 자극적인 말을 해야 할 것 같았다. 내용도 형식도 없는, 더 충동적인 말을. 그때 L의 목소리가 단호하게 전달되었다.

"상식이 세상을 지배할 것 같아? 그걸 확신하는 순간 길을 잃게 돼."

내가 그녀의 진의를 의심하는 동안 L은 다시 의심하기만 하면 변화할 수 없다는 애매모호한 말을 하고 전화를 끊어 버렸다. 관용이라곤 전혀 없는 통치자가 되어.

대부분의 여성가사는 익명으로 작가를 확인할 수 없는 필사본으로 유통되는데, 여성가사가 쓰이기 시작한 이래 개인의 작품으로는 보기 드물게 다작을 남겼을 뿐만 아니라 실명으로 생전에 작품집을 냈다는 점. 작품집의 서문과 발문에 당대 인사들의 칭송이 자자했다는 점. 문학통사에 그 사실이 명기되어 있다는 점 ….

어딜 보나 터무니없는 억측으로 작가를 매도하는 건 예의가 아니었다. 그건 공부하는 자세도 세미나의 방향도 아니거니와, 예술과 인간을 구분하지 못하는 단지 남의 허물이나 헐뜯는 속물에 지나지 않을 테니까. 나는 불합리에 대해서 논쟁을 벌이거나 정의에 반하는 문제를 공포할 만큼 결연함이 있는 것도 아니었다. 그렇다고 선동자에 의해 상대를 혐오하거나 경멸하는 유도 아니었다. 그 정도로 배짱이 있거나 또 함부로 선동되는 인간도 아니라는 말. 그게 문제였다. 문제를 문제 삼을 용기가 없음에도 불구하고 끊임없이 의심을 품는다는 것.

개화기의 한 독신여성이 몰락한 가문을 회복시키고자 불혹의 나이에 상경한다. 그 후 궁으로 들어가 비의 총애를 얻고 훗날 황태자가 된 서자의 보모가 되었다. 황제의 명으로 조상이 신원되면서 가문의 복권이 이루어지고 선조의 억울한 누명을 벗게 된다. 이후에 영왕이 된 황태자가 볼모로 끌려가면서 궁에서 나오게 되고 엄청난 재력가가 되어 인재양성에 힘쓴다.

가사는 대강 이런 맥락의 노래들이었다. 왜 사람들은 그녀의 가사를 그토록 격조 높다고 평가했을까? 거칠게 밀어닥치는 불가항력의 물결에도 굴하지 않고 모든 통찰력을 입신에 집중함으로써 자신이 간절히 소유하고자 했던 것을 이루어 냈을 뿐이지 않은가. 인생무상을 노래했지만 진정으로 생의 무상을 직면했던가. 죽음은 곧 한 세계의 끝을 의미하지 않는가. 이미 죽은 원혼을 다시 불러내어 신원설치를 한다고 하여 죽은 자의 원통함과 부끄러움을 씻어 버릴 수 있을까. 그 끈질긴 욕망은 자신에 대한 집착이며 스스로 존재에 대한 가치를 매기는 것일 뿐이지 않은가 …. 걷잡을 수 없이 커져가는 의심들. 나는 책장을 덮어 버렸다.

휴게실 창가의 자리에 L의 백팩이 놓여있었다. L이 화장실 쪽에서 걸어 나왔다. 그녀가 자리에 앉자 나도 모르게 불쑥, 아니라고, 그게 아니라고 얼버무리다가, 그러니까 가사는 아닌 것 같다고, 다시 얼버무렸다. 그렇게 말해 놓고는 분명하지 않은 목소리로 모르겠다, 고 말했다. 그 말을 하면서 정작 내가 모르는 것이 가사인지 L인지 나인지 헷갈렸다. 시인지 노래인지 알 수 없을 만큼 L의 표정도 알 수 없었다. 내 말을 듣는 둥 마는 둥 L이 다시 다그쳤다.

"뭘 그렇게 복잡하게 만들어."

말투는 여전히 거침없었다.

"그냥 본능에 충실하라고. 인문학이니 뭐니 하며 허접한 지성, 아니지 이성의 탈을 쓰지 말고, 느낀 대로 말하라고. 강렬한 느낌, 글쎄 그게 뭔지. 그걸 구분하려 들면 꼬여. 뒤집지 못해!"

나도 모르는 사이 내 입에서 낮은 탄식이 흘러나왔다. 그녀가 나를 향해 돌진하고 있는 게 아닌가. 저토록 무자비하게 밀어붙이다니. 저토록 위험한 지적을 하다니. 충격적이었다. 그녀의 관심을 기대했지만 막상 나는 응수할 힘을 잃어 버렸다.

L은 우리 사회의 강고한 장치를 모두 벗어던진 채 더 강고한 모습으로 서 있었다. 그로부터 멀리 달아나야 한다고 작정했던 것이 순식간에 제자리로 되돌아가 버렸다. 그를 향한 내 감정이 주춤해진 줄 알았으나 웬걸, 내 속에 숨겨진 거대한 마그마가 다시 꿈틀거리기 시작했다. 그녀를 거부하는 건 아무것도 하지 않으면서 희망에만 매달려 있는 것과 뭐가 다른가.

나는 주변을 살펴보았다. 내 감정을 솔직하게 털어놓았을 때 비정상적으로 바라볼 냉혹한 시선들이 어른거렸다. 어떤 행동을 하든 손가락만 쳐다볼 사람들 앞에서 애써 달을 가리킬 용기가 내게 있는가. 다시 혼란스러웠다. 그러나 문제를 피할 수만은 없는 노릇. L을 향해 무슨 말인가 해야만 할 것 같았다. 그때 휴대폰의 진동이 부르르 떨었다. K였다. 벨소리를 무음으로 돌리고 휴대폰을 가방 속으로 집어넣었다. L과 나 사이도 무음 상태로 돌아가 버렸다.

유리창 너머로 요란한 사이렌 소리와 함께 구급차가 지나갔다. 그 순간 알 수 없는 설렘과 흥분이 일었다. 이 위급한 순간에 일어나는 흥분의 정체는 뭔가? 문제가 뭔가, 라고 L은 재차 묻지 않았다. 순서를 미루어 달라고, 아니 대신 발제를 맡아달라는 말은 꺼내지도 못하고 나는 고개를 떨어뜨렸다. 그 밤 혼성듀오의 목소리는 거의 체념에 가까웠다.

'*찬바람에 길은 얼어붙고, 우우~ 우~ 우우~ 나도 새하얗게 얼어버렸네, 우우~ 우~ 우우~*'

버려진 것인지 헤어진 것인지 모를 모호한 가사歌詞가 되풀이되었다.

조선조 가사문학이 대부분 개화기 이후 소멸되어 갔으나, 어느 장르보다 방대한 양으로 조선조 여인들의 삶과 정한을 노래한 여성가사는 현재까지도 영남 지역의 부녀자들에 의해 그 명맥을 유지해 오는 여성문학이다. …

나는 비문투성이의 초안을 썼다가 지워 버렸다. 의문투성이인 삶의 궤적만큼이나 어지럽게 머릿속을 떠다니는 의심들. 그 많은 재산의 출처는 어디인가? 왜 혼인의 여부를 은폐했을까? 왕실과의 인연은 어떻게 이루어졌는가…? 가문과 왕실을 향해, 때론 범람하고 요동치는 고뇌마저 자신의 욕망 때문이라고, 나는 텍스트를 그렇게 읽고 있었다. 뭔지 모를 분노 같은 게 치밀었다. 나는 가사가 아닌 한 여인을 추적하고 있음이 분명하다. 나 자신을 부정하면서 나는 왜 다른 사람의 부조리만 보려는 건가. 불순하기로 치면 그건 단연 나 자신이 아니겠는가.

저녁 무렵 K에게서 다시 전화가 걸려왔다. 왜 전화를 받지 않느냐고 그가 다그쳤다. 다그칠 사이이긴 하냐고 반문하며 내가 다그쳤다. 거절할 틈도 주지 않고 K가 서둘러 약속 장소를 잡았다.

약속 장소에 그는 아직 도착하지 않았다. 나는 휴대폰을 꺼내 뉴스를 검색했다. 영화보다 더 영화 같은 팩트. 보수 정권이 탄핵되면서 그 정권의 부역자들이 줄줄이 수감되었다. 그들이 저지른 부정과 부패는 자신들의 잘못이 아니었다. 윗선의 지시거나 모르거나 단지 관행일 뿐, 진실은 어디에도 없었다. 과연 촛불의 정의는 실현될 것인가. 대중을 위한 무리한 복지정책으로 진보 정권은 경제적 파탄을 초래하지 않을까 … . 이런저런 생각들로 골몰해 있을 때 K가 들어왔다. 꺾인 허리가 거짓말처럼 절반 정도 펴져 있었다. 앞에서 보면 거의 정상적으로 보일 만큼.

“많이 좋아진 것 같아요.”

“기후 덕분인지, 운동 때문인지, 모르겠어. 약 버린 지 오래됐어. 자연식품으로 대체했지. 아무튼 좋아지고 있어.”

멋쩍게 웃는 얼굴 위로 생기가 돌았다. 여행사를 운영하는 선배의 권유로 여행가이드 일을 시작했다고 그는 말했다. 나는 그 일이 가능하냐고 물었고, 그는 대답 대신 오랜 연인처럼 익숙하게 차를 주문했다.

펀드매니저였던 K가 미국으로 떠나면서 차츰 소식이 끊어지게 되고 자연스럽게 우리는 멀어졌다. 새로운 연인이 생겼다는 것도 그가 강직성척추염을 앓고 있었다는 사실도 나는 까맣게 몰랐다. 꽤 시간이 흐른 후 뻔뻔하게 그가 이별을 통보해 왔을 때, 밋밋했던 우리 사이가 이별을 통보할 만큼 친했나? 비로소 나는 우리 사이를 의심했으니까. 그런데 그가 다시 돌아왔다는 소식을 전해들은 것은 내가 학원 강사를 그만두고 새롭게 살아갈 궁리가 길어지고 있을 때였다. 입원해 있는 병원을 수소문해 그를 찾아갔지만 이미 정신과병원으로 옮긴 후였다. 면회는 차단되었고 그의 행적이 모호해졌다. 모호하긴 나 역시 마찬가지였다. 근황을 알 수 없게 되자 마치 그가 연인인 것처럼 느껴졌으니.

바로 이 찻집이었다. 허리가 굽은 그를 다시 만난 것이.

통증이 심해질수록 정신은 더 황폐해졌다. 인생이 끝났다고 느낄 즈음 그는 정신과병원으로 옮겨졌던 것이다. 절망의 끝에서 더 이상 병과 싸울 수 없다고 판단했던 거지. 오직 건강이 회복되기만을 기다리며 모든 것을 유예시킬 수만은 없었어. 때론 희망을 놓아야 해. K는 그렇게 말하고는 몸의 중심이 꺾였지만 마음의 중심을 세우려는 듯 자세를 고쳐 앉았다. 여전히 자신과 맹렬히 싸우고 있는 듯 보였다. 왜 이 고통스런 고백을 나에게 하는 걸까? 이 고통에서 빠져나오려는 의지를 왜 나에게 밝히는 걸까? 내가 그의 연인이었던가? 머릿속이 복잡했다. 더는 말하지 않아도 나는 그를 듣고 있었다. 고개를 숙인 채.

그리고 얼마 후 K는 태국으로 떠났다. 나는 새 직장을 구했고 또 새 직장을 그만두었다. 그 사이 도서관 고전문학 세미나를 신청했고 거기 근무하는 L을 만났다. 그리고 나는 매일 도서관엘 갔다.

차를 마시면서 K는 대뜸 외롭지 않느냐고 물었다. 나는 한참 후, 요즘 엉덩이 안 아파요? 하고 물었다. 밤새 엉덩이가 아팠다는 그에게, 간간이 가슴이 아프다는 그에게, 왜 가슴이 아플까? 엉덩이가 왜 아프지? 야한 농담이라고 받아친 기억이 떠올랐기 때문이다. 의외로 그는 아무렇지도 않게 대답했다. 그게 초기 증상이었던 거야. 초기 치료시기를 놓쳤던 거지. 과로에 시달리면서 ⋯. 그러면서 그는 모호한 표정을 지었다. K의 표현대로 그가 '야한 농담'을 꺼낸 건 내 앞의 차가 식기 전이었다. 이야기를 하는 내내 K의 얼굴에는 미안함인지 안타까움인지 모를 옅은 웃음이 흘렀다.

따뜻한 곳을 찾아 간 이국생활은 괴로웠고 외로웠어. 밤마다 근처 바에서 술을 마셨지. 바에 근무하는 녹과는 외로움만큼이나 급속도로 친해졌어. 촉촉한 눈빛, 여리디 여린 살굿빛 피부, 얌전한 어깨를 들썩이며 웃는 달콤한 목소리. 그 어느 것 하나 나를 자극하지 않는 게 없었어. 어딘지 모르게 불안해 보이는 표정이 더 마음을 사로잡았다고 할까. 그녀를 만나고 오는 밤이면 ⋯ 참을 수 없었으니까. 그 말을 하면서 K는 나를 한번 흘깃 쳐다보았다. 근데 뭔지 모르게 이상했어. 비정상적이고 비현실적인 어떤 불균형의 상태가 조금씩 감지됐거든. 그럼에도 빠져들 수밖에 없는 불가피한 상태였던 거지. 문제는 내가 그녀에게서 완벽한 아름다움을 보기로 작정했다는 거야. 그녀의 매혹에 몰두해 있는 동안 희망 같은 것이 보였거든. 나를 잊어버리고 나를 되찾는 느낌. 내 등이 조금씩 펴지는 느낌이 들었어. 무지한 상태에서 빠질 수밖에 없는 사랑을 녹에게 고백했지 ⋯.

그의 말들이 영화 속 대사처럼 들리고 나도 모르게 묘한 상실감마저 느껴졌다.

K의 말대로라면 녹의 미모가 거의 치명적이었다는 것. K에게 그 사실이 오히려 이상한 느낌을 떨칠 수 없게 만들었다는 것.

그래서 그는 선배에게 물어 보았다고 했다. 그녀에 대해서. 자신이 느끼는 이상함에 대해서. 그 이상함이라는 것이 자신으로부터 비롯된 것인지 아니면 녹의 아름다움 때문인지.

"미모가 지나치면 함부로 범하지 못하지. 믿기지 않으면 한번 범해 봐." 선배의 말이었어. 두어 시간째 격렬하게 애무했을 뿐 더 이상 진척이 없는 거야. 아니, 녹이 허락하지 않았다는 말이 맞겠지. 참을 수 없는 격정에 휘몰리고 완력으로 그녀를 침범하는 순간, 녹이 펑펑 우는 거야. 세상의 모든 불이 꺼진 것처럼. 세상이 무너져 내린 것처럼. 그제야 녹이 트랜스젠더였다는 사실을 알았어.

"근데 그게 왜 문제죠?"

"그게 문제가 아니라는 거야?"

나는 다소 도전적으로 말했고 K는 그런 나를 의아해 했다.

"뭐가 문제죠? 다른 사람들의 혐오와 차별? 사랑은 혐오보다 강하지 않던가요?"

나는 L을 향해 함부로 짐작한 말을 K에게 내뱉었다.

"상식적이지 않잖아."

"그럼 비상식적인가요?"

나는 K의 말을 되돌리며 변해 가는 그의 표정을 살폈다. 음악소리에 섞여 사람들의 시끄러운 소리로 주변은 어수선하고 당황한 듯 K가 우물우물거렸다.

"불문율, 세상의 불문율…."

"사랑하지 않았던 거네요. 단지 외로웠을 뿐."

K는 나를 향해 너무 독선적인 발언이라고 말하면서도 그저 비아냥거리는 걸로 착각했는지 불쾌한 낯빛을 드러내지는 않았다.

"실망하는 눈으로 보지 마. 너에게 그런 기회를 주기 전 이미 스스로 실망했으니까."

그는 줄곧 녹과의 사랑에 대해서 얘기했지만 '도나우강의 잔물결'이 '사의 찬미'가 되었듯 그의 말이 번안가사처럼 들렸다. 녹에 대한 연민이라든가 애틋함보다는 그 밤의 황당함에 대해서, 그것이 하나의 믿지 못할 사건처럼 들렸으니까. 우리 사이에 그런 격정적인 순간이 없었던 것을 아쉬워하듯 K는 또다시 야릇한 표정을 지어보였다. 그가 함부로 이런 얘기를 내게 하다니. 묘한 분노와 함께 그에 대한 신뢰가 일시에 무너져 내렸다. 그가 그렇게 격렬했던 사람이었나? 이렇게 솔직한 사람이었나? 나는 K에 대해 아는 것이 아무것도 없다는 것을 알았다. 나는 시선을 창밖에 둔 채 중얼거렸다.

"적어도 사랑 앞에선 진지해야지."

"뭐, 그럼 난 진지하지 않다는 거야?"

K가 즉각 반박했다. 의심에 찬 눈으로 그가 나를 쳐다보았다. 잠시 어색한 침묵이 흐르고 그 분위기를 틈타 K가 모호한 말을 늘어놓았다. 교육이론서 《에밀》을 쓴 루소는 가정부를 농락해 낳은 다섯 아이들을 고아원에 버렸다는 것. 여성 해방의 최전선에 선 시몬드 보부아르야말로 정작 자신은 사르트르로부터 독립된 관계라기보단 방치된 존재였다는 것들을. 그가 더는 억지 같은 말을 늘어놓기 전 나는 피치 못할 선약이 있다고 일어섰다. 언제 같이 밥을 먹

자는 그의 청을 미지근하게 미루면서.

세상의 불문율, 그게 어쨌다는 건가. 번잡한 도로를 따라 걸어가면서 나는 계속 그 생각을 했다. 지금 나를 지배하는 것이, 이성인가 본능인가. 세상의 불문율을 거절하면서까지 나를 속이지 않을 자신이 있는가. 이미 L로부터 벗어나지 못하는 것은 아닌가…. 그런 생각들에 사로잡혀 걸어갔다.

어느덧 나는 L의 문 앞에 서 있었다. 스스로도 납득할 수 없는 일이었다. 이런 나를 거부하는 것이야말로 비열함이 아니겠는가. 불문율을 어기고 성큼성큼 그녀에게 다가갔다. 나도 모르는 사이 펑펑 눈물이 쏟아졌다. K 앞에서 녹도 이렇게 울었을까?

L은 놀라지 않았다. 컴퓨터를 켜 놓은 채 옆으로 조금 비껴 앉았다. 막 섹스를 끝낸 후처럼 실내공기는 나른했다. L은 예의 세미나의 튜터가 되어 담담하게 말했다.

"예외적인 유전자에 의해 생명이 진화되어 온 것처럼 기존의 존재 양식을 거역하는 사람들은 언제나 있기 마련이야. 그것도 격렬하게."

그녀가 의자를 조금 더 앞쪽으로 당겼다. 겨우 다잡고 있던 무언가가 터질듯 부풀어 올랐다 금세 사그라졌다. 그녀의 말이 나를 향한 것인지, 근대 전환기라는 사회적 변화기에 사실적이고 구체적인 여성가사의 틀을 벗어나 자아와 세계를 극복하고자 했던 작가의 문학세계를 말하는 것인지 헷갈렸기 때문이다.

"난 대다수 사람들이 살아가는 방식이 꼭 안전한 거라고 보진 않아. 인간이란 원래 위험한 존재들이니까."

L의 목소리는 단단했고, 일방적이라고 일축하기엔 그의 말이 비

상식적이지 않았다.

"의심으로 일관한다면 균형을 잡지 못해."

나에게는 결코 없는 단호한 그녀의 목소리를 들으니 어질어질했던 이상한 불균형이 다시 사라지는 것 같았다. 잿빛 실내, 주위는 조용하고 책상 위 컴퓨터 모니터에서 또 다른 전직 대통령의 얼굴이 번쩍거렸다. 항간에 떠도는 설, 주인 없는 실체에 대한 탐사보도가 흘러나왔다. 목이 마르지 않는데 입이 마르고 계속 입술이 탔다. 그때 L이 다시 발제 얘기를 꺼냈다.

"잡다한 설에 끄달리지 말고, 진실을 봐."

세미나의 튜터로서 균형을 잃지 않으려는 것 같기도 하고 다른 의미인 것 같기도 한, 저 깊이를 알 수 없는 심연. 또다시 안개 속처럼 모호해졌다. 나는 혼자서 술래가 되어 달아난 아이를 정신없이 찾아 해매고 있었다. 그때였다.

"세미나의 방향은 말이야, '한 개인 속에 숨어 있는 그 개인의 본래적 자아'를 찾는 거지. 작품을 통해서."

L이 '본래적 자아'라고 말했을 때 내 몸이 한쪽으로 흔들, 흔들렸다. 갑자기 노선을 변경한 테러리스트처럼 L은 모니터의 전원을 끄고 일어섰다. 내 감정적 요구에는 응답할 수 없는 사람이 되어.

그녀가 단지 세미나의 방향을 애기했을 뿐인데, 뿌옇게 소용돌이치던 정념이 일시에 사라져 버리고, 멈칫거리며 뒷걸음치는 시선을 둘 곳이 없어졌다. 내가 왜 펑펑 눈물을 쏟았는지 혼란스럽게 만들어 놓고 L은 밖으로 나가 버렸다. 모욕감으로 벌겋게 열이 올랐다.

내 과오는, 단지 튜터일 뿐인 사람을 대체불가한 사람으로 혼동한 것이 아닌가. 그녀의 확고함을 다른 것으로 착각한 것이 아닌가.

입국 심사를 통과했지만 수화물 컨베이어 벨트에서 이미 짐이 사라지고 없을 때처럼 아득했다. 그저 아득할 뿐이었다. 가사에 대해, L에 대해, 나 자신에 대해 … . 언제까지나 답을 찾지 못하고 헤맬 것 같은 느낌. 무혈전투를 치르고 있는 느낌이 동시에 들었다.

패잔병이 되어 돌아온 날, 무언가를 시작하거나 끝내기에는 어중간한 시각에 나는 작가에 대한 구구한 억측들을 다시 떠올렸다. 평생 독신이었다는 설, 남편이 있었다는 설, 남편이 부정한 재산을 축적했다는 설, 궁녀로서 권문세가들과 사귀면서 부를 축적했다는 설, 궁중 생활을 하면서 왕비로부터 토지를 받았으리라는 설 … . 설, 설, 설. 단지 설일 뿐인 것들. 그게 뭐라고 거기에 매달려 텍스트를 제대로 읽지 못했던가. 결혼에 대해서도 그렇다. 결혼을 하지 않았을 수도, 결혼을 했어도 아주 짧았거나 결혼 사실 자체를 인정하고 싶지 않았을 수도 있지 않은가 … .

삶의 불가해함과 불가피함. 이를 바라보는 우리의 시선은 결코 객관적이거나 이성적이지 않다는 사실. 우리의 인식 속에 깊이 뿌리내린 것일수록 어떤 증거에도 쉽게 무너지지 않는다는 사실. 그러나 달리 도리가 없는, 지탄받아 마땅한 것들, 그 어딘가에 복재해 있을 진실들 말이다. 어쩌면 그 진실은 사실을 왜곡했을 때 드러나는 것은 아닐까?

출국하기 전 K는 꼭 한 번 밥을 사겠다고 했다. 그를 다시 본다는 것이 왠지 낯설고 조금은 스산하기도 했다. 빨간 바지에 초록색 남방을 입고 K가 나타났다. 누군가의 시선으로부터 자유로워지려는 듯 그는 우스꽝스런 표정으로 어깨를 추켜올렸다. 그러나 굽은 허리는 강렬한 색채에도 우스꽝스런 행동에도 묻히지 않았다. 전에 그는 어느 쪽으로도 치우치지 않는 사람이었다. 그래서 우리의 관계가 미지근했는지도, 그래서 그를 신뢰할 수 있었는지도 모를 일이다. 그러나 이미 그는 기울어지고 격렬해졌다.

상 위에서는 부글부글 매운탕이 끓고 매운 향에 섞여 비릿한 향이 훅, 올라왔다. K가 아직 덜 끓인 뜨거운 국물을 떠먹었다. 비릿함을 없애기 위해서인 듯 연거푸 매운 국물을 입속으로 떠 넣었다. 그는 시원하다고 말했지만 벌써 벌겋게 열이 오른 얼굴에 땀이 올라왔다. 무모와 절제의 양극단이 팽팽하게 느껴지고 그가 점점 더 낯설어졌다.

그러나 정작 낯선 것은 그가 아닌 내가 아니었을까. 문득 몇 해 전 파타야 알카자쇼에서 본 트랜스젠더 공연이 떠오르고, 부채춤을 추며 '강남스타일'을 부르던 여자보다 더 예쁜 여자가 된 이들과 한 번도 본 적 없는 녹을 떠올렸다. 예의 내 관심은 그런 거였다. 연신 땀을 훔치며 후루룩후루룩 매운탕을 먹어 대는 K에게 뭔가 물어볼 말이 비릿함과 함께 울컥울컥 올라왔다. 그러나 예의를 지키는 것이 방어 수단인·것처럼 나는 슬그머니 딴말을 꺼냈다.

"뜨거운 것, 매운 음식 잘 못 먹었잖아요?"

"그랬었지. 근데 몸은 뜨거워야 해."

K는 약 대신 흑생강을 먹는다고 말하면서 증상이 많이 완화됐다고 했다. 그리곤 연신 대단하지, 대단해, 라고 혼잣말을 하며 고개를 끄떡였다.

"뭐가요?"

"일상은 대단한 거야. 매일 조금씩 변화하고 있어."

나는 다시 뭐가요? 하고 물으려다 그만두었다. 그는 내 질문을 짐작한 듯 조금 후 모든 게 다, 라고 말했다.

"모든 게 다. 사태를 파악하는 것과 사태를 수습하는 것은 달라. 이미 닥친 일들이 완전히 괜찮아지기를 기다리는 것만큼 어리석은 일은 없어. 아무 일도 일어나지 않거나 모든 게 다 해결된 상태를 사는 사람이 있겠어? 그러니 함께 가는 거지. 지금 당장 뭘 해야 할지, 그게 중요하니까."

K는 자신이 강직성척추염을 앓을 거라고 생각하지 않았던 것처럼 녹과의 만남도 그런 거라고 말했다. 그리고 휴지를 뽑아 이마의 땀을 닦았다. 그의 말을 듣고 있으니 우연이든 필연이든 만나야 할 사람은 만나게 되어 있고, 만나지 말아야 할 사람을 만나게 되는 것도 운명이라는 생각이 들었다. 나는 K에게 녹에 대해 다시 묻지 않았다. 그가 녹을 진실로 사랑했든, 냉혹한 처지에서 비정상적인 사랑을 했든, 그게 중요한 것 같아 보이지는 않았다. 자신에게 일어난 일을 감당해 내는 일, 기울어져 있는 상태에서 중심을 잡는 일, 한 인간으로 잘 살아가는 것이 중요하다는 말 같아 보였다. 사랑하는 것이 죄가 아니니까.

가스버너의 불을 낮추었지만 국물은 점점 졸아들고, 우리의 시간도 끝을 향해 가고 있었다. K가 먼저 자리를 털고 일어났다. 누군가를 안다고 말하는 것이야말로 얼마나 위험한 짓인가. 내가 알고 있는 K는 단지 내가 알았던 K일 뿐. 지금의 그를 이전에 알았더라도 우리가 이렇게 소원한 사이가 되었을까?

돌아서 걸어가던 K가 뒤돌아보며 잘 지내, 라고 말했다. 잘 지내지 못하면 그게 자기 탓인 것처럼 간곡한 부탁으로 들렸다. 북적대는 인파 속을 밀리듯 걸어가는 그의 뒷모습을 바라보고 있으니 뭔지 모를 것이 명확해지다가 희미해지다가 다시 선명해지다가 흐릿해지다가 결국에는 얼룩덜룩 형체를 알 수 없는 것으로 뒤섞여 변했다. 등 뒤의 시선을 의식한 듯 허리를 곧추세웠지만 어딘지 모르게 균형을 잃고 어기적거리는 걸음걸이. 노인처럼 몸은 자꾸만 앞으로 기울어지고 걸음보다 더 앞서 나가는 상체를 다시 세우며 그는 내처 걸어갔다. 저만치 사라지는 그가 K였다가 L이었다가 녹이었다가…….

여전히 귓속에서는 '*우우~ 우~ 우우~*' 남자인지 여자인지 모를 목소리가 웅얼거렸다.

거짓말 거짓말 거짓말…….

봉자와 아저씨

홑눈, 겹눈, 더듬이 … 앞날개, 뒷날개 … 앞다리, 뒷다리, 가운뎃다리. 모두 이상 무! 긴 정수리와 가는 목 … 앞가슴, 가운데가슴, 뒷가슴. 골격들은 탄탄하다. 근육은 이만하면 최상이다. 검고 뭉툭한 엉덩이가 오늘따라 더 섹시해 보이지 않는가. 다음은 큰턱과 주둥이. 이제 더 이상 입틀은 필요 없을지도 모른다. 머리는 어느 때보다 가뿐하다. 그렇지, 뭐니 뭐니 해도 머리지. 왜냐고? 평생 단 한 번의 사랑을 기억해야 하니까. 마지막으로 다시 한 번 날갯짓. 역시 진동소리 요란하다. 머리, 가슴, 배, 완벽하다. 준비 완료! 밖은 바람 한 점 없이 청명하다. 시야는 더없이 넓다. 이게 얼마 만인가. 순간 더듬이가 꿈틀. 아, 페르몬 향! 날자!

최악의 봄날이다. 소비巢脾는 텅텅 비었다. 봄이 사라지고 있는 게 분명하다.

벌써 며칠째인가. 오늘 아침도 소문巢門 앞에 널브러져 있는 저 못난 수벌. 지난밤 계집애들이 끌어낸 게 분명하다. 사랑을 획득하지 못한 채 쫓겨나 죽은 애먼 원혼이니 구천을 떠돌지도 모르지. 오직 한 번 사랑을 한 대가로 죽음을 맞아야 하는 우리 수벌들. 그러니 살아있는 우리는 모두 숫총각인 셈이다. 오늘따라 죽은 봉자蜂子를 바라보는 아저씨의 표정이 허탈하다. 허탈하다 못해 사뭇 비장해 보이기까지 한 건 왜일까? 한 해 농사를 망쳐버린 예감 같은 걸까. 섣부르지만 그 예감은 적중할지도 모르겠다.

절기로는 일벌들이 꽃 속에서 꿀을 빠느라 정신없을 때가 아닌가. 일생 일만 하다 죽는 봉순이들. 저 계집애들 역시 시집을 못 갔으니 숫처녀들인 게지. 딱하긴 마찬가지다. 봄 내내 때 아닌 한파로 움츠리고 있는 사이 매화가 져 버리고 유채꽃과 벚꽃마저 속절없이 지고 말았다. 시도 때도 없이 불어 대는 비바람은 고사하고 늦도록 봄눈까지 퍼부어 댔으니 춘래불사춘春來不似春, 인 거지. 끌탕일 아저씨의 속이야 오죽하랴만 그렇다고 우리들 속만 할까. 꼭두새벽부터 라디오 볼륨을 한껏 높인 걸 보면 아저씨는 오늘도 심란한 게 분명하다. 하기야 심란한 걸로 치면 아저씨나 우리나 도긴개긴이지.

'당신은 못 말리는 땡벌. 당신은 날 울리는 땡벌. 혼자서는 이 밤이 너무 너무 길어요 ~'

오늘 아저씨는 이 소절을 집중적으로 공략할 모양이다. 종일 귀에 못이 박이도록 들을 게 분명하다. 근데 오늘따라 왜 이렇게 처량하게 들리지. 저 못 말리는 땡벌은, 저 야속한 땡벌은 꽃을 찾아 이미 산을 넘었는데 아저씨는 계속 땡벌만 외쳐대고 있으니 말이다. 앞산 중턱에 부딪쳐 되돌아오는 아저씨의 목소리가 봉장蜂場의 벌떼 소리에 섞여 윙윙거린다. 갈피를 잡지 못하는 것이 어디 아저씨 목소리뿐이겠는가.

저 땡벌들이 며칠 전 우리 봉군蜂群을 초토화 시켜버린 일을 생각하면 지금도 아찔하다. 순식간이었다. 오랜만에 반짝 햇살이 얼굴을 내밀자 계집애들이 난리를 쳐 댔다. 날갯짓 소리, 그야말로 요란했다. 계집애들의 진동 소리는 가끔 헷갈릴 때가 있다. 기쁨인지 괴로움인지. 그날따라 희비가 그렇게 엇갈릴 줄이야. 잠시 잠깐 사이에 그 요란한 진동소리가 설렘에서 공포로 바뀌어 버렸으니.

꿀을 물고 오기 시작한 지 얼마 되지 않았다. 이제 겨우 목을 축이는 정도. 그걸 뺏으려 달려든 땡벌들이 봉군을 쑥대밭으로 만들었다. 그 위급한 순간, 항전을 불사했던 계집애들이 그만 주르르 흘러내리고 말았다. 참사였다. 그러니까 그게 인동꽃 때문이었다. 인동꽃만 아니었어도 그 일이 일어나지 않았을지도 모른다. 적어도 대참사까진 가진 않았을 것이다. 그날 아침 아저씨에게서 낯설었던 점은 한두 가지가 아니었다. 인동꽃을 꺾어 아름째 꽃다발을 만든 것, 꽃다발을 그대로 물통에 꽂은 것, 그 꽃을 바라보며 넋을 놓았던 것, 그리고 사진을 찍은 것, 어디론가 사진을 전송한 것, 그리고 느닷없이 외출을 감행한 것. 그 모든 것 다.

이곳 지지골에 붙박여 있던 아저씨가 난데없이 외출을 감행한 사연이야 내 알 바 아니지만, 해질녘에 돌아온 아저씨가 벌통을 열어젖힌 채 그 자리에 붙박이로 박혀 서 있던 모습을 떠올리면 지금도 가슴이 무너진다. 안타까운 일이었다. 남아 있는 우리도 아저씨도 서로가. 아저씨가 어딜 갔다 왔는지는 모를 일이지만 분명한 건 누구도 만나지 않았다는 거다. 우리 더듬이는 어떤 향도 감지해 낸다는 사실. 그 일만 아니었어도 봉군은 어느 정도 지켜졌으리라 믿는다.

그 사건이 있은 후부터 아저씨는 노심초사 벌통 앞을 지키고 섰다. 봉군 앞에 얼씬거리는 놈은 다 때려잡을 기세로 서 있던 아저씨가 아니던가. 호시탐탐 꿀을 노리고 있는 저것들, 여차하면 우리들 목을 똑 잘라내고 몸통을 안고 달아나는 저것들을 목이 터져라 불러 대다니. 겨우내 건사한 꿀벌농사가 허탕이 되고 말지도 모를 이 시점에.

후두둑, 또 비다. 급하게 비설거지를 하던 아저씨가 건너편 비닐하우스로 뛰어들었다. 정말이지 심난하다. 이 봄이 다 가도록 비가 내리다니. 그렇다고 맥 놓고 있을 수만은 없는 노릇. 몸을 만들어 놓아야 한다. 이 지겨운 비바람도 언젠간 그칠 테니까. 언제가 될지 모를 그 단 한 번을 위해. 새 여왕이 처녀비행을 감행할 그때를 위해 최고의 컨디션을 유지해야 한다.

봐라, 저 계집애들 잠시도 가만있지 않잖아. 이렇게 비 오는 날, 가끔은 센티해져도 좋을 텐데. 윙윙거리며 설쳐대는 꼴이라니. 너무 시끄럽다. 조금 전 청소에 열을 올리더니 이제 선풍작업을 하느라 요란하다. 센티 타령이나 하며 빈둥대는 내 꼴이 봉순이 눈엔 가시일 터. 더구나 새벽부터 꿀을 진창 먹어댔으니 그악스런 계집애들의 눈치가 이만저만이 아니다. 재네들이 보기엔 나야말로 하릴없이 꿀만 축내는 봉자가 아닌가. 줄창 날은 궂고 저 극성에 쫓겨나지 말란 법 없지. 슬슬 위기감이 엄습해 온다. 봉순이 눈을 피해 소비의 외곽으로 내려간 지도 한참 되었다. 봉군 아래쪽으로 밀려났다고 배알도 없진 않다. 그래서 불안하다. 사랑을 얻지 못할까, 내쳐질까, 두려운 것이다.

선택받지 못한 자, 일하지 않는 자, 쫓겨나 굶어 죽을 수밖에 없다. 그게 우리 세계의 질서다. 꿀은 턱없이 부족하다. 천연꿀에 집착하는 아저씨는 절대 우리에게 설탕물을 먹이지 않는다. 벌은 오로지 꿀을 먹고 살아야 한다는 철칙. 아저씨는 그 철칙을 지키고 있다. 가짜 사양꿀이 판치는 세상에 아저씨의 진실을 누가 알아주기나 할까. 저 철칙 때문에 아저씨는 여기로 밀려났는지도 모르지. 며칠 전부터 수벌이 하나둘 죽어 나가고 있다. 분명 계집애들 짓이다. 먹이고 닦이고 키워놓고는 기어이 출입문 밖으로 끌어낼 게 뭐란 말인가. 낙오자는 어디에도 설 땅이 없다는 사실. 그 극명한 사실에 왜 눈물이 나지? 지난번 아저씨의 눈물도 그런 거였나?

바람 소리, 심상치 않다. 곧 또 한바탕 퍼부을 기세다. 이럴수록 몸을 만들어야 해. 잠시도 경계를 늦추어선 안 돼. 그렇지. 목숨을 불 싸지를 단 한 번의 사랑, 그 기회를 놓쳐선 안 돼.

앞산 산벚꽃이 어느새 아침 안개처럼 사라져 버렸다. 곧 골짜기 너머에서 희미하게 아카시아 향이 넘어올 것이다. 아침부터 지지골에선 꽃향 대신 막걸리 냄새가 진동한다. 우리가 소리나 온도뿐만 아니라 냄새에도 예민하다는 걸 뻔히 알면서 꼭 우리 앞에서 술을 마셔야 하나. 아저씨는 벌써 해장술로 막걸리 한 병을 다 비웠다. 봄 내내 골탕을 해댈 저 속을 모르는 바 아니지만 아, 이 취기, 머리가 아프다.

근데 난 왜 아저씨를 이해해야 하지? 아저씨와는 어딘지 모르게 통하는 데가 있는 것 같은 이 느낌. 이곳 지지골에 포복자세로 바짝 엎드려 있는 것도 그렇고, 경쟁에서 밀려난 패배자인 것도 그렇고, 신성한 노동의 열외자로 산다는 것도 그렇고, 오직 한 번 목숨을 내

던질 일생일대의 기회를 궁리 중인 것도 그렇고, 어쩌면 … 어쩌면 끌탕만 치다 결국은 내쳐질 신세 같은 것도 … .

불쾌해진 아저씨가 매화나무 아래 그윽이 앉아 있다. 눈을 감은 것도 무얼 응시하는 것도 아닌, 정처 없이 눈길을 던진 채. 아무것도 들어 있지 않은 저 눈빛은 나로선 해석되지 않지만 뭔지 모르게 의미심장해 보인다. 이제 이 봄을 포기해야 할 때가 온 건가.

오랜만이다. 비가 그쳤다. 지지골에도 미풍이 불고 햇살이 따갑다. 아, 이 신선한 공기! 꽃 진 자리 이파리들, 눈이 부시다. 꽃향기 밀려온다. 달콤한 찔레꽃 향, 엉겅퀴 징그러운 꽃향기, 환장하겠네. 계집애들은 꿀을 빠느라 환장이다. 발랄한 계집애들. 입에는 꿀을 가득 물고 뒷다리에 꽃가루를 달고 뒤뚱거리는 꼴 좀 봐. 저렇게 욕심을 부리다간 긴 대롱 같은 혀가 긴꼬리원숭이 꼬리마냥 길어지는 건 아닌가. 수선스럽긴 해도 어수선한 날갯짓의 활기가 내게도 전해진다.

봉순이가 일만 하다 죽을 운명이라면 우리 봉자들은 사랑만 하다 죽을 운명이 아니던가. 인정사정 볼 것 없이 벌통 밖으로 쫓겨나 굶어 죽게 되는 우리의 또 다른 운명도 있지만. 때마침 여왕벌은 분봉을 준비하고 있다. 그렇다면 기회는 이때다. 죽음을 불사할 사랑 앞에 몸을 사리는 건 말이 아니다. 오전에 충분히 휴식을 취했다. 최고의 컨디션이다. 몸은 날렵하고 날갯짓은 한결 가벼워졌다. 벌써 봉자들이 소문을 들락거리기 시작했다. 먼저 집합소엘 다녀온 봉자는 재정비로 바쁘다. 우리 세계 역시 냉정하다. 수벌의 세계에서 의리 같은 건 없다. 정보는 공유하지 않는다. 더듬이가 바짝 긴

장하고 있다. 세포들이 모두 열렸다. 페르몬 향을 감지하기에 모자람이 없다. 밖은 구름 한 점 없이 화창하다. 기온도 바람도 교미비행엔 최적화다. 바람의 길을 따라서 자, 새 여왕을 만나러 가야지.

물고기가 물살을 가르듯 유유히 바람을 가르며 날갯짓. 푸른 하늘 더없이 자유롭다. 바람에 몸을 맡기고 날갯짓은 힘차게 그러나 품위 있게. 햇빛이 눈부신데 명치끝이 싸한 느낌. 이게 뭔가. 설렘인가 두려움인가. 희망과 절망이 공존하는 불완전한 존재가 어디 우리 수벌들뿐이랴. 그러거나 말거나 찔레꽃 향기, 숨이 막힌다.

맙소사! 벌 떼들. 이 많은 봉자들이 어디서 다 몰려왔는가. 저놈들 체격들 좀 봐. 엉덩이는 왜 저렇게 검고 튼실하지. 긴 다리와 멋진 근육질, 저 우아한 날갯짓. 싸우는 게 아니라 춤을 추고 있잖아. 춤을 추면서 구애하는 모습. 멋있다! 어, 밀어제치는 힘은 또 어떻고. 녀석, 내 날개를 슬쩍 치며, 우린 적이 아니야, 친구야, 우롱도 할 줄 아는 저 능청. 저 강렬한 존재감. 사나이, 저 정도는 돼야지.

이쯤에서 솔직히 인정해야 하나? 내 몸이 형편없다는 걸. 지질하게 굴지 말자. 칼을 뺐으니 사나이가 물러난다는 건 말이 안 되지. 어디 힘만 따질 세상인가. 운빨에 기대 한판 승부수를 던질 수밖에. 자, 소용돌이 속으로, 회오리 속으로. 멈추면 안 돼. 비겁하게 배회하지 말고 안쪽으로 더 안쪽으로 돌진! 아, 어지럽다. 이럴 때일수록 틈새 공략. 음, 페르몬 향기 진하게 밀려오는데 왜 날개에 힘이 자꾸 떨어지지?

우리 봉자들의 생애란 저 모든 봉순이들의 수고를 초월한 창조적인 종족 번식에 있다. 그렇지, 창조! 그건 숭고한 신의 영역이 아니던가. 난 창조자가 되고 싶다. 저 구애의 난무 속에서 제각각의 날갯짓은 아무 소용이 없다. 단 한 번의 선택과 단 한 번의 대 사정만 있을 뿐. 그 절정의 순간, 장렬하게 맞을 죽음만이 있을 뿐이다. 멋지다. 여한 없는 사랑. 난 그 광증의 사랑을 위해 서슴없이 목숨을 내던질 준비가 되어 있다. 몰아치는 정념의 폭풍우 속에서 서슴없이 내던질 수 있는 오직 한 번의 사랑, 나는 그 순간을 꿈꾸고 있다.

어, 어, 내 몸이 여왕벌로부터 점점 멀어지고 있잖아. 나를 제치고 맹렬히 돌진하는 저 녀석들. 저들 중 가장 맹렬한 녀석이 틀림없이 오늘 간택될 것이다. 밤꽃 향을 맡으며 죽음을 맞이할 봉자. 오늘 난 또 실패다.

우리의 사랑은 매번 첫사랑이자 마지막 사랑이다. 그러니 우리들의 교미비행 또한 매번 초연이면서 또 마지막 공연이 될 것이다. 우리 세계에선 넘지 말아야 할 선이란 없다. 마땅히 강을 건너야 한다. 그래서 영영 돌아오지 말아야 한다.

며칠 전 우리 중 겹눈이 유난히 검고 엉덩이가 뭉툭한 녀석이 넘어오지 못할 강을 건너고 말았다. 앞 개울물이 불어나긴 했지만 녀석은 개울을 건너다 죽은 게 아니다. 그 녀석이 봉군으로 다시 돌아오지 않은 건 오직 한 번인 그 숭고한 순간을 영접했기 때문이다. 여왕벌이란 태어날 때부터 로열 젤리만을 먹고 자란 절대적 존재가 아니던가. 조무래기 수벌 따위가 여왕의 선택에 이의를 걸 수는 없는 일. 경쟁에서 밀리고 말았지만 나는 녀석의 죽음을 진심으로 축복한다. 새 여왕벌은 이제 그놈의 알을 수없이 낳을 것이다. 소비마다 녀석을 꼭 빼닮은 애벌레들이 줄줄이 부화할 것이고. 이제 그 녀석의 새끼들과 경쟁해야 할지도 모른다. 아, 사나이 자존심, 그럴 수는 없지.

밤이다. 적막하다. 새들도 숲에 깃들고 도랑에 물 흐르는 소리뿐. 지지골에 물이 좋은 건 높은 산들로 둘러싸였기 때문이라고 아저씨가 말했다. 가끔 한밤중에 고라니가 내려온다. 산기슭을 돌아 여기까지 먹이를 찾아내려오는 것이다.

부스락 부스락, 오늘은 봉장 바로 앞까지 왔다. 근데 혼자가 아니네. 저기 새끼까지. 지난 번 비행 때 본 애들이다. 산허리 억새밭에 누워 있던 애들이 분명해. 그나저나 오늘밤 달빛은 또 왜 이리도 밝지? 여왕은 왜 달빛 아래서는 사랑을 나누지 않을까? 숫총각, 가슴이 뛴다.

비닐하우스 속이 깜깜한 걸 보니 아저씨는 잠들었나? 컹컹, 때마침 아저씨 기침소리 들리고 고라니놈 놀라지도 않는다. 아저씨 기침소리도 제법 짐승소리를 닮아간다. 어제 비행 때 보니 수렵꾼들이 술렁이던데. 농작물 피해가 커진다고 앞산 능선과 산허리에 목을 놓을 모양인데, 몰이에 걸려들지 말아야 할 텐데 … .

오늘은 좀 서두르자. 일찌감치 집합소에 나가 보자. 어떤 애들이 들락거리는지 정세도 파악할 겸. 역시 집을 나와야 해. 날개에 닿는 바람 느낌, 좋다. 근데 저거 뭐지? 저 아래 양지바른 산기슭이 환한 것. 오동나무 꽃이잖아. 잠시 내려가 볼까.

우우, 속도 줄이고. 바람의 반대방향이잖아. 가만, 가만, 저건 또 뭐지? 나무 아래, 세로로 줄을 지어 흰 점이 있고 등 쪽의 밤색 털. 고라니 새끼? 어머어머, 어미가 몰이에 걸려들었나 봐. 도망가지 않고 어미 곁에 왜 저러고 있지. 위험해! 내 목소리 안 들려? 위험하다구!

그제 어제 오늘 비행은 모두 허탕이다.

고라니 새끼를 지켜보는 사이 집합소에 갈 마음이 싹 사라졌다. 새끼는 며칠째 어미 곁을 떠나지 않고 있다. 어미는 돌아오지 않을 강을 건넜고 새끼는 숲으로 돌아가지 않았다. 아무것도 먹지 않고 어미 곁을 서성인다. 며칠 사이 밤색 털은 엉성해지고 흰 점의 줄은 희미해져 가고, 저렇게 슬퍼하다간 병에 걸릴지도 모르는데. 점점 우울증은 더 심해질지도. 저러다 죽을 수도 있겠지. 분명 어미는 새끼들을 향해 날아오는 총알을 자신의 몸으로 막았으리라.

야생의 이 뜨거움을 사람들은 알기나 할까. 우주의 휴머니즘이 이 숲속에 있다는 사실을. 짐승만도 못한 것들. 일개 곤충 주제에 감히 이런 말은 할 수 없지. 이건 너희가 한 말이다. 우리 같은 벌들도 알아들어야 할 말일지도 모르고. 이 와중에 인동꽃 향기, 진동할 게 뭐야. 아저씨가 외출을 감행한 날은 딸아이 생일이 아니었을까 싶다. 그 예감은 아직도 변함없다. 아저씨는 짐승만도 못한 인간이 되고 싶지 않았던 거다. 그 틈을 타 땡벌은 우리 봉군을 정벌해 버렸다. 그날 아저씨는 짐승보다 못한 인간이 되어 울었던 거다.

우리는 서로 다른 언어를 쓰지만 느낌으로 알 수 있거든. 감정을 따라가는 거지. 아저씨의 언어는 예술가들처럼 이해하기 어려운 언어가 아니야. 의외로 쉬워. 아저씨가 흘리는 표정을 놓치지 않으면 해석하기 더 쉬워져. 내가 좀 못된 구석이 있는데, 이 말은 하고 싶지 않지만…, 그렇게 말해놓고는 꼭 하게 되는 게 그 말이잖아. 분명 모녀는 한통속이 되어 아저씨를 따돌린 게 틀림없어. 여왕과 봉순이처럼. 때론 내 생각으로 밀고 나가야 해. 내 더듬이가 징조를 감지하는 건 별 착오가 없으니까. 비가 오려는지, 태풍이 몰아치려는지, 누군가 슬픈지 ….

봄이 사라진 게 분명해. 갑자기 왜 이렇게 덥지. 벌통이 찜통이다. 숨이 막힌다. 유례없는 폭염이다. 아저씨가 급하게 차광막을 치고 물을 공급해 주었지만 그걸로는 택도 없다. 꼼짝할 수 없다. 그토록 극성스러운 봉순이도 조용한 걸 보면 저들도 어지간히 더운 모양이다. 모두 휴면상태.

아저씨는 봄 내내 꿀을 뜨지 못했다. 흉년 중에 흉년이다. 몇십 년 만, 아니 거의 백 년 만의 기상이변이라고 한다. 그게 왜 꼭 아저씨일 때지? 아저씨는 왜 또 이 시절에 벌꿀농사를 시작한 거지? 아니 왜 꼭 이 시절에 내가 부화한 건가 그 말이지. 봉순이들이 그나마 모아둔 꿀을 이 더위에 다 먹어치울 수도 있다. 우리 아저씨는 절대로 이 정도의 소비를 채밀기採蜜器에 넣지 않을 것이다.

저기 아저씨가 팔을 괴고 앉아 있다. 그림자는 발목 아래 머무르고 눈은 절반쯤 감겼다. 나뭇잎은 아저씨 얼굴 위에서 흔들리고 내 욕정은 여전히 음란한데 봄은 무심히 가 버린다. 아저씨가 한 손으로 쓱 입을 훔치는 것만 봐도 입맛이 쓰다는 걸, 왜 나는 그걸 알아듣지. 다디단 꿀맛을 아저씨는 아직 맛보지 못했다. 올해 꿀농사가 엉망이 되고 말았으니 말이다.

세상사 맵다 해도 꿀맛은 다디달다. 맵고 떫고 쓰고 신, 맛의 반란에 힘입어 단맛은 황홀하다. 혀뿌리가 아리도록 짜릿하다. 쟁취의 맛은 그런 거다. 가장 완벽한 천연의 맛. 그 맛에 탐닉하는 자, 벌들뿐이겠는가. 빼앗길 수밖에 없는 맛, 빼앗을 수밖에 없는 중독의 맛. 세상의 벌들이 다 사라진다 해도, 벌들이 다 사라지고 더 이상 꽃가루를 옮겨 나를 수 없다 해도, 그리하여 생태계가 무너진다 해도 여전히 사람들은 단맛을 좇아 벌들의 먹이를 뺏으려 들지도 모른다. 마지막 남은 한 방울까지. 벌꿀은 지구상에서 발견한 것 중에서 가장 완전한 식품이니까. 완벽한 맛이니까. 어쩌면 그들은 여전히 설탕물로 빈 벌통의 사라진 벌들을 유인하려 애쓸지도 모르고, 다시 돌아오지 않는 벌들을 학수고대할지도 모른다. 입맛이 쓸수록 단맛이 당기는 법이니까. 쓴맛을 본 사람은 단맛에 더 탐닉하게 된다는 사실. 그 강렬한 맛의 끌림. 단맛의 유혹은 대단하고 단맛의 위로는 예상 외로 크다는 사실. 그게 무서운 거다.

이건 순전히 내 생각이지만 아저씨는 쓰디쓴 맛을 본 게 틀림없다. 지지골로 아저씨를 찾아오는 사람은 아무도 없다. 간간이 건넛마을 이장이 막걸리를 마시러 와서는 천정부지로 뛰고 있는 땅값을 들먹이다 내려가고, 개울 아래 토종벌을 키우는 영감이 텃세를 부리러 올라온다.

얼마 전 여왕벌은 우리 봉군의 식구들을 거의 다 데리고 분봉했다. 너무 추운 날씨 탓에 분봉 시기가 턱없이 미루어졌다. 새 여왕벌은 까다롭긴 해도 쑥쑥 알을 낳아 소비에는 애벌레가 들어앉고 성충들은 꿈틀꿈틀 깨어나고 있다. 뭐, 가족? 대단하다고? 모르는 말씀. 싸울 땐 대단할지 몰라도 때론 남보다 못하다. 아저씨에게도 가족이 없지 않을 것이다. 어쩌면 분봉을 해 버린 형국일지도 모르고. 눈빛만 봐도 그쯤은 알아챈다. 아저씨 역시 새 여왕을 만나지 못한 우리 신세가 아닐까 싶기도 하고. 그건 그렇다 치고, 아저씨가 가장 쓴 시절을 살고 있는 건 분명한 것 같다. 그건 내가 올봄 더러 쓴맛을 봤기 때문에 좀 안다. 하루에도 몇 차례씩 벌침에 쏘이며 견디는 게 어디 그리 쉬운 일인가. 그보단 여기 외따로 앉아 외로움을 견디는 것이. 뭐? 자연인? 웃기는 소리 집어치워!

아, 밤이 되어도 왜 이렇게 푹푹 찌지? 이렇게 열대야가 지속되면 우린 몰사할 수도 있다. 봄 내내 비바람 몰아치더니 갑자기 살인적 더위라니. 계절이 미쳐 버린 건가. 미쳐 버렸다면 계절 탓만 할 게 아니다. 저 아래 인간들의 이기심 때문이라고 꼭 그렇게 말하고 싶진 않지만, 꼭 그렇다고 믿는다. 밤늦도록 봉장 앞에 얼쩡거리는 걸로 보아 아저씨도 비닐하우스 속으로 들어가지 못하는 거다. 이 폭염에 그나마 선풍기 방향까지 우리 쪽으로 돌려놓았으니 오죽 더우랴. 어둠 속에 홀로 서 있는 아저씨의 등이 오늘밤 더 슬퍼 보인다. 올봄을 지나오는 동안 조금씩 더 굽어 가고 있는 것 같다. 슬픔으로. 우리 걱정만도 이만저만이 아닌데 아저씬 꼭 이럴 때 걱정을 더 보탤 건 뭔가. 아저씬 어쩜 더운 것보다 아픈 것일 수도 있다. 마음도 몸도. 지난 번 인동꽃 다발을 봉장 옆 도랑으로 던져 버린 것만 봐도 줄곧 아파 왔다는 증거다.

아저씨는 침묵할 줄 안다. 지난 실수나 불운을 한 번도 끄집어 낸 적이 없다. 그만큼 끔찍했거나 고통스러웠다는 말일 수도 있겠지. 그래서 입을 다물어 버렸는지는 알 수 없는 일이다. 침묵은 비열하지 않은 아저씨의 품위다. 컹컹, 짐승소리를 내던 밤, 그날 밤은 내 외로움도 목구멍까지 차올라 하마터면 물어 볼 뻔했다. 왜 지지골로 들어오게 되었냐고. 내가 아저씨의 기품에서 느낀 것은 이 세계의 모순을 가만히 견뎌 내고 있다는 거다. 그걸 다른 말로 뭐라고 하지? 흔히 쓰는 말. 내려놓는다고 하나, 비운다고 하나? 그렇다고 일말의 의심이 없진 않다. 아저씨 역시 아직도 꿈을 꾸고 있는지는 모르는 일이니까.

아저씨가 천연의 완전한 단맛을 꿈꾸는 것은 가짜 맛에 속을 대로 속았기 때문일 거라고 나는 단정한다. 내가 이런 생각을 하는 것도 무리가 아니다. 올봄 기상 이변이 휘몰아칠 때도 우린 설탕물을 먹지 않았으니까. 아저씬 완전한 것, 순수한 것, 그걸 꿈꾸는 게 틀림없다. 어리석기는.

올가을엔 가짜 꿀이 판을 칠 게 뻔하다. 가짜는 병에 담는 순간 완벽한 진짜가 된다. 일벌의 몸을 한 번 통과한 설탕물은 더 완전한 진짜 꿀로 변신할 테니까. 사람들은 의외로 빨리 지난봄을 잊는다. 이 폭염까지도. 저 너머 봉장 주인들은 벌들에게 설탕물을 냅다 먹일 게 불을 보듯 뻔하다. 과연 올겨울 아저씨는 여기 남아 있을까?

기어이 바깥으로 내몰고 있다. 계집애들이 턱으로 숫총각의 날개와 다리를 붙잡고 밖으로 내쫓고 있다. 덩치는 크지만 수적 열세다. 역시 작은 것들이 강인하다. 다시 들어오려고 발버둥치는 저 못난 봉자. 계집애들 기어이 못 들어오게 문지기처럼 막아섰다. 그악스럽다, 억척스럽다, 고 욕을 해 대지만 병에 걸리면 집을 떠나 홀연히 죽음을 맞을 줄 아는 봉순이. 차라리 쿨하다. 그래도 웃기는 건, 저 계집애들이라는 것. 지들 생이 영원하리라 착각하고 있으니 말이다.

난 몸을 낮추고 소비의 맨 아래 가장자리에 조용히 엎드려 있다. 땅에서 열기가 훅훅 올라온다. 이러다 분봉시기가 끝나는 건 아닌가. 그러고 보니 요 며칠 집합소에 새 여왕이 나타나지 않았잖아. 미련하긴. 아직도 난 지구상에 내 유전자를 남길 기대감에 들떠 있다. 제기랄, 이렇게 비굴하게 빌붙어 목숨을 지키면서 들끓는 욕망을 키워 가다니. 힘을 키우기 위해 그동안 꿀을 너무 많이 먹었다.

날렵해야 할 날개는 조금씩 처지고 있다. 엉덩이는 더 검어졌다. 앞가슴에 지방이 점점 쌓인다. 몸이 무거워지고 있다. 벌통 안 공기를 보아하니 짝짓기의 계절이 끝나기도 전 인정사정 볼 것 없이 쫓겨날 것은 기정사실이다. 우주의 모든 생명체는 순환하는 거라고, 잠시 머무는 것일 뿐이라고, 나를 안심시켜 보지만 불안하긴 마찬가지다. 사람들은 냉정하게 말하겠지. 쫓겨나 죽든 사랑을 하다 죽든 죽음은 자연의 순리라고, 죽음은 우리 곁에 항시 있는 거라고.

누가 우리 벌들의 세계를 완벽한 질서라고 말했는가. 뭐, 숭고한 자유? 여기까지 말하고 싶지 않지만 그래, 그 완벽한 질서, 얼마나 웃기는 건가. 그저 저들의 이기심과 욕심 아닌가. 어쩌면 허영심일지도 모르고. 지금에 와서 왜 이런 생각이 들지? 번식과 죽음이 생명의 순환 고리의 일부이긴 해도 지엄한 여왕과 계집애들이야말로 종족 살인범이 아닌가, 하는 생각. 그렇게 생각하고 보니 갑자기 섬뜩해진다. 속에서 뭔지 모르게 솟구치는 걸 억지로 내리눌렀다. 여왕과 봉순이가 사악해서가 아니라 이미 오래 전 우리 조상들의 유전자 속에 잔인함이 박혀 있었던 건 아닐까, 하는 생각을 하면서. 이랬다 저랬다, 뭐하는 거지? 지금 남 생각할 땐가? 근데 왜 점점 더 연민이 생기지? 땡벌을 보이는 족족 잡던 아저씨가 종일 땡벌을 애타게 불러 대는 꼴 아닌가. 사건은 같은 방향으로 일어나고 있는데 우린 왜 그걸 반대방향으로 얘기하지? 아, 뭐가 뭔지 모르겠다.

저기 낯선 남자가 오고 있다. 아저씨를 찾아왔다. 낯선 사람이 우리 봉장을 찾긴 처음이다. 나는 난생 처음 아저씨의 이름을 들었다. 아저씨를 확인한 남자가 들고 온 봉투를 던졌다. 그리고 어딘가에 아저씨의 지장을 찍었다. 꼭 본인에게 전달해야 할 중요한 서류인 건 틀림없다. 마치 송장 같은 걸 들고 아저씨 얼굴이 송장처럼 변해 갔다. 그리곤 벌통 앞에 털썩 주저앉았다.

시한부 암 선고는 아닐 테고. 쫓기거나 싸워야 할 일이 아닌 건 확실하다. 일방적 통고. 영락없이 당해야 하는 일이라면, 무얼까? 무허가 건물 철거 통지서 같은 건가? 아니면 이혼서류? 채무변제 독촉장…? 불안감은 일파만파 번져가고 아저씨의 등이 점점 앞으로 꼬꾸라지고 도리 없이 해는 저물고….

한번 덮친 폭염은 기세등등 물러날 줄 모른다. 대지가 쩔쩔 끓고 있다. 벌통 속을 푹푹 삶아 댄다. 봉장엔 빈 벌통이 늘어나고 있다. 초여름 기온이 40도를 육박하니 벌집이 녹아내리고 있다. 혹서를 견디지 못하고 벌써 한 무리 벌들은 도망을 갔다. 여왕벌은 분봉을 시도할 모양이다. 일벌들이 소문을 통해 물밀듯 쏟아져 나와 원을 그리며 날다가 자리를 잡지 못하고 감자밭 둑으로 우두두둑 떨어져 내렸다. 작열하는 태양 때문이다. 뒤늦게 벌통에서 나온 여왕벌이 페르몬을 분비하며 일벌들을 유도하지만 벌들은 봉구蜂球를 이루지 못하고 사방으로 흩어졌다. 하늘이 폭염의 열기로 자욱하다. 죽은 벌들을 쓸어내는 아저씨의 얼굴에 땀이 비 오듯 쏟아져 내리고, 아저씨를 바라보는 내 눈엔 눈물이 쏟아져 내리고 쏟아져 내리고….

이 폭염 속에서 최악의 선택을 하고 만 한 정치인은 어떤 선택을 해야 할 때 가장 힘들고 어려운 걸 선택하라고, 그게 최선의 선택이라고 말했다, 고 아저씨가 말했다. 내게도 가장 힘들고 어려운 선택을 할 때가 온 거다. 이제 선택은 내 몫이다. 내가 여왕을 선택하거나 선택하지 않거나.

이번 생은 운이 없었다. 지천의 꽃향을 제대로 실컷 맡지 못했으니. 그래도 석류꽃 필 땐 가슴이 터질 듯 아팠다. 비바람에 섞여 마삭 향기 치자꽃 향기 넘어올 땐 마음이 온통 흔들려 잠 못 이루지 않았던가. 지금 사방에 해바라기 환삼덩굴 환하다. 도라지꽃과 깨꽃을 보지 못한 건 아쉬운 일이다.

성기가 잘려 나가고 죽음을 맞아야 하는 단 한 번의 사랑. 여왕에게도 그 사랑은 두 번 다시 허락되지 않는다. 그러니 지독한 사랑의 흔적은 말끔히 치워져야 한다. 그 죽음을 위해 여왕은 우리에게 단맛을 실컷 맛보게 했다. 단맛에 취해 우린 우리의 사랑을 너무 숭고하게 생각했어.

이제라도 말은 바로 해 보자. 과연 사랑을 위해 우리 수벌들은 서슴없이 목숨을 내던졌던가? 사랑을 한 대가로 목숨을 빼앗긴 건 아닌가? 선택이거나 쟁취거나 일방적인 것, 그건 사랑이 아니지 않은가? 사랑은 숭고해야 하는 것. 창조는 그런 거잖아. 어쩜 우린 사랑이란 이름으로 목숨을 착취 당하는지도 모르지. 목숨을 담보한 사랑. 사랑을 나눈 대가치고는 너무 가혹하다. 지금에 와서 이런 운명을 탓하는 게 무슨 소용이람. 단맛의 세계란 원래 그런 거라는 걸, 몰랐단 말인가. 그 많은 봉자의 죽음을 목도하고도.

사위가 고요하다. 내 더듬이는 빠르게 낌새를 알아챈다. 결전의 날이 왔다는 걸. 근데 몸이 왜 이리 천근만근이지? 희망이 절실해진 나머지 몸을 너무 비대하게 만들고 말았다. 꿀맛에 탐닉한 탓이다. 내 절망이 또 누군가의 희망이라는 사실. 헛구역질이 올라온다. 이게 봉자의 숙명이라면 어쩔 수 없지. 이제 조용히 웃을 수밖에.

빌어먹을! 근데, 아저씨는 어쩌지. 내가 지지골을 떠나도 어느 누구 눈 하나 까딱하지 않겠지만, 아저씬 어떡한다지. 지금 생각해 보면 내가 아저씨와 통한다고 단정한 것은 단맛에 대한 열망이라기보다 뭔지 모를 열패감이 뒤섞인 고독감 때문이었다. 우리에게 성격이 없는 줄 알겠지만 우리도 이성적 사고를 하고 이타적인 감정이 있다는 걸, 너희가 알 리 없지. 우리의 언어가 너무 단순해 아저씨의 고민을 물을 수 없고, 너희들처럼 존재의 근원에 대해 성찰할 수는 없어도, 적어도 어떤 성공과 실패에 대해서 고통쯤은 알아들을 수 있다 그 말이야. 내가 쫓겨나 죽어 있는 모습을 아저씨에겐 보여주고 싶지 않은 이유지. 아저씨와 결부되는 순간 왜 이렇게 진지해지지. 이유는 나도 모르겠다. 내가 바라는 건 아저씨가 이제 더 이상 선택되기를 바라지 말라는 거지. 그게 무엇이든, 어찌 되었든. 여기까지 밀렸지만 부디 아저씨의 다음 선택은 온전히 자신의 선택이길.

벌통 2단 아래로 일벌들이 몰려오고 있다. 날개 진동소리가 심상치 않다. 벌써 날개에 찬 기운이 느껴진다. 직감이다. 이번엔 내 차례다.

정오는 한참 전에 지났다. 벌써 두어 번 집합소에 다녀왔다. 시간이 가까워 온다. 새 여왕이 나타날 시간이다. 마지막이다. 심장소리 터질 듯하다. 다시 한 번 숨을 몰아내고, 자, 출정이다. 이제 선택은 내가 한다. 저 강을 넘어가거나 넘어오지 않거나.

안나와 나

안나와 나의 관계는 모호하다. 서로 잘 모르는지, 서로 잘 아는지, 서로를 잘 알면서도 모른 체하는지, 모르면서 아는 체하는지, 그게 모호하다. 때론 자신을 모르는 건지, 상대를 모르는 건지, 그것조차 애매하다. 가까운 것 같다가도 먼, 멀다가도 가깝게 느껴지는 사이. 한 가지 확실한 것은 안나와 내가 영 모른 체할 사이가 아니라는 거다. 우리 사이에는 뛰어넘을 수 없는 경계가 있는 게 분명하다. 서로를 속박하지 않지만 뭔지 모를 끈, 아주 질긴 끈으로 연결되어 있는 듯도 하다. 하지만 안나와 나의 관계를 무無로 만들고 말 때도 있다.

우선 겉으로 드러난 것만 보아도 우린 확연히 다르다. 안나는 천국을 열망하고 나는 지옥을 두려워한다. 안나는 천국에 가기 위해 착한 말을 하고, 난 지옥에 가지 않기 위해 나쁜 말을 하지 않는다. 내가 두려움으로 벌벌 떠는 동안, 안나는 천상의 말, 우아한 거짓말을 한다. 그녀는 무엇이든 사랑하려 하고, 나는 미워하지 않으려

한다. 사랑의 말, 사랑하기 때문에 하게 되는 말, 안나는 그런 말을 잘하고 나는 쓸데없는 말을 많이 한다. 사랑할 수도 미워할 수도 없는 말, 결국은 앞뒤가 얽히고 마는 말들을 쉼 없이 지껄여 댄다. 그런 내 말에도 안나는 말귀가 밝다. 적재적소에 말을 넣을 줄 알고, 정확한 타이밍에 빠져나올 줄도 안다. 뿐만 아니라 충고와 질타의 끈을 늦추고 당길 줄도 안다.

"난 한입으로 두말하지 않아."

안나는 내 앞에서 거의 치명적인 독설을 일삼는다. 이미 내 마음을 지배하고 있다는 증거다. 자신이 과거에 무슨 말을 했는지 무슨 짓을 했는지, 그걸 모른다는 건가? 잊었다는 건가? 통 분간이 안 된다. 지난 일을 깡그리 없던 일로 만들고 말 때는. 자신이 한 행동이 이율배반적이고 정의에 어긋났더라도, 불가피한 상황이란 언제 어디든 있게 마련이라고 우기는 것 같다. 자기배려가 놀랍다. 그러나 타인의 잘못에 대해선 귀를 씻고 싶어 한다. 그건 외면이 아니라 혹독한 응징이다.

다른 사람들 앞에서 안나는 아주 겸손하게 행동한다. 그녀의 이타적 친절은 가히 천사의 수준이다. 자신도 그 사실을 모르진 않을 거라고 나는 믿는다. 안나의 본성에는 무언가 감추려는 비밀이 있다. 그녀의 얼굴에 감도는 알 수 없는 미소. 우아한 탈이다. 누가 그토록 우아하게 탈을 쓸 수 있을까. 그토록 우아하게 탈을 쓴 사람이 누구인가. 탈을 쓴 자신을 믿고 싶지 않기에, 안나는 그 탈을 본래의 자신의 얼굴이라 믿는지도 모르겠다. 탈의 얼굴은 완벽하게 안나의 얼굴이 된다.

나는 왜 안나에게 그런 사실을 말해주지 않는가. 사실이 탄로 나는 걸 무서워하는가. 그녀에게 세게 얻어맞는 것을 두려워하는가. 그녀를 존중해서인가. 그녀와의 관계가 꼬이는 것이 귀찮아서인가. 그 모든 것이 아니라 정직하지 않기 때문인가…. 모르겠다. 그 모든 것일 수도 있고, 그 모든 것이 아닐 수도 있다.

평소 안나의 예의 바르고 유려한 언사는 나와는 품격이 다르다. 거칠고 투박한 내 어투와는 비교할 바가 아니다. 학습이나 훈련으로 뛰어넘을 수 없는, 분명 그런 벽이 있다. 스며드는 듯한 어조로 다가와 공감을 불러일으키고 결국은 몰입하게 만드는 말. 이 얼마나 강력한 전율인가. 어디 그뿐이랴. 다소곳한 자태며 조용한 미소는 신비감까지 감돌아, 보일 듯 말 듯 알 듯 말 듯 분위기는 사뭇 스푸마토 기법으로 그린 초상화를 연상케 한다.

다른 누구와도 구별되는 무언가가 안나에게 있다. 마약처럼 상대를 끌어들이는 기술. 설득력이라고 할까, 친화력이라고 할까. 먼저 문을 두드리고 손을 내밀 줄 아는 따듯한 행동력이라고 할까. 놀라우리만큼 침착하게 다가와 아주, 아주 내밀한 방법으로 상대를 꼼짝 못하게 만드는, 그게 안나의 기술이다.

나는 가끔 안나의 포로가 되었다 풀려난다. 포로가 되는 것도 풀려나는 것도 그녀의 손에 달려 있다. 그녀가 나를 요리할 줄 아는 까닭은, 나를 훤히 꿰뚫고 있기 때문이 아니다. 실은 나를 잘 모르기 때문이다. 그녀가 나를 무자비하게 지배하도록 내버려 둔다. 끔찍하고 소름끼치는 일이 아니냐고? 꼭 그렇지만도 않다. 그녀의 호의를 그대로 받아들이는 것이다. 분명, 안나는 나를 차지하고 싶은 거다. 안나가 내 영혼에 전폭적으로 개입한다고 해도, 내가 그녀의 잘못을 대놓고 지적하는 것은 금물이다. 그거야말로 우리를 갈라놓을, 마침내 등지게 될 위험천만한 일이다. 어떤 잡음도 내서는 안 된다. 우리 사이에 존재하는 커다란 비밀. 우리는 서로를 묵인할 뿐, 서로를 용서할 만큼 아직은 충직한 관계가 아니다.

그녀가 나를 소중한 사람이라고 말하는 것은, 나를 막 대하고 있다는 말이다. 우리에겐 발설해서는 안 되는 말들이 있다. 진실은 침묵 속에서만 전달된다. 나는 왜 안나가 마음대로 주무를 수 있는 가벼운 존재가 되어 있지? 소중하다는 것, 그건 진정 소중해서가 아니라 나를 그만큼 자신에게 속한 사람으로 만들려는 속셈이란 걸 나는 알고 있다. 닮은 구석이라고는 하나도 없는 우리가, 우리가 어딘지 모르게 닮아 보이는 것, 그게 뭐지?

안나의 말투는 두 가지다. 사려 깊거나 냉정하거나. 대외용과 대내용. 그만큼 따뜻하고 그만큼 선량할 수 있을까? 안나의 영혼이 마치 그녀의 말투에 조용히 내려앉은 듯 그녀는 어투가 겸손하고 조용하다. 대외용이다.

나는 안나를 부러움에 가득 차 바라보기도 하지만 실은 남모르게 경멸한다. 우아한 탈을 비웃는 거다. 무엇 때문에 그토록 선량하고 겸손한 탈을 써야 하는가? 목적이나 수단을 의심할 수밖에. 이중성. 그래, 그거다. 지나친 것들 뒤에는 무언가를 숨기고 있기 마련이다. 상투적이진 않지만 그녀의 겸손한 어투에는 구제할 길 없는 악의를 가지고 있다. 아주 지독한 독소를 품고 있다. 초승달처럼 살짝 끝이 휘어진 입술로 단 한 번 가늘고 매섭게 쏘아붙이는 독설. 상처를 도려내는 듯한, 쇠꼬챙이로 찌르는 듯한 통증이 즉시 전해진다. 독은 아주 깊숙이 들어와 퍼진다. 그리고 시름시름 앓게 된다. 만약 그 독성이 배출되지 않고 쌓인다면 죽을지도 모른다. 더 이상 말하지 않아도 모든 것을 알아듣게 만드는 그 독화살이 얼마나 치명적인지 맞아 보지 않은 사람은 모른다. 대내용이다.

안나는 왜 나에게만 친절하지 않은 거지? 내게 무슨 열등감을 가졌나? 근데, 더 이상한 것은, 안나가 지나치게 겸손해지거나 우아해질 때면 이상한 비애감마저 느껴진다는 것이다. 무언가 탄로 나지 않으려 비껴가고 있는 게 분명하다. 그건 또 뭐지?

안나는 나에게 자주 화를 내고 신경질적으로 대한다. 단언컨대 그녀는 단언한다. 마치 자신 외엔 답이 아닌 것처럼. 얼음처럼 차갑게. 다시 보지 않을 듯 단언하지만 굳이 말하자면, 의외로 그녀의 답은 시간에 따라 달라진다. 일관되지 않은 답. 자신은 추호도 그것을 인정하지 않을 것이다. 인간은 안팎이 같을 수 없다는 사실을 매몰차고 냉정한 안나를 통해 알게 되었다. 그러나 그 독에도 약성이 있다는 사실을 간과해서는 안 된다. 나를 돌아보게 하는 뼈아픈 성찰 같은 거라고 할까? 내가 그녀를 떠나지 못하는 지점이 바로 여기다. 그러니 안나에게 등을 돌리게 될 이유 또한 이 지점이라는 걸 말하지 않아도 알 것이다.

그럼 나는 어떤가. 우선 쓸데없이 목소리부터 크다. 그러니 상대에게 말보다 감정이 먼저 도착한다. 애초의 의도와는 달리 말은 감정에 휘둘리고, 감정이 나를 지배하는 한 말은 쓸데없이 거칠어지고 많아진다. 안나처럼 가만히 상대를 느끼는 것, 조용히 마주 보는 것, 그거야말로 내겐 대치 상태나 다름없다. 맞서고 버티는 것. 그걸 나는 견디지 못한다.

그래서 어떤 말이든 내뱉는다. 횡설수설. 사설이 길어지고 앞뒤가 헷갈리기 시작한다. 생각을 따라 달아나는 말은 여기저기 부딪

히며 엉뚱한 곳으로 튀기 일쑤다. 생각을 벗어난 말이 또 다른 말을 불러들이면 꼬이기 십상이다. 그러니까, 중간에 이리저리 흩어져 종래는 딴말을 하게 된다. 이미 쏟아져 버린 말들, 제자리를 찾아 들어간다고 해도 뒤늦은 일이 되고 만다. 내가 얼마나 정리되지 않은 사람인지 알 수 있는 대목이다. 말로 정리 되지 않지만 그렇다고 마음마저 엉망으로 얽혀 있지 않다.

내게 답은 하나다. 답은 자주 엇나가지만 수정하지 않는다. 그건 내 자존심이다. 아무도 못 말리는 고집이다. 만약 그걸 수정한다면 아마도 내겐 자살골이 될 것이고, 안나에겐 치명타가 될지도 모른다. 나와 안나 사이에는 금기의 말이 있다. 함부로 할 수 없는 말. 하지 말아야 할 말. 우리가 극단으로까지 치우치지 않는 것은 그걸 지키려는 노력 때문인지도 모르겠다. 우리 사이가 깨져 버릴지도 모를 비밀을 에둘러 난 언제까지나 횡설수설할지도 모른다. 그 비밀만은 함부로 지껄여대지 않는 나를, 안나는 그런 나를 믿고 있는 게 분명하다.

앞서 말했듯 안나는 제때에 꼭 맞게 처신할 줄 안다. 조용히, 때론 날카롭게.

모처럼 친구들과의 만남은 화기애애했다. 아차, 하는 순간 분위기가 싸늘해졌다. 내가 중재 역할에 나선 것은 냉랭해진 분위기를 참지 못해서였다. 어설프게 그만 한쪽을 두둔하는 꼴이 되고 말았다. 상대 친구가 발끈했다.

"넌 뭐야? 네 정체가 뭐냐고?"

어이없고 황당한 나머지 얼굴이 벌겋게 달아오르고, 나는 또다시 횡설수설…. 그때 안나가 나를 향해 조용히 돌직구를 날렸다.

"뭐해? 인간인지 간첩인지 아니면 위선자인지 말해! 상황 파악이 안 되는 건지, 말하라고!"

주위가 순식간에 싸해졌다. 그 말은 곧, 내가 동물만도 못한지, 남몰래 염탐이나 하는 밀정인지, 겉과 속이 다른, 그러니까 이랬다 저랬다 하는 도무지 종잡을 수 없는 인간인지 말하라는 것 아닌가. 다시 말해, 감당도 못할 일에 성급하게 왜 끼어들었냐는 거다.

"글쎄…."

난 아무 말도 떠오르지 않아 미안한 듯 얼버무리고 말았다. 조금 후 안나에 이끌려 밖으로 나왔다.

"도대체 속을 모르겠어. 생각이 있긴 있는 거야? 끼어들었으면 '예스'인지 '노'인지, 정확하게 말하라고. 목소리만 컸지 매사 어정쩡해. 무거운 것 같다가도 가볍고, 통이 큰가 싶다가도 속 좁고, 이거다 싶다가도 아닌 모호하고 어중간한 첩자, 그래, 첩자!"

안나는 감정을 누를 대로 눌러 차갑게 퍼부었다. 어쨌거나 내가 투명하지 않다는 거다. 내 진실이 파악되지 않는다는 거다. 그러니까 진중하라는 것 아닌가.

"누가 뭐래도 너 자신을 살아. 왜 억울해 하며 늘 손해 본 사람처럼 목소리를 높이는 거야. 정작 할 말은 못하면서…."

마치 나를 꿰뚫어보는 듯한 통찰력으로 안나가 나를 노려본다.

아, 이 끔찍한 충고, 분명 질책이다. 화가 머리끝까지 치밀어 오르고, 모욕과 멸시를 당한 것처럼 나 자신을 억제할 수 없다. 우리가 왜 서로 마주 보고 있는 거지? 그래, 우리는 서로 보지 않는 편이 나아. 집으로 돌아오면서 내내 그 생각을 했다. 바보같이 안나에게, 넌 뭐냐고, 누구 편이냐고, 왜 화내지 못했는가. 뒤늦은 후회는 소용없는 일이다. 감정적이지 않고 상황의 선후를 살피는 일, 그 일이 그렇게 어려운 일이던가. 그렇다. 나는 감정에 휘몰릴 뿐, 뭔지 모르게 선명하지 않다. 그건 그렇다 치더라도, 안나 앞에서 아무 말도 못하는 이유가 뭐지? 근데 왜 이렇게 떨리지? 혹, 나도 모르는 순간 우리의 비밀이 한꺼번에 터져 나올까 겁내고 있는 건가?

때론 솔직함보다 긍정도 부정도 아닌 상태로 놔두는 게 나을 때가 있다. 확실한 것만이 최선이 아니라는 것. 밤늦도록 뒤척이며 비로소 떠오르는 말을 잡고 분노에 떨어야 하는 나는, 나는 뭐지? 밤이 이슥토록 질책과 충고 사이를, 자책과 고까움을 오가며 나는 수백 번 안나와 결별한다.

사건의 둘레를 빙글빙글 돌고 있는 나와는 달리 조용히 그 속으로 들어갈 줄 아는 안나. 안나가 나의 실수에 대해 독하게 구는 것이 마치 자신을 지키는 일처럼 느껴질 때가 있다. 우리가 공유하고 있는 비밀이 단단하게 우리를 하나로 결속시키고 있기라도 하듯. 우정 혹은 동지애? 그걸 뛰어넘어 뭔지 모를 끈끈함. 그녀가 나로 인해 괴로워한다는 사실이 따뜻하게 느껴지는 건, 또 뭐지?

실은 안나가 나에게 정확하게 말하라는 것이 아니었다. 시비가 일어날 절묘한 타이밍에 안나가 나를 먼저 때린 것은 다른 사람들의 비호와 묵인 속에 시비를 일으키려는 사람을 직격냥한 것이라는 것을, 눈치 없는 나는 눈치채지 못했다. 자의식이 강한 안나에게는 모욕을 당하는 것만큼 위태로운 일은 없다. 그러니 더 이상 모욕을 당하기 전 선제공격을 한 것이다. 그녀는 이미 내 답을 알고 있었다. 몰리고 있을 뿐 꼭 해야 할 말은 아무 말도 하지 못할 거라는 것을. 때론 정의롭고 가만히 강한 안나는 내게 보스의 기질을 유감없이 발휘한다. 나는 그녀의 얼굴을 살핀다. 그녀가 내게 어떤 신호를 주는지, 내가 그녀의 표정을 어떻게 만들어 버렸는지. 혼자서 절교를 꿈꾸지만 이럴 때 나는 안나의 꼬붕임을 자처하지 않을 수 없다. 무조건, 이설 없이. 그러나 그것도 일시적인 기분에 의한 것일 뿐이다. 말이 나왔으니 말이지만, 사실 나는 안나의 말이나 표정보다 그녀의 생각, 숨은 전략에 마음을 더 빼앗긴다.

가뜩이나 말 많은 자리에서 자칫 기름을 붓는 자멸행위가 될, 위험이 없지 않은 일에 애초부터 가담하는 것이 아니었다. 서로 손해날 판에 끼어들지 않는 게 안나의 전략이다. 하지만 이성적인 판단으로 몸을 사리는 것이 사태를 악화시킬 수도 있다는 것이 내 생각이다. 협상력을 극대화하는 적절한 블러핑과 베팅의 전략, 그건 아무에게나 있는 능력이 아니다. 역시 나는 또 감당하지 못할 일에 생각 없이 뛰어든 꼴이 되고 말았다. 쓸데없이 큰 목소리로.

문제는 내가 가끔 안나 앞에서 눈물을 흘린다는 거다. 내 앞에서 좀처럼 실수를 용납하지 않는 안나도 눈물 앞에서는 속수무책 약해지는 모양이다.

"뭘? 괜찮다니깐. 잘될 거야."

이 대책 없는 낙관. 이것만 봐도 안나가 나를 얼마나 우습게 보는지 알 수 있다. 한마디로 귀찮은 거다. 뻔히 안 될 것을 알고 있으면서 성의 없이 내뱉는 긍정의 말. 그건 욕보다 더 상스럽다. 이럴 땐 차라리 나를 홀대하는 편이 낫다. 그걸 알면서 나는 왜 그녀 앞에서 우는가?

떠들어 대지 말고 조용히, 아주 조용히 경청하라고 말할 때, 안

나는 엄격하고 매몰찬 계모 같다. 내가 큰 목소리로 떠들어 대고 다소 거만하게 구는 것은, 내 속의 유약함을 드러내지 않기 위해서일지도 모른다.

안나 말이 맞다. 열등감을 감추기 위해 과장하는 거다. 나 여기 있다고 외쳐 대는 거다. 시끄럽고 촌스런 내가, 주목받지 못하는 내가, 지나쳐 버리는 무심한 눈길을 잡는 거다. '어깨들'이 거친 언사를 쏟아냄으로써 상대를 위협하거나 자신에 대한 존중과 복종을 끌어내는 것과는 다르다. 어둠 속에서 겁에 질려 더 크게 고함을 질렀다면, 그건 본능에 충실한 것이라고 봐야겠지. 무서우니까. 외로우니까. 정확하진 않지만 뭐, 그렇다고 볼 수도 있다. 난 겁이 많다. 겁이 많은 위선자.

그런데 말이다. 부족할 것 없는 그녀가, 품위 있는 그녀가, 왜 자존심을 세우는 걸까? 그것도 하찮은 나에게. 내가 보기엔 정신세계 혹은 사고방식의 문제이거나, 상황의 문제가 아닌 것 같다. 내게 못 미치는 무언가 있는 게 분명하다. 누구에게나 극복할 수 없는 영역은 있기 마련이니까.

나는 또 안나를 씹는다. 시도 때도 없이 왜 안나를 잘근잘근 씹는 걸까? 사랑받아 마땅한 존재를. 미워해서일까, 미워할 수 없어서일까? 안나를 가만히 보고 있으면 꽃자수가 예쁜 분첩 같아 보일 때가 있다. 그 안을 열면 찔레꽃향이 환하게 퍼질 것 같은, 곱고 다감하고 온화하고, 그것들로 하여 더 신중해 보인다. 하지만 그게 다가 아니다. 자신의 뜻을 제대로 전달하지 못하는 내가, 상황에 제대로 대처하지 못하는 내가, 중심 없이 매사 우왕좌왕 하는 내가 순종적일 거라고 생각하면 오산인 것처럼.

안나는 보기와는 다르게 신중하지 않다. 그녀는 금단의 사랑을 서슴없이 자행했다. 금기의 사랑? 그 성역이 어디인지는 밝히지 않겠다. 신성한 영역이 어디 종교적일 뿐이겠는가. 함부로 침범할 수 없는 영역이라면 그것 역시 금단의 성역이리라.

연애의 화신. 그렇다. 안나는 한때 연애의 화신이었다. 금지된 것은 또 얼마나 매혹적인가. 빠지지 않고는 배길 수 없는, 더 깊이 빠져들고 싶은 유혹 아니던가. 그곳을 무참히 짓밟고 떳떳할 수 있다면 대단한 용기다. 나는 한때 안나를 에로스인 양 추어올려 보았다. 세상의 어떤 규율도 원칙도 모두 배반하고 몰두한 사랑. 전후의 인과관계가 없는 격정, 바로 그런 사랑이었다.

나는 그녀의 사랑을 상상한다. 안나는 단지 매혹 당했을 뿐이라고. 상대의 위선적인 욕망이나 이기적인 욕망에 매혹 당한 거라고. 이럴 땐 영락없이 한편으로 뭉치는 자매 같다. 그러나 나는 그녀의 조신함 뒤에 숨겨진 날카로운 탐욕도 본다. 겉으론 보이지 않지만 속에서 꿈틀거리는 폭력적인 욕망을. 분명한 것은, 안나는 매혹 당했더라도 누군가에 의해 차지되는 걸 원치 않았을 것이다. 그런데, 안나가 자신을 무너뜨릴 수도 있는, 많은 것들의 질서를 헝클어 놓을 수도 있는, 충동적이고 도발적인 행동을 할 때면 꼭 누군가를 닮아 있다.

다른 사람의 시선쯤이야 상관할 게 못 되었던 안나의 사랑이, 그 연애가 하루아침에 깨지고 만 것만 보아도 그녀가 신중하지 않다는 것을 알 수 있다. 세상에 어떤 가치도 존재하지 않는 것처럼, 무수한 의혹을 남기고 그 사랑은 끝을 내고 말았다. 스스로 한 방울의 눈물도 누설하지 않았기에 나는 그 사건을 훨씬 에로틱하게 상상할 수 있었다.

격정이 사라진 뒤, 한동안 침묵이 그녀를 휘감았다. 피고인이나 피의자가 자기에게 불리한 진술을 거부할 수 있는 권리. 그래, 그런 것이라고 본다. 꽉 다물었던 그녀의 입이 열린 것은 의외의 순간이었다.

"무모하리만치 위험한 사랑을 왜 했느냐고?"

손으로 턱을 괴고 안나가 말했다.

한참 후, "… 손가락이 너무 길어서" 그녀의 말은 짧고도 분명했다. 자칫 구질구질해질 수 있는 변명 따윈 하지 않았다. 무모의 극치였다. 오래전 이야기가 여전히 생생한 감정으로 살아있는 내겐 그렇게 들렸다. 얌전한 그녀가 그 누구도 말릴 수 없는 사랑을 한 것이 아니라, 속에서 불덩이가 걷잡을 수 없이 번져 버린 거라고 생각했다. 거센 불길이 위험한 도발을 불러일으켰다고 할 수밖에.

내가 첩자라면, 안나에겐 애첩의 냄새가 난다. 버려진 공터에 무성하게 자란 잡초와는 달리, 피 한 방울 땀 한 방울 흘리지 않고 온갖 책무를 저버린 채 오직 사랑만 하는. 아, 이거야말로 의뭉스러운 모함이다. 이럴 때 보면 난 안나를 질투하는 게 분명하다.

서슴없었던 불꽃이 채 사위기도 전에 그녀의 사랑이 다른 곳으로 옮겨 붙었다. 조용한 그녀가 신중한 구석이라고는 신실한 구석이라고는 하나도 없는, 오히려 파격적인 사랑을 또다시 시작한 것이다. 놀라지 않을 수 없다. 외양과는 다르게 속에서는 불이 타고 있는 게 확실하다. 나는 그녀의 사랑이, 그녀의 파격이, 부러운 게 아니다. 치명적인 사랑을 스스로 용인하는 용기가 부럽다. 그렇다. 나는 그녀의 용기가 부러운 거다. 자신을 다 벗어던지고 오직 사랑을 위해 자기를 초월할 수 있는, 그게 바로 안나다. 누가 뭐래도 오직 몰입밖에 모르는.

나? 나는 어땠냐고? 말이 나왔으니 말이지만 말 그대로 형편없다. 용기는 고사하고 자그마한 실수 하나에도 온몸을 떨어 댔으니, 뭐가 되겠는가. 자주 격분하고 놀랐을 뿐, 볼품없는 나를 지키기에 바빴다면 뭐, 지킬 게 많았냐고? 그것 역시 아니다. 내가 조금도 바뀌지 못한 것은 변화를 두려워했다기보다 깨지는 것을 두려워했기 때문이다.

"정신이 있는 거야, 없는 거야?"

안나가 또 나를 몰아친다. 그녀가 나를 아무것도 아닌 존재로 얕보는 것은 잘못이 있어서가 아니다. 지겹고 싱거워서이다. 무슨 일이 일어날까 조바심 떨며 가만히 앉아있는 나를, 무기력하고 무미건조한 나를 만만하게 보는 거다. 조용히 상대를 제압할 줄 알고, 자신의 존재를 드러낼 줄 아는 안나가 보기엔 맹물.

그러나 내게도 변명은 있다. 나는 나 스스로 세운 윤리를 중히 여긴다. 그걸 지키지 못하면 무너지는 나를 감당할 수 없기 때문이다. 나는 스스로를 용서할 수도, 다시 일어설 용기도 없는 사람이다. 실패인 줄 알면서도 빠져들게 되는 일도 있지 않은가. 뻔히 잘못된 길인 줄 알면서도 걸어 들어갈지도 모를, 그것이 두려운 것이다. 문제는 거기서 돌아 나올 수 없다는 것, 빠져나올 수 없다는 것. 스스로 몰락을 선택할 수밖에 없는 나를 경계하는 것이다. 용기가 아닌 포기. 나는 포기가 빠른 사람이다. 어쩌면 나는 온힘을 다해 그런 선택의 순간을 피해 다니는지도 모르겠다. 판을 흔들어 놓고 싶지 않다. 걱정에 휘몰리고 싶지 않은 거다.

내가 삶을 사랑한다면 그건 유지다. 그리고 나는 그것을 평화라 말한다. 그러니까 그건 진정한 평화가 아니다. 위험을 최소화하기 위해서 문제를 야기 시키지 않을 뿐이다. 안나가 나를 한심해하는 까닭이 여기에 있다.

"넌 그렇게 시끄럽게 떠들어 대면서 정작 할 말은 못하고 겁을 내는지, 그걸 모르겠어. 마음에 꼭꼭 담아 놓지 말고 한번 질러 봐!"

안나가 질러 보라는 것은 필경 다른 뜻이 있을 것이다. 빠져들지 않으려 안간힘을 쓰다 나는 많은 걸 놓쳐 버렸다. 큼직큼직한 골격, 시끄러운 목소리, 어딜 봐도 한 방 터뜨리게 생긴 겉모습과는 다르게 소심한, 이래저래 참 한심한 인간이다. 신은 왜 나를 이런 한심한 인간으로 허락했을까?

"모죄母罪. 하느님에게도 고백하지 못하는 죄가 있어."

안나가 그 말을 할 때 왠지 가슴이 덜컹 내려앉았다. '모죄'? 아마 그 말은 안나만이 아는 말일지도 모르겠다. 죄의 근원? 애초에 죄를 만든 죄? 아닐 수도 있다. 차마 말할 수 없는 죄? 정확히 설명할 수 없어도 뭔지 알 것 같다. 하느님에게도 말할 수 없는 것, 그건 분명 일급비밀일 것이다. 그녀답지 않은 최대의 실수일 수도 있고, 어쩌면 치명적인 흔적일 수도 있고, 아킬레스건일 게 분명하다.

한 사람을 기억하거나 대면하게 될 때, 지금의 그가 아닌 오래전 그가 저지른 실수나 허물을 먼저 보게 된다는 사실. 어쩌면 그 시선이 그가 저지른 일을 치명적으로 만들어 버리는지도 모른다. 그러니 안나가 그 죄를 내게 말할 리 없다. 아무리 나를 신뢰할지라도. 큰 목소리로 외쳐 대는 내게 위험을 무릅쓴 모험을 할 리 없다. 그렇다고 해도 나는 안나가 큰 죄를 지었을 거라고 생각하지 않는다.

다만 의문은, 그 깍쟁이가 그런 죄를 의식하고 있다는 것, 그 사실을 가슴에 품고 있다는 것이 믿기지 않을 뿐이다. 그렇다면 안나야말로 자신에게 정직하지 않은 거다. 그 죄를 품고 있는 한 뻔뻔할 게 뻔하기 때문이다. 그건 죄가 아니라고, 자신 때문이 아니라고, 자신과는 무관하다고. 그렇지만 그 죄를 풀어놓지 않는 한 안나는 괴로워할 것이 뻔하다. 아무리 지우려 해도 죄는 점점 더 자랄 것이기에. 죄의 대가를 더 지불해야 할지도 모르기에. 나는 안나의 죄를 인정하지도 부정하지도 않을 것이다. 그녀가 스스로 풀어낼 때까지. 그때 비로소 안나의 가슴 속에서 죄는 사라질 테니까. 누군가를 비통하게 하지 않았다면 말이다.

그런데 안나는 누군가를 비통하게 만들었다. 그리고 겉으론 아무런 죄의식이 없었다. 차라리 죄의식을 갖지 않기 위해 떼를 쓰는 것 같다. 아주 떼를 쓰다보면 죄는 슬그머니 없어질지도 모르니까. 나는 그녀를 지탄할 의도 따윈 없다. 만약 지울 수 없는 비통함이었다면 하느님이 먼저 아실 테니까. 하느님에게도 비밀로 하는 죄, 그건 뭐였을까?

내 죄? 나는 내가 지은 죄 때문에 밤잠을 설칠 때가 많다. 그때 왜 그랬지, 그 순간에 왜 그런 말이 튀어나왔지, 왜 그런 생각이 떠올랐지 …. 그렇게밖에 행동할 수 없었던 나를 끊임없이 고문한다. 순간적으로 저지른 실수에 대해서, 의도한 악의에 대해서, 상처를 되돌려준 앙갚음에 대해서 …. 집요하게 물고 늘어지다 보면 그만

잠을 물리고 말 때가 많다. 뒤늦게 고개를 흔들어도 소용없는 일. 안나는 그런 나를 의뭉스럽다 하지만, 그건 내 태도의 문제이지 죄를 숨기기 위해서가 아니다. 어느 순간 나는 죄를 폭로하고 말 테니까. 안나처럼 우아해지고 싶지만, 내적 갈등을 숨기고 우아한 내가 되고 싶지만, 그게 잘되지 않는다. 그런데도 의뭉스럽다고?

안나가 또 나를 비웃는다. 늘상 고개를 숙이고 있는 나를 향해, 고개는 성전에서나 숙이는 거야, 또 핀잔이다. 안나는 하느님을 믿고 나는 믿지 않는다. 도무지 믿어지지 않는다.

"믿는다는 건 믿을 수 없는 것을 믿는 거야. 어떤 의심도 의문도 가져서는 안 돼. 따져 묻지 않는 것, 무조건, 그게 믿음이야."

안나가 그런 말을 할 때 나는 안나까지도 통째로 믿지 않는다. 흔히 맹신자들의 서툰 수작쯤으로 치부하는 나쁜 버릇이 내게 있다. 무조건, 그래, 난 무조건 믿을 수 없는 인간이다. 그만큼 나는 순수하지 않다. 안나 말대로 그만큼 어리석은 건지도 모르겠다.

"난 말이야, 신분이나 신념, 이념이 달라도 결국 인간을 구원하는 것은 인간이라고 봐."

내 말이 떨어지기 무섭게 안나가 한심하게 쏘아본다. 보잘것없고 아무런 가치도 없는 미미하기 짝이 없는 존재를, 이런 존재의 근심쯤이야 신이 일일이 고통으로 다스릴 리 만무하다. 그러니 난 구제 불능의 가련한 졸보다. 구원의 가능성을 믿는 순간 더 괴로워지고 고통스러워질 수밖에 없는 나는. 하느님을 믿지 않는다 해도 어렴풋이, 아주 어렴풋이 우리를 관장할 초월적인 숭고함 앞에 몸을 떤다. 하늘 무서운 줄 안다고 해야 하나? 그러나 경배하는 일엔 서툴다. 하지만 사랑 앞에선 무조건 예수님을 존경한다.

평소에 안나는 나를 거의 없는 사람처럼 취급한다. 특히 큰 목소리로 나대는 것을 경계한다. 가만히 몸을 접고 앉아 있기를 바라는 것 같다. 자신이 필요한 순간 언제나 그 자리에서 대답하는 물건쯤으로 무시할 때가 많다. 다른 사람 눈에 띄지 않게, 그러나 손쉽게 찾을 수 있는 것. 서랍장에 정리해 넣어둔 물건쯤으로 알고 있는 게 틀림없다.

거두절미하고 한마디로 안나는 정리의 여왕이다. 청결에 목숨을 건 사람처럼 보인다. 집안의 물건은 물론 서랍 속까지 1센티미터의 어긋남도 용납하지 않는다. 제자리에 있을 게 제자리에 온전히 있지 않으면 아무것도 할 수 없다. 빨래를 쌓아놓고 청소가 안 된 집에서 안나는 결코 죽지 않을 것이다. 다림질하듯 네 귀를 정확히 맞추어 개어 놓은 후 그제야 죽을지도 모른다.

나는 안나가 청결의 노예가 되어 버렸다고 생각한다. 깨끗하게, 반듯반듯하게, 제자리에. 완벽하게 정리된 주방에서 온갖 냄새나는 요리는 허용되지 않는다. 물건들은 함부로 자리를 옮겨서도 안 된다. 전시 상태. 그거다. 빈틈없이, 물샐틈없이 방어하는 것이다. 드디어 안나는 청결에 구속되어 버렸다.

우리 인간이야말로 얼마나 더럽고 추잡한 존재인가. 처음부터 제자리가 있었던 것은 아무것도 없었을 것이다. 설마 그걸 모를 리 없겠지. 어쩌면 안나는 양수가 터지고 산문이 열리고도 아, 안나는 산통을 견디며 마지막까지 집안 정리를 할지도 모르겠다. 징그럽다. 강박증이거나 결벽증일 게 분명하다. 닦고 쓸고, 한 치의 빈틈도 없이, 모든 것들은 제자리에. 무엇을 위해서일까? 모르긴 한데 자기 자신을 위해서일 거라고 나는 의심한다. 아무에게도 말할 수 없는 자신의 죄를, 그녀 말대로 '모죄'를 닦아내고 있는 것인지도 모른다고. 그렇지 않고서야 병적인 그를 이해할 길이 없다.

"우리에게 유익한 세균만 필요한 게 아냐. 몸속에 유해균이 어느 정도 있어야 건강한 거야. 서로를 견제하는 공생의 질서. 그게 필요하다는 것 몰라? 예방 주사, 그것. 면역력을 높이기 위해 일부러 균을 주입시키기도 하잖니?"

내가 말한다. "개인차". 말한 사람이 무색할 정도로 안나가 단칼에 내 말을 쳐낸다.

세상에 먼지 나지 않는 곳이 어디 있으랴. 먼지 한 점 없는 인간이 또 어디 있겠는가. 집안을 먼지 한 점 없는 무균실로 만들어 놓고 나서야 비로소 편해질 수 있다면, 그건 수행자의 고행 같은 것이리라. 무엇을 위한 고행인가? 자신을 닦는 수행? 죄를 씻기 위해 몸을 씻는 그녀만의 수행 방식일까? 안나에게 청결은 성격이거나 삶의 방식이라기보다는 깨끗함에 대한 병적인 집착이 아닐까 싶다. 더러움과 지저분함에 대한 강박 말이다. 달리 말하면 불신일 수도. 불결에 대한 불신. 근데, 그게 아닐 수도 있다. 자신을 부끄럽게 만드는 불순한 욕망들, 더럽고 비천한 것, 불쾌하기 그지없는 의혹, 그걸 못 견디는 것은 아닐까?

그런 그녀가 내 방에 와서 자주 함께 잔다. 푸근푸근 먼지 나는 이불을 덮고, 여린 새 한 마리가 내 옆에 누워 있다. 그때 안나의 얼굴은 참 편해 보인다. 결코 불평을 늘어놓거나 속 깊은 하소연을 하지 않더라도 자신을 몽땅 풀어놓은 듯하다. 잠결에 아랫배를 틀어 사정없이 가스를 배출한다. 봐라, 안나가 나를 얼마나 우습게 대하는지. 뭐야, 내게만은 불결함을 허용한다는 건가. 알 수 없는 일이다.

우리가 아무리 서로의 방을 오가며 동침한다고 해도, 서로의 안으로 깊이 들어가는 것은 금기 사항이다. 금지된 영역을 들추어서는 안 된다. 그곳은 우리가 서로 모른 체 해야 할, 더 아프거나, 더 고통스러운 장소가 될 수도 있으니까.

그런데 아주 가끔, 안나의 호기심이 은밀하게 작동된다. 상대의 마음을 탐할 때의 기술은 가히 놀랄 만하다. 내가 어느 순간 안나 앞에서 무장해제 되었다면, 틀림없이 내 안을 털어 내고 있는 중이리라. 기어이 거기까지 털 게 뭔가. 묘하긴 한데, 그녀의 주문에 걸리면 나는 아무것도 할 수 없는 백치가 된다. 그게 안나의 마력이고, 내가 안나에게 매혹되는 순간이다. 무방비 상태로 들켜 버린 내밀한 내막. 비밀이란 원래 불순하고 천박하지 않던가. 생각할수록 화가 치밀어 오르고, 어리석기 짝이 없는 나 자신을 견딜 수 없다. 나를 얕보지 않고서야 이렇게까지 농단할 수가. 우리 관계가 다시 혼란스럽고, 무기력해지고, 이젠 정말 절교를 선언해야 한다.

근데 문제는 안나의 태도다. 그까짓 내 마음쯤이야 관심이 없다는 거다. 그럼 뭔가? 나 혼자 피해망상인가? 안나가 내 안을 탐한 것이 아니라, 들킬까 전전긍긍하던 것을 자백한 꼴이 되고 말다니. 도도하게 내리깐 눈빛. 시치미를 뚝 떼지만 속셈이 훤히 들여다보이는 안나의 거짓말. 나를 어수룩한 인간으로 보는 이상 모른 체할 수밖에 없다. 자부심이나 자존감이 그렇듯 거짓말 역시 억지로 부인할 것이 못 된다. 안다. 안나가 한마디로 딱 잘라 부인하는 것은, 적어도 속물이 되고 싶지 않기 때문이라는 것을. 어디까지나, 그녀는 우아한 정통이 되고 싶으니깐.

안나가 나를 어떻게 대하든 내가 안나의 잘못을 대놓고 지적하는 것은 금물이다. 그거야말로 우리를 갈라놓을, 서로 등지고 말 무책임한 행동이다. 간혹 비밀을 공유하고 슬쩍 마음을 건드리기도 하지만, 우린 서로를 용서할 그런 관계가 아니다. 다만 서로를 묵인하는 관계. 우리 사이에 잡음이 나서는 안 된다. 때론 뻔한 사실도 모른 체 넘어가는 것, 따지지 않고 간과하는 것, 기다려 주는 것만이 허용된다. 이쯤 되면 정적이 흐를 만도 한데 꼭 그렇지도 않다.

서로 다른 성향이 극단적으로 편향되었다면 종국엔 서로의 이기심으로 인해 끝장이 나고 말겠지만, 어디나 예외는 있는 법이다. 평소에 안나는 나를 인정하긴 하지만 어디까지나 자신의 소속으로 인식하려 하는 것 같다. 그에 반해 나는 나만의 세계에서 안나를 인정하지 않을 때가 있다. 그렇다고 우리 사이에 무언가를 적극 추구하거나 개혁해 보려는 의도 또한 없다. 나 혼자 차오르는 분노를 키우다 결국은 절교를 꿈꿀 뿐.

무엇이든 지나치면 괴로움을 자초하기 마련이다. 끝없는 욕망과 바닥 모를 절망에 꺼둘리게 된다. 부르주아를 지향하는 안나의 교양은 마치 프롤레타리아 같은 나의 분노를 다룰 줄 안다. 우리 사이의 간극을 타파하기 위해 잠시 독선이나 아집을 내려놓을 줄 아는 것도 안나다. 이성적으로, 지각이 온전한 지성의 시각으로 나를 인도한다. 그것이 안나의 장점이자 내게는 극복되지 않는 약점이다. 서로를 인정하려는 논쟁 없이 적당히 어느 지점에서 우리는 다시 만나게 된다. 우리가 여기까지 온 비기라면 비기일 수도.

모든 게 다 다르냐고? 꼭 그렇지만은 않다. 우리에겐 남모르는 취향이 존재한다. 바람, 그래, 바람이다. 바람이 심하게 불 때면 나는 나에게 닥친 현실을 부정하고 세상의 가치들을 부정한다. 바람의 공격을 정면으로 받고 있을 때, 나는 나 자신을 전적으로 부정하기도 한다. 그건 투쟁과 같다. 현실을 도피하기 위해 나는 자신을 극단으로 밀어붙인다. 더 높이, 더 추상적인 것으로, 말하자면 비현실적인 것을 갈망한다. 현실의 나는 괴로우니까, 싫으니까. 그때야말로 안나가 필요하다.

바람 앞에 초연한 안나의 모습은 정말 경이롭다. 고통에 지나치게 예민한 감수성으로 인해 바람은 내게 더 거세고 가혹하게 느껴진다. 변덕스럽고 불평이 많은 나는, 안나 외엔 아무것도 없는 자폐적인 인간이 되고 만다. 안나가 옆에 있으면, 부정했던 것들이, 대립했던 것들이 서서히 물러서는 것 같다. 나는 아주 순진무구한 백치가 되고, 안나는 성모 마리아처럼 의연해진다.

스스로는 아무것도 할 수 없는 나는 그녀에 의해 다스려지기를 기다리고 있다. 나를 바라보는 그녀의 눈초리가 차가울수록 안심이 된다. 함부로 던지는 섣부른 위로보다 질책이 훨씬 낫다. 우리가 서로 갈등 없이 자유로워지는 순간이다. 서로에게 낯선 특이체질이 말살되고 안나는 나의 우상이 된다. 물론 안나의 우상은 내가 아니다. 절교를 꿈꾸었던 우리 사이가 환해지고, 안나가 다시 나를 멸시하더라도, 또다시 그녀를 잘근잘근 깨물게 될지라도, 나는 그녀에게 종속되고 말 거라는 예감에 사로잡힌다. 그러나, 언제 우리가 또 완전히 깨어질지는 아무도 모르는 일이다.

안나와 나 사이를 밝히지 않는 것은, 우리 스스로도 우리가 얼마나 먼 사이인지, 얼마나 가까운 사이인지 모르기 때문이다. 동지인지 적인지. 가깝고도 먼 사이인지, 멀고도 가까운 사이인지. 여하튼 적을 통해 배운다는 건 분명하다. 안나를 싫어하면서 안나를 닮아간다는 사실만 봐도 그렇다. 우리 사이의 비밀이 가끔은 참지 못하는 재채기처럼 터져 나오려 하지만, 기꺼이 참는 것은 그 사실만은 지키고 싶기 때문이다. 모르겠다. 지켜야 하는 것의 의미가 뭔지. 적어도 사람을 판단할 때 어떤 전제가 있어서는 안 된다는 것. 그건 확실하다. 근데 말이다, 지켜야 하는 것일수록 파기하고 싶은 이 달콤한 유혹은, 또 뭐지?

안나가 또 나를 친다.

"넌 편견이 너무 많아. 어수룩해 보일 뿐, 계산이 빤하게 보여. 그게 정떨어지는 거야. 사랑받고 자란 사람에겐 그런 게 있을 수 없어. 떳떳하게, 확실하게 행동하라고."

근질근질한 입을 굳게 닫고 있는 나에게 이렇게 가혹해도 되는 건가. 비밀이 탄로 날 위험을 무릅쓰고 나를 자극하는 이유가 뭔가 말이다. 이기심으로 똘똘 뭉친 말을 서슴없이 내뱉다니. 참을 수 없이 올라오는 부아. 아, 그따위 사랑. 그게 끔찍하게 사랑받은 자가 할 말인가. 난 의혹에 가득 찬 눈으로 그녀를 쳐다본다. 안나는 분명, 우리 사이의 금기를 깬 위험한 발언을 했다. 사랑받은 건 자랑거리가 못 돼. 다만, 사랑하는 거라고. 왜 나는 그 말을 하지 못하는가. 혹, 나를 경멸한다는 말은 아니겠지? 그게 아니라면, 우리가 그만큼 친밀하다는 건가? 콕 집어 말해도 될 만큼. 나를 수정할 만큼.

아무튼 그녀의 오만을 용서할 수 없다. 그러나 곰곰. 그녀가 나를 다그치는 것은 정통의 체모, 그걸 지키라는 말이 아니던가…. 독설 속에 진의를 살피는 일, 바로 그거다. 안나에게 되돌려 묻고 싶다. 너는 어떤가, 너는 사랑하는가, 함부로 휘두르지 않고, 변함없이, 누군가를 사랑하는가?

지금까지 난 안나 앞에서 아닌 척 의뭉을 떨고, 돌아서서 그의 흠을 잡아내고 뒤를 들추는 비열한 짓을 했다. 밤마다 안나를 잘근잘근 씹으며 더러는 그의 약점을 치명적인 것으로 만들려 했다. 오직 내 편의에 따라. 그게 '정통'이 할 짓인가. 그렇다. 난 안나를 질투한 거다. 그렇다면 안나를 제대로 보지 않았다는 말. 그 말은 곧 안나의 진면목을 제대로 봐야 한다는 말이 아닐까. 아무런 편견 없이. 한결같이. 환하고, 맑고, 침착하고, 때로는 금기를 깰 줄 아는 열정적인 안나를. 그녀의 용기를, 담박함을, 담담한 태도를, 무조건적인 믿음을, 그리고 그녀의 사랑을. 복잡해지지 않고, 군더더기를 덜어 내고, 묵은 감정을 배제하고, 단순하게 바라보기. 왜?

우리들을 거슬러 올라가면 거기엔 우리들의 아버지가 있다. 비유하자면 바람둥이인 아버지와 폭군인 아버지. 별방과 정실의 슬하에는 바람둥이면서 자상한 아버지가, 폭군이면서 낭만적인 아버지가 있었다. 우리의 아버지는 바람 앞에 흔들리지 않는 법을, 바람 앞에 흔들릴 줄 아는 낭만을 두 딸에게 가르쳤다. 격정과 정통을. 한꺼번에 솟구쳐 올라 곧 사라지는 것과, 아주 오래전부터 대를 이어 내려온 이야기를 딸들의 몸속 깊숙이 각인시켜 놓았다.

그 사랑을 듬뿍 받은 안나는 내게 미안해할 수도 있고, 그 사랑을 빼앗긴 나는 안나를 끝까지 미워할 수도 있다. 하지만 그렇게 하지 않을 것이다. 빼앗긴다는 것, 그것에도 자부심이 있다. 안나에게는 없는 자부심. 정통. 그래, 그것이다. 정통에 대한 자부심! 수많은 이단이 궁극에 도달하고 싶어하는 것은 정통. 그러니 안나에게 자존심 따윈 세울 필요가 없다. 그녀가 정통이 되기 위해서 넘어야 할 수많은 산을, 정통을 벗어나지 않으려는 그 우아한 노력을 누구보다 높이 사야 할 것이다. 누가 뭐래도 그건 뜨거운 거니까.

우리가 앞으로 무얼 하든 어딜 가든 각각일 터. 먼저 가기도 하고, 아예 가지 않기도 하고, 못 가기도 할 것이다. 출발점이 다르다고 하여 공정하지 않을 이유는 없다. 난 안나와 나를 구분 지을 생각 따윈 앞으로 하지 않을 것이다.

격렬하게 갈등하다가도 예의를 지킬 줄 아는 사이. 서로를 존중하는 게 분명하다. 가끔은 세상의 외진 곳에 오직 단 둘만 있는 듯한 느낌. 아주 다른 두 존재를 무언가가 묶고 있다. 우리의 인연은 어쩌면 더 멀고 더 질긴 원인에서 생겨났는지도….

어느 순간, 나도 모르는 사이 나는 안나가 되어 버릴지도 모른다. 세련된 언행과 다감한 표정을 지으며, 은밀히 비밀을 탐하고, 조용히 돌아서서 응징하는, 품격을 달리한 우아한 속물. 그러나 자신이 속물인 줄 아는 사람은 진정한 속물이 되지 않을 것이다. 신실하지 않으면서 신실하고, 다정하지 않으면서도 다정하고, 정직하지 않으면서 정직한 속물. 아, 이 낯설고도 익숙한 느낌.

저기, 청춘을 뜨겁게 태운 안나가 나무처럼 서 있다. 이제 그녀의 몸에서 연한 커피 향 같은 나무 타는 냄새가 난다. 물과 햇살과 바람을 섭취한 채식주의자의 냄새가. 세상의 바람 앞에서 초연하게 제자리를 지키고 서 있는 나무. 나는 안나에게 경의를 표한다.

지금까지 내가 안나에게 가졌던 그 많은 억측과 모함, 남몰래 저지른 배반과 불신이 어쩌면 나에게로 되돌아오고야 말지도 모르겠다. 근데, 안나는 나와는 다를 것이다. 나야말로 안나를 가장 잘 모를 수도 있다. 내가 안나를 안다고 말한다면 그거야말로 잘 모른다는 말이 아닐까? 어쨌든 안나는 처음부터 정직했고, 고상했고, 아무나 침범할 수 없는 신실한 영역이었을 수도. 함부로 그곳을 침범하고, 그에 상응하는 존재가 되기 위해 나는 그를 잘근잘근 깨물지 않았나? 그까짓 정통의 오만으로.

이제부터 나는 진짜 안나가 되기 위해 안나답지 않은 위선을 떨며 거짓말을 할지도 모르겠다. 무자비하게 나를 지배하도록 내버려 두었던 인내를 거두어 끔찍하게 그녀를 공격할지도 모르고, 무의식 중에 지켜왔던 것들을 떨쳐 내고 어떤 잘못을 저지를지도, 그것 역시 모르는 일이다. 안나는 그런 나와 절교하지 않을 것이 뻔하다. 세상의 수많은 흔들림 속에서, 우아하게 자신을 지키는, 그녀는 이미 정통이 되어 버렸으니까.

백척간두에 선 삶

작중인물들의 치열한 내면세계 파헤친 12편

고승철 나남출판 주필 · 소설가

새해 벽두에 치러야 할 가장 큰 의례는 여러 신문들을 쫙 펼친 큼직한 책상 앞에 정좌하고 신춘문예 당선작들을 꼼꼼히 읽는 일이다. 소설, 시, 희곡, 동화 등 각 장르의 당선작들이 시대정신의 문향文香을 내뿜는다. 수많은 작품을 섭렵하자면 고역이긴 하지만 풍성한 문학의 향연에 초대 받았으니 기꺼이 감수할 수밖에!

신춘문예는 신인 등용문이니만큼 실험적인 시도를 중시해야 할 터인데 실상은 그렇지 못한 듯하다. '신춘문예 용' 라벨이 붙은 상투적인 작품이 적잖다. 소설 주인공은 대부분이 극단적인 성격을 가진 인물이고 그의 체험도 특이하다 못해 기괴한 경우가 많다. 새해 첫날부터 끔찍한 공포감을 느낄 때도 있다. 그러니 일반 독자가 공감하기 어려울 것이다. 물론 심사위원은 '문학성'에 기준을 두고 뽑았겠지만 일간지를 통해 오랜만에 소설 읽기의 재미를 맛보려는 독자는 당혹감을 느끼리라. 신춘문예의 쇠퇴, 문학의 쇠락을 배태한

요인이 아닌지? 문학이 '문인들끼리의 리그'로 편협화되어서는 곤란하다.

중앙 일간지의 '화려한' 신춘문예 당선 타이틀이 없어도 수준 높은 작품을 꾸준히 써내는 방외거사方外居士 작가를 발견하는 행운이 출판사 편집자에겐 가끔 찾아온다. 강호에 은둔한 윤혜령 소설가가 그런 분이다. 유명짜한 문학상 따위를 받지 않았다 해서 경시될 작가가 아닌 듯하다. 그가 지난 16~17년간 쓴 작품 가운데 가려 뽑은 단편소설 12편을 일별하니 가슴이 마구 울렁거린다. 얼른 여러 독자들과 함께 향유하고 싶어서다.

신춘문예 성향의 작품이 패스트푸드라면 윤혜령 작가의 소설들은 오랜 세월 곰삭은 슬로푸드라 하겠다. 우리 주변에서 흔히 보이는 낯익은 사람이지만 필연적 상황에서는 '소설적' 행위를 할 수밖에 없는 엄마, 아빠, 아들, 딸이 등장한다. 백척간두에 선 이런 작중인물들을 빚어낸 소설가의 날카로운 문학적 감수성이 두드러진다. 작가의 재능뿐 아니라 세상을 치밀하게, 치열하게 관찰한 성실성도 한몫을 했으리라. 양봉이나 건축에 전문적인 식견을 내비쳐 작품의 리얼리티를 한층 돋보이게 한 것이 한 예이다.

재기발랄한 열정으로 일필휘지 써내려 가는 이백 스타일의 20대, 30대 연부역강한 소설가와 달리 윤혜령 작가는 웅숭깊은 사유와 거듭된 퇴고 끝에 탈고하는 두보형 문사로 보인다. 군더더기 없는 문장에 경쾌한 스토리 전개가 그 증거이다. 이런 경지에 이르기 위해 작가는 하 많은 세월, 불면의 밤을 보냈으랴! 공자님의 말씀처럼 남이 알아주지 않아도 화내지 않으면서 … .

12편 가운데 작중인물의 개성이 뚜렷한 작품 몇 개를 언급하고자 한다.

〈줄을 긋다〉는 의미 있는 신문 기사 밑에 줄을 긋는 버릇을 지닌 여성의 이야기이다. 좀더 명확하게 기억하기 위해. 그녀의 아버지는 알코올중독자, 엄마는 그런 남편을 투명인간 취급하는 방관자. 아버지는 진돗개 '자몽이'를 키우는데 그 개가 어느 날 미쳐 집을 뛰쳐나간다. 그녀도 숨이 막히는 집안 분위기를 견디지 못해 가출해서 고시텔에 살며 직장에 다닌다.

〈으뜸 사우나〉는 사우나 여탕 안에서 벌어지는 생생한 세상 풍속도를 그렸다. 유한有閑 여성들이 벌거벗은 몸으로 삼삼오오 사우나 안에 둘러앉아 주식 시세, TV 드라마, 요리, 패션을 논한다. 그 뜨거운 수증기 속에서 책을 들고 들어와 독서삼매에 빠지는 여성도 있다. 사우나 안에서도 텃세가 있고 주류의 눈 밖에 나는 사람에겐 물바가지 세례가 퍼부어지기도 한다.

〈꽃돌〉의 주인공 남자는 거래처로부터 돈 대신에 수석壽石을 받는다. 아내는 돌덩어리를 받아온 남편에게 "사람이 물러서 돌덩이 같은 취급을 받지!" 하며 지청구를 늘어놓는다. 그러나 남자는 이를 계기로 돌의 매력에 빠져들어 지리산, 통영 등 전국 곳곳으로 탐석 여행을 다닌다. 남자의 눈엔 돌덩이가 생명체로 비치기 시작한다. 돌이 꽃을 피웠다고 믿게까지 되었다. 한편 아내는 남편의 뇌 기능에 문제가 생긴 것으로 보기 시작한다.

〈일기예보〉의 주인공 여성 은선은 초등학교 때 출석번호가 48번이었다. 어느 날 초등학교 친구 49번에게서 전화가 걸려와 둘은 오랜만에 만난다. 어린 시절의 추억을 이야기하다 그때 서울에서 전학 온 K에 대해 말한다. 49번과 K는 동성애 관계였다. 그들은 그 후에도 줄곧 그런 관계를 유지했고 그 때문에 K는 남편과 별거했다. 49번의 남편도 낌새를 채고 아내의 움직임을 단속한다. 은선은 49번의 느닷없는 질문에 당황해 한다. "아버지는 건강하셔? 어머니 돌아가시기 전 그 사람과 지금도 잘 지내시니?" 은선은 "얘는 농담은!"하고 대수롭잖게 눙치고 만다.

〈오래된 밥솥〉에서는 남편, 딸, 아들을 헌신적으로 뒷바라지하는 전업주부 엄마가 주인공이다. 낡은 밥솥으로 차진 밥을 비롯해 갈비찜, 떡, 전골 등 온갖 음식을 만들어 가족의 입맛을 맞추는 엄마. 가족에 헌신하는 전형적인 엄마상이다. 남편의 사업 실패, 아들의 가출, 딸의 대학입시 낙방…. 이런 신산한 일상을 묵묵히 견디는 엄마의 인내심은 언제까지나 이어질까?

〈거짓말 거짓말 거짓말〉에서 여주인공은 도서관 고전문학 세미나 수강생으로 등장한다. 그녀는 도서관 직원 L의 권유로 조선말 여성이 쓴 가사歌辭를 읽고 세미나 발제 준비를 한다. L은 남자처럼 큰 키에 상대를 압도하는 포스를 지닌 여성. 주인공의 옛 남자친구 K는 원래 펀드매니저였는데 강직성척추염을 앓아 직장을 그만두고 태국으로 요양 차 떠났다. K는 파타야 알카자쇼에서 '여자보다 더 예쁜' 트랜스젠더를 만난다.

〈봉자와 아저씨〉에서 주인공은 수벌 봉자蜂子이다. 벌이 주인공인 소설은 동서고금을 통해 이 작품이 유일무이하지 않을까. 봉자의 주인인 아저씨는 천연꿀을 생산하려 벌에게 설탕물을 먹이지 않는다. 폭염 때문에 벌들이 기력을 잃어 꿀 생산량이 급감해 살림에 쪼들리는 아저씨는 그래도 천연꿀 생산을 포기하지 않는다. 봉자는 죽음을 무릅쓰고 여왕벌의 파트너가 되려는 꿈에 사로잡힌다.

윤혜령 소설가의 소설집 《꽃돌》이 여러 독자들과 문단에서 공감을 얻어 제대로 평가 받는 계기가 되기를 소망한다.